三探无底洞

崔老道 传奇

天下霸唱 作品

Beijing United Publishing Co.,Ltd.

北京联合出版公司

图书在版编目（CIP）数据

　　崔老道传奇. 三探无底洞 / 天下霸唱著. -- 北京：
北京联合出版公司，2018.11
　　ISBN 978-7-5596-2549-6

　　Ⅰ. ①崔… Ⅱ. ①天… Ⅲ. ①长篇小说－中国－当代
Ⅳ. ①I247.5

中国版本图书馆CIP数据核字(2018)第212108号

崔老道传奇. 三探无底洞

作　　者：天下霸唱
出版统筹：新华先锋
责任编辑：夏应鹏
特约监制：林　丽
特约编辑：宋亚荟
装帧设计：吴黛君
版式设计：徐　倩

北京联合出版公司出版
（北京市西城区德外大街83号楼9层 100088）
北京市松源印刷有限公司印刷　新华书店经销
字数181千字　620毫米×889毫米　1/16　19印张
2018年12月第1版　2018年12月第1次印刷
ISBN 978-7-5596-2549-6
定价：59.50元

三探无底洞

崔老道 传奇

🔥 第一章　王宝儿发财（上）

1

少时落入江湖，学艺长街问卜，师父留下锦囊书，从此阴阳陌路；

偷入龙虎宝殿，得窥金符玉箓，五行道法不敢图，仅卖子平之术；

却因财字迷心，替人堪舆点穴，断腿之屈无处诉，不惜挖坟掘墓；

结拜弟兄四人，各怀绝顶异术，阴间取宝惹祸头，报应凶似猛虎；

关外辽东躲灾，红事会上充熟，玉皇庙内炼人皮，救下行伍英豪；

河口渔村避祸，放走百眼魔头，大闹山西太原府，方把老妖除掉；

回到九河下梢，卖卦入不敷出，全凭一张伶俐口，画锅撂地说书；

单说金翅大鹏，拜别西天我佛，下界转生岳鹏举，战退金兵无数；

夜晚长街送禄，适逢兵乱被捕，幸遇恩人把命赎，免去一刀之苦；

好景没出三年，赶上水淹直沽，河妖吃了好手足，心结郁郁难舒；

床头点香为号，身揣天师灵符，三根钢针赠莽夫，才将水怪降服；

可叹除妖好汉，粗笨顽愚不堪，傻人最后没傻福，落得横尸法场；

大仇虽已得报，尚须养家糊口，每天到点就开书，只会精忠武穆；

听戏就怕听生，听书就怕听熟，三回五扣拴不住，终日食难果腹；

路边巧遇高人，开口如有神助，滔滔不绝说古今，挣得盆满钵满；

正待悻悻而归，身后一声辛苦，二荤铺里指迷途，有如拨云见日；

所谓艺不压身，何不照猫画虎，铁嘴霸王活子牙，暗自搜肠刮肚；

借宿城隍庙内，梦得一段奇闻，钢刀吓破亡魂胆，地府旧案勾销；

从此心窍顿开，专讲降妖捉怪，口若悬河惊四座，添油外带加醋。

信口几句闲词，道出了以往回目，书中说的崔老道本名崔道成，乃天津卫四大奇人之首，从小跟随师父做了火居道人，一辈子行走江湖，活到新中国成立后才去世。自称在龙虎山五雷殿中偷看过两行半天书，擅使五行道术，可以移山填海，劈开昆山分石玉，观透沧海辨鱼龙，三枚神针安天下，一张铁嘴定太平，比得上两位古人——开周八百年之姜子牙、立汉四百载之张子房，只恨命浅福薄，有志难伸。

起初崔老道不信命，又贪图大户人家许下的好处，被唤去给董妃娘娘选了一处阴宅，因而泄露天机，到头来不仅没挣着钱，还让董家打折了一条腿，从此走路一瘸一拐，一辈子也好不了。崔老道咽不下这口气，趁民国初年天下大乱，伙同大盗燕尾子、石匠李长林、倒斗的二臭虫，来了一出"群贼夜闯董妃坟"，分赃之后各奔东西，谁料没过多久，那三个贼人相继死于非命。崔老道心知这是报应，也自追悔莫及，只得将不义之财舍给粥厂道观，一个大子儿也不敢留，扔下一家老小躲出去避风头。无奈他这个倒霉鬼，走到哪儿也不太平，跑关东火炼人皮纸、走山西大闹太原城，又捅了不少娄子，好歹是把屁股擦干净了。等董妃坟的风头过去，这才回到天津城南门口摆摊儿算卦，全凭一张嘴连蒙带唬，为了养家糊口，什么降妖捉怪、画符念咒、相面测字、圆光寻物、抽签解梦，没有他干不了的。成天起早贪黑，推上小木头车来到南门口，捡块砖头挡住车轱辘，摆开"签筒、卦盒、龟甲、符纸"一应之物，车头插了幌子，上有字号"铁嘴霸王活子牙"，也不知道谁给封的。相面算卦是江湖上的"金点"买卖，干这个行当的人，首先要长得相貌堂堂、道骨仙风，身上行头也不能寒碜，还　要能说会道、巧舌如簧，这才唬得住人，正所谓"伶俐莫过江湖"。崔老道深得此法，他眉目分明、颧骨略高、鼻梁坚挺，天生一只肃劲的鹰钩鼻，够不上仙风可也有几分道骨；身披一件补了又补的破道袍、头顶道冠、手持拂尘，装模作样往车后边一站，盯着往来的行人，看谁像容易上当的，就找机会上前"搭纲"。

　　江湖上所说的"搭纲"，暗指没话搭话，借机做生意。搭纲之前要认准了人，看见神清气爽、脚步如飞的不能过去。按照算卦的说法"神清则无灾"，无灾谁来问卦？非得找一脸苦大仇深的，这叫"神乱则有殃"。崔老道见到这样的便迎上前去，手中拂尘一摆，口念道号"无量天尊"。懂行的人一耳朵就能听出来，这不是真传的三清老道，真正的三清弟子念"福生无量天尊"或"无上太乙度厄天尊"，走江湖的才念"无量天尊"。你若装作没听见接着往前走，可以省俩钱儿、少费两口唾沫，只要接了他的话，那就倒上霉了。崔老道使出插圈作套的江湖伎俩，装成"未卜先知、铁口直断"的高人，拿话引着你一步一步上当，心甘情愿地掏钱让他来上一卦。如若算卦的出门忘了带钱怎么办？不要紧，没钱给东西也行，窝头、豆饼、咸菜疙瘩、破了洞的小褂儿、飞了边儿的帽子、开了口的便鞋，他倒不挑，有什么是什么，应了那句话"雁过拔毛、兽走留皮，逮个屎壳郎也得攥出屎汤子来"，完事儿还净拣好听的说："并非老道我贪财，这是替您给祖师爷的灯里添二两灯油，庇佑十方善信。"

　　有这套江湖伎俩傍身，按说落个温饱不难。不过九河下梢这方宝地，诸行齐聚、百业皆兴，进入民国以来，老百姓东西两洋的玩意儿见多了，眼界一天比一天高，迷信算卦看相的人越来越少。崔老道经常开不了张，喝西北风是家常便饭，坐一天混不上半斤棒子面。他又不会干别的，为了填饱肚子只得另辟蹊径，算卦的同时外带说野书，吃的还是"开口饭"。在路边说野书叫"撂地画锅"，不同于在书馆中说评书，因为听书的不能保证每天都来，说书人也不能保证每天都在，所以很少有整本大套的，只讲民间的奇闻逸事，把点开活、随手抓哏，比说相声的不在之下，三言两语勾住了听主儿的腮帮子，这才挣得来钱。据崔老道所说，他的书和别人的不一样，并非凭空捏造、信口开河，全是他的亲身经历，其中压箱底的有这么一部《四神斗三妖》，可以说是他的顶门杠子、看家的玩意儿。咱们之前讲过的《龙虎山得道》《夜闯董妃坟》《大闹太原城》《金刀李四海》，仅仅是入话的铺垫。真正开说这部大书，头一段有个回目叫《王宝儿发财》。所谓"不听头不知道始末缘由，不听尾不知道归根结底"，咱们闲言少叙，就从这段《王宝儿发财》说起——

2

世上发财的人多了，有名有姓的也不在少数，老年间提起来，像什么石崇、邓通、沈万三，全是富可敌国的大财主，怎么单单要把"王宝儿发财"拿出来说呢？因为在过去来说，天津卫有句老话叫"王宝儿的水铺浮金鱼儿，祥德斋的点心吃枣泥儿"。后一句很好理解，是说祥德斋的枣泥儿馅儿白皮儿点心好吃，那是道光年间就卖出了名的老字号。豆沙馅儿、什锦馅儿的虽说也好，最好吃的可还得说是枣泥儿点心，用的是绥德红枣，带虫子眼儿的全拣出去扔了，先煮后炒，拌上花生油和白砂糖，又甜又沙口，在天津卫久负盛名。而前一句是什么意思呢？以前的人们习惯一早上起来喝口热茶，涮涮一夜的浊气，但是为了壶开水又犯不上点炉子生火，老百姓居家过日子，不做饭舍不得糟践劈柴。因此有了专供开水的水铺，想喝水的可以随时去买，还有包月往家里送的，钱也是按月结，伙计送一挑水，在水缸旁边的墙上画一道，月底数"正"字。干这一行用不了多少本钱，天津卫九河下梢七十二沽，大河没盖儿，就在那儿横着，水可有的是；烧开水也不用木柴，因为合不上成本，那烧什么呢？单有人挣这份辛苦钱，一早出城去田间地头捡秋秸秆儿，就是去掉穗的高粱秆儿，打成捆送到水铺；烧水的家什无非土灶、大锅，再置办几个水筲、水壶、水舀子，那也没几个钱。无论穷人、富人，谁都得喝水，所以说这是个不倒行市的买卖。想当初，王宝儿在水铺这个行当中称得上首屈一指，不但买卖大、连号多，他的水铺更有这么一景，就是他门前的大水缸中有一尾金鱼，全身通红，稍稍挂了一抹子金，从头到尾将近半尺，又肥又大，扇子尾、鼓眼泡，眼珠子往上翻，总跟瞪着人似的，唤作"朝天望"。天底下的金鱼大致上分为草种、蛋种、文种、龙种，王宝儿的金鱼属于龙种，还有个别名叫"望天龙"，在大水缸里摇头摆尾这么一游，谁见了谁喜欢，不仅好看还是个幌子，说明他铺子里的水干净。

王宝儿并非一落地就自带这番名气，说话在清朝末年，王宝儿还是个十三四的半大小子，早早没了爹娘，只留下个破落居所，住在天津城银子窝附近。银子窝官称"竹竿巷"，巷子又窄又长，条石铺路，倒不是因为路窄才被比作竹竿。这个地名源于巷子中头一家铺户，起初是做发卖竹竿的生意，发迹之后成了天津卫"八大家"之一，老百姓就给安了这么个地名，渐渐变成了商贾云集的热闹所在，开钱庄银号的不少。据说在巷子中堆放的银子日均不下三千万两，故此得了"银子窝"的别号。后来慢慢萧条了，踩得油光锃亮的条石路面也失去了光泽，石缝间杂草丛生。在当时来说，银子窝仍是富贵之地，住在此处的没穷人，不过王宝儿家在竹竿巷后街，咫尺之遥却是相差万里。竹竿巷后街多为简陋的民居，正对那些大买卖家的后门，人家有垃圾、脏土什么的，全往这边倒。王宝儿家那个破屋子，三九天透风、三伏天漏雨，连窗户带门没有囫囵的，不怕下雨就怕刮风，漏雨可以用锅碗瓢盆去接，风刮大了屋顶就掀了。

日子本就贫苦，又没爹没娘，一个人孤苦伶仃生计无着，出来进去连个说话的也没有，仅与一只拾来的癞猫为伴，白天托上半拉破砂锅，拉着一根破竹竿子，沿街乞讨为生。

王宝儿拉竿要饭，这里边也有讲究。竿子既能打狗，又能让人瞧出可怜，就好像没饭吃，饿得走不动道儿，拿根竿子撑着，再说砂锅，即便你有囫囵砂锅囫囵碗，也得打破了再拿出去。王宝儿为了讨饭，走遍了天津城的大街小巷、犄角旮旯，没少往高台阶大宅门里扒头儿。眼看那些有钱人家的小姐少爷，一个个锦衣玉食，小脸蛋儿吃得又圆又胖、白里透红，手里举着冰糖葫芦，咬一口顺嘴流糖水儿。再瞧瞧自己，衣衫褴褛、蓬头垢面，黄中透绿的脸色，瘦得皮包着骨头，手里这半块馊窝头，还是从狗食盆子里抢出来的。都是一般有手有脚有鼻子有脸的人，只因投胎不同，就得忍饥挨饿，虽说要饭的脸皮厚，也不免在夜深人静之际偷偷抹泪，常常自问：难不成这辈子就这样了？

王宝儿有几分志气，越想越不甘，总觉得憋了一口气，暗暗下定决心，说什么也不能再要饭了。别的活儿他也干不了，就到南城外的芦苇荡子捡秫秸秆儿、苇子棍，捡多了打成一捆，背回来卖给水铺。出力多少先放一边，四更前后就得披星戴月地出城，因为五更天亮就有要水的，起晚了不赶趟儿。

当时天津城中的大小水铺不下几十家，通常开在胡同深处，门前没有字号，只在外边挂一块小木头牌子，上写"水铺"二字，里边是一排炉灶。王宝儿常年讨饭，有一份眼力见儿。他送秫秸秆儿的这家水铺与别处不同，不仅门脸大，还有字号，门口挂着幌子，名为"顺隆水铺",取一顺百顺、生意兴隆之意,位于银子窝路口。进了门一左一右各设老虎灶,因其形状而得名,前边的灶膛如同张开的虎口,后边一根烟囱是老虎尾巴,两边各有三个灶眼,上卧六口大锅,锅上的木头盖子一半固定,另一半是活的。老板是哥儿俩,一人盯三个灶眼儿。各灶的火候不同,紧靠门的头一口锅,下边的火最旺,煮得开水滚沸,二一口锅里是半开水,三一口锅里是温暾水。卖着头锅水,随时再把二锅、三锅的水往前边倒,一来不耽误卖水,二来可以省火,因为这只"老虎"的确太能吃,多少秫秸秆儿也不够烧。两个老板从天不亮就开门,肩上搭着白手巾,手里拿着长把儿的水舀子。有买水的提着铜壶过来,用不着进屋,铜钱扔在笸箩里,打开壶盖放在门口。老板吆喝一声"靠后了您哪",就从屋里伸出长把儿的水舀子,灌上满满一壶的开水,手底下利索极了。每天早上"顺隆水铺"还代冲鸡蛋汤。买水的人端个大海碗,拿个鸡蛋,到水铺门口把碗搁台阶上,鸡蛋磕进碗里打散了,老板舀起开水往海碗里一冲,这就是一碗热气腾腾的蛋花汤。回去抓上一把虾皮、冬菜,再来个饽饽,早点就有了。冲一碗鸡蛋汤用不了多少开水,给不给钱无所谓,就为了让大家伙看明白,保证是滚开的沸水,不然这鸡蛋可冲不熟。王宝儿为什么往顺隆水铺送秫秸秆儿呢?一来住得不远,二来和乞讨一个道理,上大户人家讨饭,遇上心善的总能多给一点儿。

打那以后,王宝儿有了正经的事由,捡了秫秸秆儿就往这个水铺送。不过秫秸秆儿这东西不禁烧,加上他年纪小、嘴又亏,单薄得跟张纸似的,一趟背不了多少,供上这两个通膛的大灶,一趟两趟可不够，从城里到城外，一天来来回回往返七八趟。寒来暑往、顶风呛雪，吃的苦就甭提了。好在两位老板也是忠厚之人，又是住一条胡同的邻居，用谁的秫秸秆儿不是用，倒不如照顾照顾这个苦孩子，时不常的还多给点儿。王宝儿从小苦命，将人情世故看在眼中，懂得知恩图报，闲时经常去水铺帮忙，生个火、看个灶，给人家打打下手，有什么活儿干什么活儿。赶上不忙的时候，两个老板找地方歇着，就让王宝儿盯着买卖，知道这孩子人善心正，手也干净，不会昧钱。如此一来，王宝儿尽管日子还是又穷又苦，好歹不用讨饭了。

如若一直这么平淡，王宝儿可发不了财，咱也就没后话了。有这么一阵子，王宝儿在水铺帮忙的时候，总看见一个骑黑驴的乡下老客，长了一对夜猫子眼，嘴里叼着一个烟袋锅子，成天盯着水铺对面的门楼子发愣。一连多少天，骑黑驴的老客不到晌午就来，下了黑驴往路边一站，天黑透了才走，不错眼珠儿地盯着看，也不知道是中了什么魔障。王宝儿心下纳闷儿，可也没敢去多问，反正林子大了什么鸟都有，保不齐这位就愿意给门楼子相面。他可不知道，这个人太厉害了，说开天地怕，道破鬼神惊，乃是天津卫四大奇人之一——憋宝的窦占龙！

这一天王宝儿带着癞猫出门去捡秫秸秆儿，又遇上了骑黑驴的窦占龙。擦身而过之际，窦占龙叫住王宝儿："小孩儿，你想不想发财？"王宝儿一愣，不明白来人什么意思，心说：我刚寻了个事由，不用要饭了，上哪儿发财去？窦占龙说："我想买你一样东西。"王宝儿上下打量了一番窦占龙，纳闷儿地说："小的家徒四壁，一年四季就这一身衣裳，哪有您看得上的东西？"心下却寻思：这别再是个拍花子的，花言巧语把我唬住了，到时候往穷山沟子里一卖，我可就交待了！没承想窦占龙"嘿嘿"一笑，伸手点指道："我不买别的，就要你身边那只猫！"

王宝儿眉头一皱，这只猫跟他相处多年，白天陪他出城捡秫秸秆儿，晚上跟他在一个被窝里睡觉，在外边吃了多少亏、受了什么委屈，回到家里也只能跟癞猫念叨。你把他们家安上四个轱辘推走也无妨，要他这只猫他可舍不得。想到此处，王宝儿蹲下身子，把癞猫抱了起来。

窦占龙看出王宝儿犹豫，不等他说个"不"字，已从钱褡裢中摸出一锭银子，在王宝儿眼前一晃。王宝儿长这么大从没摸过整锭的银子，别说摸了，就是离这么近看一眼都没看过。这么大一锭银子，没十两也有五两，顺隆水铺这么大门面，使的用的全加上还不值五两。窦占龙以为这买卖必成："小兄弟，你把这猫给我，这银子就是你的。"王宝儿虽然一贫如洗，这只癞猫却千金不换，脑袋摇得都快泄了黄。窦占龙没想到给王宝儿这么多银两他都不肯，反而把癞猫抱得更紧了。别看癞猫是王宝儿捡回来的，浑身上下没一块整毛，但是形影不离、相依为命，真可以说如兄似弟，哪有哥哥卖弟弟的？

窦占龙变戏法似的一锭接一锭从褡裢中掏银子，两只手拿不过来，就往地上码，转眼间地上银子堆得跟个小山包似的。王宝儿却只是摇头，癞猫也颇通人性，低头往王宝儿怀里扎。这么一来，倒把憋宝的窦占龙唬住了，还以为王宝儿识破了他的老底。憋宝这行有个规矩，识破了就得分给对方一半，无奈之下说出实情。原来银子窝这个地方有件天灵地宝，乃一只得了道的玉鼠，就藏在水铺对面的门楼子上边，有此宝傍身，荣华富贵，不求自来。不过这天灵地宝，可不是说取就能取，所谓卤水点豆腐——一物降一物。窦占龙心里明白，只有王宝儿身边的癞猫才抓得住它！

王宝儿还当窦占龙看错了，低头看了看癞猫，又抬头瞅了瞅门楼子，奇道："这只猫长满了癞疮，要不是我捡回来，它早就饿死了。一不会上房，二不会爬树，门楼子那么老高，它如何上去捉玉鼠？"

窦占龙说："尔等凡夫俗子若能识宝，我们憋宝的不就没饭吃了？你若信得过我，可于明夜子时抱着癞猫在门楼子下边等我，得了天灵地宝，分你一半富贵，够你十辈子吃香喝辣的！"说罢骑上黑驴扬长而去。

3

王宝儿对窦占龙的话半信半疑，眼瞅着一人一骑走远了，扭回头来盯着门楼子，把眼珠子都快瞪出来了，到底没看出什么端倪。那上边除了尘土、树叶、砖缝儿里的野草，哪有什么玉鼠？他倒是有过耳闻，没少听老街旧邻念叨，说江湖上有一路憋宝的奇人，凭着眼力过人，四处取宝发财，难不成真有此事？转念一想，且不说真与不真，纵然能发大财，那也是明天了。人活当下，什么也不如当下有口饭吃要紧。王宝儿乞讨多年，早明白这个道理了，眼下还得出城捡秫秸秆儿，否则今天就得挨饿，但是这只癞猫就片刻不敢离身了。他把猫紧紧抱在怀中，摸出身上仅有的五个大子儿，用其中的四个在路上买了俩烧饼当晌午饭。离银子窝不远有家烧饼铺，他家的芝麻烧饼最好吃，用麻酱分层，揪出面剂子，拿起来往芝麻笸箩里一按，单面沾上芝麻，放进炉膛里烤，刚出炉的还挺烫，外表焦脆、内里绵香。油纸包好了拎在手里，兜里的五个大子儿这就去了四个，留下一大枚揣在怀中，想等回来时路过河边再给癞猫买点儿臭鱼烂虾。也是合该出事，一路走到南门口，正撞见摆摊算卦的崔老道。

崔老道日子过得比王宝儿也好不到哪儿去，一连几天没开张了，饿得前心贴后背，脑袋发蒙，脚底下打晃，站都站不稳了，捡了两块砖头垫屁股，坐在卦摊后边两眼发直，盯着往来的行人，看谁都像蒸饼，恨不得咬上两口。他瞧见王宝儿身上穿得又脏又破，怀中抱着一只蔫了吧唧的癞猫，心说：这不是买卖，赚不出钱来。书中代言，崔老道并非以貌取人，单看穿着打扮没准儿也能看走眼，因为那个年代仍是大清国的天下，万一有个微服私访的老大人，故意穿得破衣拉撒的呢？所以江湖上有一套相人的方法，比如有这么一句话叫"闻履知进退"，不必看来人穿着打扮、五官相貌如何，只听此人脚步声，大致上就知道是什么来头。真有根基的贵人，走起路来一步是一步，步眼沉稳。王宝儿可不然，脚底下"噔噔噔噔噔噔"，乱如麻，快如砸。崔老道一听便知，这是为了吃饭赶去奔命的人，可又一瞧，王宝儿手里拎了个油纸包，不用问准是吃的。崔老道饿得眼珠子都蓝了，心说：我也别挑了，蚂蚱再小也是肉，赶上什么是什么吧！他念及此处，勉强站起身来，叫住了王宝儿说："无量天尊，财主爷留步，贫道我有良言相告。"

王宝儿只是个半大孩子，不知江湖上的钢口，心下莫名其妙，问崔老道："道长，您叫我？我怎么成财主爷了？"

崔老道见王宝儿让他叫住了，这生意就做成了一多半，当即耍开舌头说："小兄弟，贫道既然这么叫你，定然有个因由。你看你这面相，龙眉虎目有精神，天高地厚家中肥，你不是财主谁是财主？当下窘困不过一时，来日富贵不可限量！"这几句话按江湖调侃来说叫使上了"拴马桩"，也就是用拴马桩把人的腿脚拴住，甭想再走了。

江湖所传相面算卦的诀窍，无不是简明扼要的大白话，练的就是察言观色、见风使舵的本事，学三四个月就能上地做买卖。崔老道是老江湖，熟知人情世故，只要你敢搭话，他就有本事让你掏钱。换了平时，王宝儿未必会上当，他一个捡秋秸秆儿的穷孩子，没饿死就不错了，还指望当财主？不过窦占龙刚许给他一件大富贵，正不知道是真是假，听崔老道这么一说，不由得信了几分，对崔老道说道："我从小到大连一顿饱饭也没吃过，您倒说说看，我如何发财？"

崔老道心知这已是到嘴的鸭子了，不慌不忙拿出签筒子来，指点王宝儿抽了一支签。抽签算卦叫"奇门卦"，又叫"八岔子"。签筒里装着六十根竹签子，卦摊上摆好九个卦子儿，横竖各三行，每行三个，对应"戊、己、庚、辛、壬、癸、丁、丙、乙"九个字。别人算卦专攻一门，抽签就是抽签，看相就是看相。崔老道不然，艺多不压身，有什么来什么，肚囊也宽绰，没他不会的，对付个小孩子用不上"六爻八卦"，只凭胡说八道就够。崔老道接过来王宝儿的签子看了看，按签子上的字在桌上摆卦，装模作样看了半天，其实是肚子又饿了，得站那儿缓缓，否则非得一头栽倒不可。缓得这么一缓，崔老道皱着眉咽了咽口水，可就说了："你这个财非同小可，卦辞有云，时来运转当头红，出门遇上好宾朋，想要求财财自有，想要求利利自成……"卦辞确是不错，那么说真该王宝儿走运了？非也！崔老道给谁算卦也是这几句，就是说出门遇上贵人，因此得以转运发财，贵人暗指他崔老道，这是江湖口、生意经。按照以往的套路，算卦的一定会求他指点，他再胡编几句，东南西北随便一指，告诉来人想发财往那边走，这就能要钱了，给那位发到云南去他也不管。那位说，人家要是回来找他打架怎么办？那倒不会，崔老道说出大天来也骗不了几个钱，被骗的人顶多是没寻着财路，又不是什么深仇大恨，谁有闲工夫回来找他？即便找回来，崔老道照样有一套说辞应对。

王宝儿从来没有闲钱算卦，没经过这样的事情，以为崔老道真有两下子，连他遇上骑黑驴的窦占龙也算出来了，当即拜谢了崔老道，转过身就要走。

崔老道的话茬子够硬，一是敢找人要钱，二是有让人掏钱的手段，一瞧这孩子怎么这么耿直呢？我不要钱他也不给，这可不行，唾沫没有白费的。赶忙绕到王宝儿前面，平伸双臂把他拦下说："财主爷留步，发财不难，守财不易，你命中注定有这条财路，却须多行好事，留住这一世富贵。"

王宝儿听不懂崔老道言下之意，只说："道长所言极是，等我发了财，定会修桥补路，多做功德。"

崔老道见王宝儿还不往道儿上走，暗骂这小子长了个点不透的榆木疙瘩脑袋，怎么就听不明白呢？他不得不把话说明了："常言道有心为善，虽善不赏；无心作恶，虽恶不罚。等你发了财再积德行善，那就来不及了，功德只在眼下。"

王宝儿抓了抓脑袋说："我身上只有一个大子儿、俩烧饼，如何能够行善？"

崔老道心想：这孩子是没多大油水，可也不能不要："东西不在多少，我替财主爷送入粥厂道观……"话没说完，他这不争气的肚子先打上鼓了，声若响雷。

王宝儿一向心善，见崔老道饿得站都站不稳了，直似风摆荷叶。这两个烧饼何必送入粥厂道观，斋僧布道也是功德，往前一递手，就把烧饼给了崔老道。

崔老道抓过烧饼，撕开纸包，等不到王宝儿走，就把俩烧饼一口一个扔进肚子，咸淡味儿都没尝出来，可总算是还了阳。他又对王宝儿说："财主爷，两个烧饼您都舍了，那一个大子儿也甭留着了，贫道替您给祖师爷添点儿香火，定保您财源广进。"

王宝儿赶忙捂住口袋："那可不行，这一个大子儿还得买臭鱼烂虾喂猫。"崔老道瞧了癞猫一眼，这只猫奇丑无比，从头到尾的癞疮，没一处好毛色，却被王宝儿搂在怀中视若奇珍。他以为这孩子孤苦无依，捡了只癞猫做伴儿，又舍不得那一个大子儿，便说："财主爷果真心善之人，赶上如此荒颓的世道，人尚且难求一饱，哪有余钱买臭鱼烂虾喂癞猫？若是拿去给祖师爷添香许愿，不知可以护佑多少信善……"

还没等崔老道把话说完，王宝儿就接口道："道长有所不知，取宝发财全凭此猫。"

锣鼓听音，说话听声。崔老道吃的是江湖饭，全凭随机应变的本事，他听王宝儿这么一说，心里头纳上闷儿了："这个话蹊跷了，什么叫取宝发财全凭此猫？财从何来？"他有心问个究竟，拽住王宝儿的胳膊不让走，可也不明说，东拐西绕一通打听。这也是门学问，按算卦这行的术语来说，叫作"要簧"，说白了就是拿话套话。这里边的手段多了去了，有"水火簧、自来簧、比肩簧、拍簧、诈簧"等等，讲究的是声东击西、抽撤连环，甭管多精明的人，一不留神就会让他绕进去。

王宝儿到底是个孩子，架不住崔老道连蒙带唬，就把骑黑驴的老客找他借猫取宝一事说了。

常言道"说者无心，听者有意"。别看王宝儿叫不出窦占龙的名字，崔老道一听可就明白了，骑黑驴的老客不是旁人，正是憋宝的窦占龙。正所谓"人的名、树的影"，提起窦占龙那还了得？江湖上响当当的人物字号，耳朵里早就灌满了，也打过一两次交道。久闻此人广有分身，旁人看不上的破东烂西，在他眼中却可以勾取天灵地宝，这么多年取宝无数，哪一件不是价值连城，说他是财神爷降世也不为过。崔老道贪心一起，什么也顾不上了，对王宝儿说："憋宝的可没一个好东西，只会说大话使小钱，恨不能空手套白狼。我来问你，十字路口的门楼子是给他立的吗？"

王宝儿摇头道："不是，那是一座荒宅的门楼子。"

崔老道又问："门楼子上的玉鼠是他养的吗？"

王宝儿说："憋宝的告诉我，玉鼠乃天上灵气入地为宝。"

崔老道说："我再问你，灵猫是不是他捡来的？"

王宝儿又摇了摇头，这只癞猫是自己从小捡来的。崔老道一拍大腿说："对啊，灵猫、玉鼠、门楼子没一件是他的，凭什么吐口唾沫粘家雀分你一半的富贵？依贫道所见，你既得了灵猫，玉鼠就该是你的，与旁人何干？"

王宝儿让崔老道一问二问连三问，问了个哑口无言，有道是不怕没好事，就怕没好人。王宝儿本来耳朵根子就软，孤苦伶仃一个小孩子，不识文不断字，没什么主见，此时让崔老道一撺掇，心说：对呀，憋宝的一不出钱二不出力，凭什么分走一半好处？

崔老道见王宝儿站在当场茶呆呆发愣，就知道有门儿，于是接着说："并非贫道多事，只因路不平有人铲，事不平有人管。骑驴憋宝的名叫窦占龙，此人腰缠万贯，富可敌国，金胳膊、银大腿、翡翠的脑袋，却来诓一个涉世未深的半大孩子，贫道岂能袖手旁观？不如来个先下手为强，咱们今夜晚间去抓玉鼠，有贫道在旁护持，可保万无一失。得了宝我分文不取、毫厘不要，只替祖师爷讨几个香火钱便可。"

几句话说得王宝儿心中一动，转念一想，自己已经和那骑黑驴的老客约定了，食言而肥可不够意思，便问崔老道这该怎么办。崔老道眼珠子一转："这个宝理应是你的，正所谓让理不让人。帮理不帮亲。咱冲着理说话，与那骑黑驴的何干？再者说了，你若真过意不去，大不了等有钱了，再买匹高头大马送给他，让他回家配骡子去。"

王宝儿一听确实是这个道理，而且崔老道可比骑黑驴的面善、心眼儿又好，说的话句句中听，赶紧一揖到地："事成之后，我王宝儿绝不会亏待道长。"

崔老道暗暗得意：怪不得一大早上起来眼皮子就跳，原来让我遇上了这等好事，借窦占龙之法取宝发财，一不出钱二不出力，这才叫真正的坐享其成。当下和王宝儿说定了，天黑之后在银子窝路口碰头，死约会，不见不散。

当天半夜，一长一短两条黑影蹿至银子窝路口。前边是王宝儿，怀中抱着那只癞猫，后边一瘸一拐的是崔老道，身背宝剑，手持拂尘，既然来护法，架势可得摆足了。两人如同做贼的，蹑手蹑脚贴着墙根儿走，只恐被人瞅见。因为那个年头没有穷人说理的地方，万一让人撞破此事，往官面儿上一报，县太老爷准得把玉鼠收了去，献到皇上驾前，升官发财换纱帽，谁管一个算卦的瘸老道和一个捡秋秸秆儿的穷孩子的死活？

二人偷偷摸摸来到门楼子下边，崔老道让王宝儿将癞猫放到地上，躲在暗处窥觑。月光下边细看，王宝儿的猫长得真叫一个寒碜，又瘦又小，身长不过一尺，毛色说白不白、说黄不黄，全身的癞疮，从来也不会叫，而且还懒，往门楼子下边一趴，动都懒得动。不过崔老道心知肚明，窦占龙目识百宝，绝不会看走眼，此猫必有异处。

夜近子时，天上月明星稀，四周围除了王宝儿和崔老道一个人也没有。门楼子上忽然白光一闪，二人揉了揉眼定睛观瞧，但见一只巴掌大小的耗子，全身通透如玉，腹中肝花五脏悉数可见，瞪着两只碧绿的小眼珠儿，正在门楼子的檐顶上望月，真乃世间难得的异宝。崔老道和王宝儿看得张大了嘴，再也合不拢。

正当此时，王宝儿的猫叫了一声，循声望去，癞猫身上的癞疮纷纷脱落，掉了一层皮似的，哪还是之前的癞猫，鼻尖和四爪雪白，通体皆黑，双眼在月光下直泛金光，正所谓"四足踏雪不为奇，踏雪寻梅世所稀"！没等二人回过神来，踏雪寻梅金丝猫已飞身蹿上了门楼子。上边那只玉鼠着实吃了一惊，吓得从檐顶上掉了下来，落地摔了一个四分五裂。再看门楼子上的踏雪寻梅金丝猫，没捉到玉鼠，望了望天上的明月，竟不回顾，一路蹿房越脊而去，转眼不见了踪迹。

这一切只不过发生在眨眼之间，等崔老道和王宝儿明白过来，不但黑猫跑了，摔碎的玉鼠也已不见。二人你瞧瞧我，我看看你，均是作声不得。

一场竹篮打水，王宝儿还没回过味儿来，憋宝的窦占龙就到了。原来他回去之后一直觉得心里不踏实，自己不守在门楼子底下不放心，因此半夜骑上黑驴来到银子窝。他见崔老道和王宝儿在门楼子下边发呆，立时有不祥之感，翻身下驴奔将过来，一把薅住王宝儿的脖领子，问道："你这大半夜跑这儿来干什么？"王宝儿不知如何理会，伸手一指崔老道："是崔道长让我来的……"窦占龙抬头一看门楼子上空空如也，又看了一眼旁边的崔老道，才知是这个扫帚星作梗。他用力把王宝儿推了个四仰八叉，咬牙切齿地对崔老道说："玉鼠可不是这么个拿法，非要等到明天月圆之际，让它吸够了天精地华，还得提前铺好猩红毡，四周撒上五谷杂粮，那时再让灵猫出来。玉鼠受到惊吓，掉下来是活的最好，哪怕不是活的，落在毡子上至少是囫囵个儿的，那也是无价之宝。如今倒好，摔了个四分五裂遁入土中，等闲放过了一场大富贵！"

窦占龙越说越气，点指崔老道的鼻子怒骂："仨鼻子眼儿多出一口气的玩意儿，天雷击顶、五马分尸的牛鼻子老道，干出这等没皮没脸没王法的勾当，你拿什么赔我的玉鼠？"

崔老道以前见过窦占龙，只不过没什么交情。他心知自己理亏，却仍嘴硬，来了个亏理不亏嘴，将手中拂尘一摆，慢条斯理地说道："玉鼠乃天灵地宝，怎么就成你的了？你招呼它，它跟你走吗？我放了它这叫替天行道，何错之有？"

窦占龙怒不可遏，两只眼几乎冒出火来："呸！少说风凉话，不是你起了贪念，擅取此宝，玉鼠怎会遁去？你不撒泡尿照照你那德行，长没长发财的脑袋？凭什么打天灵地宝的主意？"

崔老道面子上不恼，依然强词夺理："贫道怕你因财失德，遭了报应天地不容，故此放走玉鼠。"

窦占龙见崔老道不仅嘴硬，还一脸的大义凛然，当真可恨透顶，气得他额头上绷起三条无情筋，止不住越骂越难听，调门儿一声高似一声。

崔老道却反其道而行之，凭着脸皮厚，摇头晃脑，不紧不慢，这可比什么都气人。他也看出来了，他越不着急，窦占龙就越是暴跳如雷。你有千言万语，我有一定之规，以不变应万变，随你怎么骂，我就是不生气，你能奈我何？

窦占龙让崔老道气得脸红脖子粗，手脚直打哆嗦，本来心里就窝火，又遇上个蒸不熟煮不烂的二皮脸，加之他这气性也忒大了点儿，一时急火攻心，忽觉眼前发黑，嗓子眼儿发甜，咽一下没咽下去，咽两下没咽下去，"噗"的一声喷出一口鲜血，随即扑倒在地，居然让崔老道活活气死了！王宝儿坐在地上不敢近前，崔老道俯身探了探鼻息，窦占龙魂魄出窍，已然死绝，搬来三清三境三宝天尊也活转不得了。

4

崔老道眼见出了人命官司，这他可打不起，尤其是那个年月，老百姓常说"衙门口儿朝南开，有理没钱别进来"，打的不是官司是银子，何况他还不占理。这要是被官面儿上拿住，又没钱上下打点，免不了先打后问，不用四十大板、八十大板，三板打下去就能要了他的命。他吓得有烧饼也没嘴吃了，直抖搂手，转头对旁边吓蒙了的王宝儿说："你瞧见了，他是暴毙而亡，我一个手指头也没动他。方才贫道掐指一算，玉鼠虽好，却不是你王宝儿之财，你也不可强求，等到该你发财之时，贫道再来相助，青山不倒绿水长流，咱们后会有期！"说罢拖着瘸腿，一颠一颠地逃了。

王宝儿半天才回过神儿来，一个人在原地发呆，心说：癫猫没了，玉鼠碎了，窦占龙死了，崔老道跑了，我怎么办？亏得他从小讨饭见惯了人情世故，脑子也灵，前思后想琢磨出一个主意。天还没亮，他就跑去找地保，说自己一大早出去捡秫秸秆儿，见到路口死了个人。地保跟王宝儿出来，见到门楼子底下的尸首，让他在这儿看好了，死尸不离寸地，自己赶紧前去报官。按说这也是人命关天的大事，可那个年头兵荒马乱，天津城中的"倒卧"太多了。窦占龙又是外来的，在本地一无亲二无故，等了几日也没有苦主鸣冤。所谓民不举官不究，官府也是多一事不如少一事，叫来抬埋队的人，用草席子卷了尸首扔到乱葬坑，就这么对付过去了。

王宝儿空做了一场发财梦，又不见了相依为命的癞猫，心里怎么别扭放一边，想要吃饭还得出城捡秋秸秆儿，送到水铺挣几个钱糊口。可是过了不到半年，赶上局势动荡，街面儿上兵荒马乱、枪子儿乱飞。老百姓能跑的全跑了，商家铺户关门的关门、上板的上板，生意是没人做了，开水铺的两兄弟也去外乡避祸，一走就再没回来。这么一闹，王宝儿的生计又断了弦，只得重操旧业，收拾了一套竹竿砂锅，接着拉竿要饭，又过起了朝不保夕的苦日子。

顺隆水铺关了张，等到战乱过后，仍没人愿意接这个买卖，因为开水铺太辛苦，日复一日起五更爬半夜，赚钱不多受累不少。王宝儿不怕吃苦受累，有心把水铺的买卖接下来。毕竟在水铺打了这么久下手，怎么生火、怎么烧水，看也看会了，开水卖多少钱、凉水卖多少钱，是论壶算还是按舀来，心里全有数儿。除此之外，那些挑大河送水的、捡秋秸竿儿的他也认识。有道是生行莫入、熟行莫出，真要是把铺子接过来，有了这份买卖，吃多少苦、受多少累心里也高兴，总比拉竿要饭强上百倍。无奈有心无力，掏不出本钱。王宝儿日思夜想如何接下这份买卖。一日在家中睡觉，狂风呼啸，他冷得瑟瑟发抖之时，突然意识到自己还有"头顶三片瓦，脚下一块地"的祖产。他一咬牙把家里的破屋子卖了，那间破屋子值不了仨瓜俩枣，好歹有份地契，多多少少凑些本钱，兑下了顺隆水铺。

他抱上铺盖卷住进水铺，门口的木头牌子换了一块，改为"王宝水铺"。择良辰选吉日，重打锣鼓另开张，还特地买回一挂鞭炮几个二踢脚，噼里啪啦一通乱响，算是开张大吉。从此起早贪黑、忙前忙后，不敢有半点儿懈怠，一心经营这份朝思暮想的营生。

有道是"卷旗容易，扯平了难"。兵荒马乱的年月，这水铺又关张多时，老百姓早习惯上别处打水了，要把"顺隆水铺"重整旗鼓谈何容易。买卖大不如前，几乎入不敷出，做买卖将本图利，这样下去维持不了多久。这一天晌午，王宝儿坐在水铺中发愁，却见崔老道找上门来。崔老道见了王宝儿，口诵一声道号："无量天尊，听说财主爷接了水铺的买卖，不用再去捡柴秸秆儿了，贫道特来相贺。"王宝儿起身相迎："道长取笑了，这个买卖不好干，我都快把裤子赔进去了。"崔老道说："不是买卖不好干，而是此处的形势破了。之前的水铺生意兴隆，因为对面门楼子上有只玉鼠，这就凑成了一个形势，唤作'玉鼠上天门'，如今玉鼠没了，财运也一落千丈。"

王宝儿不想再信崔老道的胡言乱语，当初听了他的话，吃的亏还不够吗？他拍一拍屁股跑了，留下自己一人收拾残局。而崔老道所言又有几分道理，水铺不是到了他手上才不行的，打从玉鼠没了，生意就不行了，无奈事已至此，再说这个还有什么用？要怪只能怪你崔老道从中作梗！

崔老道看看左右无人，低声对王宝儿说："没了玉鼠不打紧，我有言在先，非你之财不可强求，待到该你发财之时，我必定赶来相助！而今你发财的时机已到，且听我言，你水铺门口的水缸聚住了一道瑞气,只不过形势未成,财路未开。你买上一尾金鱼放在缸中,这就又成了一个形势,也有个名目,唤作'龙入聚宝盆',比先前的'玉鼠上天门'还招财,只要这口水缸不动,准保你发财!"

书中代言,崔老道这一次说的话千真万确,憋宝的勾当他不成,却善于相形度势。天机本不该道破,却总觉得对不住王宝儿,想要还他这份人情。上一次错失了玉鼠,王宝儿没怪崔老道,足见这孩子够仁义,且命里合该发财,只不过得有人给他捅破这层窗户纸。崔老道来之前想好了,无论王宝儿发多大的财,他是分文不取,那就不会遭报应。

王宝儿谢过崔老道,立刻去买金鱼。那会儿卖金鱼的小贩往往是推着车走街串巷,车上大盆小缸,里边是各色金鱼,什么虎头、泡眼、珍珠、绒球,全是常见的,一边走一边拉长声吆喝"卖大小金鱼嘞",比唱曲儿还好听,为了让一街两巷的人听见,出来买上个三条五条的,回家哄孩子玩儿。如若等着卖金鱼的上门,那叫守株待兔,指不定得等到几时。王宝儿真是赔钱赔怕了,受穷等不了天亮,就把水铺关门上板,跑去鸟市买金鱼。说怎么不去鱼市呢?皆因鱼市和鸟市不同,鱼市大多在城外河边,只卖"拐子、胖头、鲫瓜子、鳎目、黄花"之类吃的河鱼、海鱼,金鱼是玩物,想买金鱼得去鸟市。离得也不远,出北大关锅店街有一处鸟市,应名叫"鸟市",可不仅卖鸟,花鸟鱼虫应有尽有。王宝儿来到鸟市上东瞧西看,见路边有个卖金鱼的,面前摆着三个洗澡用的大木头盆,里边游来游去的全是金鱼,五颜六色的,煞是好看。不过金鱼这东西不好挑,为什么呢?它游来游去待不住,刚看上一条,正要下抄子,一眨眼就不知道游哪儿去了。王宝儿急得抓耳挠腮，卖金鱼的也着急，没见过这么挑的，捞一条差不多的不就得了？简短截说吧，一买一卖费了老鼻子劲儿才从成堆的金鱼里择出一条。也不知王宝儿是慧眼识珠，还是命中注定有这场富贵，挑的正是前边说的那条"望天龙"，全身上下红似烈火，背覆金鳞，说是金鳞，也不可能金光闪闪，日头底下细看，稍微挂几点儿金，这就不简单了。捞到一个粗瓷碗中，倒上半碗清水，王宝儿如获至宝，双手捧着小心翼翼回到水铺，连鱼带水倒进门口的大缸水中。什么叫海阔凭鱼跃，一缸水养一条鱼，摇头摆尾这么一游可就撒了欢儿，王宝儿自己看了也觉得挺好。从此开始，水铺的生意还真就一天比一天好，周围的住户又都上这里打水来了。过了个把月，欠的房钱还上了，手头也宽裕了。

俗话说"一行人吃一行饭"，王宝儿天生会做生意，水铺虽是小买卖，但是只要有心，也能比别人赚得多。他以前讨过饭，知道见了有钱的大爷大奶奶只装可怜不成，还得多说吉祥话。他编了几段词儿，又雇了一帮小要饭的，教他们学会了，早上提着铜壶挨家挨户送开水，铜壶擦得锃明瓦亮，上贴红字条，字条写福字，未曾进门先吆喝一声："给您府上送福水！"进了大门再唱喜歌："一进门来福气冲，天增岁月人减容，金花银树门前开，屋里还有位老寿星！"这个词儿谁不愿意听？赶上主家一高兴，不仅给足了水钱，额外还得赏几个。王宝儿给这帮小要饭的按天结账，谁讨的赏钱归谁，他一个大子儿不要。买水的主顾全挑大拇指，称赞王宝儿做买卖仁义，还懂得可怜穷人。一传十，十传百，人们都愿意给行善的捧场，水铺门口的钱笸箩天天满。家里头稍微有点儿钱、想摆个谱儿的，都愿意在王宝儿的水铺定开水，就为了一早听那几句吉祥话儿。您别看王宝儿没念过书，要饭时却没少听，他记性甚好，又爱琢磨，肚子里的词儿可不少，常换常新，一段比一段吉祥。而且街坊四邻之间还相互攀比，对门的叫人送开水，有人给唱喜歌儿，自己家出去打水多没面子？你要我也要，给他唱一段赏一个大子儿，给我唱一段赏两个子儿。就这么着，王宝儿一点点地攒钱，堆石成山、积沙成塔，接连盘下了周边的几家水铺，当成他的分号。又过了这么三五年，天津城中的大小水铺都姓了王。王宝儿从一个捡秫秸秆儿的穷孩子，当上了四十八家水铺的东家，百十来号伙计全归他一个人管。长年给水铺挑水、送秫秸秆儿的这些穷人，谁见了他也得毕恭毕敬、客客气气，这是衣食父母，灶王爷不供也得供着他。不过您可听明白了，此时的王宝儿还够不上发大财。水铺这一行干到头儿也就是个小买卖，本小利薄，即使连号众多，仍比不了粮行、米铺、布庄这些大生意。再加上王宝儿心善，凡是给他干活儿的，无论挑河的苦大力，还是送开水的小叫花子，总是多给钱，宁亏自己不亏旁人。三两年间把生意做到这个地步，不仅凭命中的富贵、做生意的脑筋，还有一条就是王宝儿能吃苦，忙起来顾不上吃顾不上喝，累了就在水铺中凑合一宿，没有半点儿东家的架子。

手底下的伙计多次劝他，好歹也是大东家了，怎么说不得置办个房子安个家，成天住在铺子里可不是长久之计，买不了深宅大院，来两三间瓦房总是应该。王宝儿一想也对，是不能在水铺住一辈子，该找个窝儿了，便四下打听有没有合适的房子。挑来选去、选去挑来，也不知哪路鬼摸了他的头，竟买了北门里的一座凶宅！

🔥 第二章　王宝儿发财（中）

1

书接前言，上回正说到崔老道一时贪财错失玉鼠，气得窦占龙恶血冲心，死在当场。他自己拍拍屁股跑了，扔下本该发财的王宝儿接着受穷，不免心怀愧疚，指点他在水铺门口的大缸中放上一条金鱼，凑成了"龙入聚宝盆"的形势格局。王宝儿照方抓药，生意果然风生水起，没用三五年，已在天津城开了四十八家水铺。手头儿宽裕点儿了，寻思也该找个安身之所，这些日子经常往茶馆跑，倒不是为了喝茶，因为茶馆之中牙行聚集，他想托人买套房子。

过去的牙行说白了就是中介，牙侩们得知王宝儿找房子，全给留上心了，这两三年天津卫提起来谁不知道"王宝儿的水铺浮金鱼儿"？这是堂堂的大东家，大人办大事儿、大笔写大字儿，必然出手阔绰，怎么不得置办一套前后三进、左右带跨的大宅院？到时几百上千两的银子一过手，少不了捞上一票，绝对是块流油的肥肉，如同一群苍蝇似的全跟了上来。怎知这个东家手紧，拿出来的钱不多，买好的不够，买次的富余，不上不下正卡嗓子眼儿上。并非王宝儿不愿意多掏钱，头里咱也说过，水铺这个行当的买卖再好，无非是蝇头小利，一壶开水也卖不出三吊三、六吊六的价钱，赚的就是个辛苦钱，再刨去人吃马喂这些成本，纵然连号四十八家，看起来家大业大，雇的人手也着实不少，其实连本带利也只是有数儿的几个钱。再加上王宝儿受过穷，有道是"乍富不知新受用，乍贫难改旧家风"，过惯了苦日子，虽说比不上一毛不拔的瓷公鸡、铁仙鹤，但总不可能有多少钱掏多少钱，往后的生意还得做、日子还得过，所以出的价钱不多。他让牙侩们领着，跟画地图似的满城乱转，大小房子看了不少，却是高不成低不就，没有真正入了眼、称了心的。

这一天早上，王宝儿跟平时一样，交代完水铺的生意，出门奔北大关，进了袭胜茶馆，叫上一壶茶，又让伙计给端过两碟点心。天津卫的茶馆跟别的地方不太一样，分为书茶馆、戏茶馆、清茶馆三种。袭胜是家老字号，属于戏茶馆，底下喝茶、台上唱戏，讲究戏好、角儿好、水好、茶叶好，来此听戏喝茶两不误，不卖戏票，只收茶资。茶馆中多为散座，一张八仙桌、四把官帽椅凑成一桌，相熟的茶客进来就往一块儿凑合，也有几个包厢雅座，迎面是小戏台，"出将、入相"两个小门通往后场。戏台上整日上演京评梆曲，茶客大多是专门来听戏的，也不乏谈生意做买卖的行商坐贾。

王宝儿坐定了，捏起一块点心刚想吃，打门口进来一位，中等个头儿，淡眉细眼，留着三绺短须，头戴瓜皮小帽，身穿青色长袍，外罩黑色马褂，手里拿着一把白纸折扇，过来先给王宝儿请了个安："王大东家，您老早啊！"

王宝儿这些日子天天泡在茶馆儿，也认得此人。天津城的一个牙侩，人称冯六，专给人拉房签。过去这一行有这么个说法——十签九空、一签不轻，是个半年不开张、开张吃半年的行当。用不着搁本钱，全靠耳朵听、嘴里说、眼界宽、门子多，谁想卖宅子、谁想置产业，他们打听来消息，在中间来回说合，这边多出几个，那边少要几个，凭着三寸不烂之舌把价码说平整了，带着两边签字画押过地契，从中捞点儿好处。冯六四十来岁，这辈子没干过别的营生，在这一行里混迹多年，浑身上下三十六个心眼儿、七十二个转轴儿，脑瓜顶上冒油、两眼放精光，最会见人下菜碟，顺情说好话。他过来给王宝儿请过了安，一屁股坐在对面，招呼伙计给拿了个杯子，从王宝儿的壶中倒上一杯，端起来一饮而尽，又捏起一块点心放进嘴里，一点儿也不见外，边嚼边说："给您老道喜！"

王宝儿奇道："冯六哥何出此言？"

冯六说："我给您找着个房子，再没有比它合适的了。"

王宝儿这大半年看了不少房子，没抱多大指望，顺嘴就说："那敢情好，哪儿的房子？咱瞧瞧去。"

冯六挤眉弄眼，一脸为了主顾鞠躬尽瘁、死而后已的神色，赔笑说道："不忙您哪，容我先给您说说，也让您心里欢喜。实话跟您说吧，为了您这事儿，我可是跑断了腿、磨薄了嘴，换了别人我才懒得管呢。可谁让您是咱天津城的水德真君呢，没有您我们不得渴死？"

王宝儿没心思听他拍马屁，吃这碗饭没有不会耍嘴皮子的，倒也见怪不怪，只问他房子在哪儿。

冯六脸上扬扬得意，一味地卖关子："我一告诉您这地方，您准得高兴。就在银子窝，您养金鱼儿的水铺总号对过儿，要多近便有多近便。常言道老猫房上卧、累累找旧窝，那可是您的发祥之地。"

王宝儿纳闷了："我天天跟银子窝待着，水铺对面那几户我认识，全跟我这儿订水，怎么没听说有卖房的？"

冯六嘻嘻一笑："您老圣明，都让您听说了，我们不就没饭吃了？咱先甭管谁的房，我先给您说说，这房子怎么大、怎么豁亮，管保美得您三天睡不着觉。"

王宝儿心想：你这牙侩诓我倒也没什么，怎么把我看得这么没出息，我那俩钱儿充其量不就买一两间瓦房吗？那还大得到哪儿去？至于美得三天睡不着觉？

冯六说起话来眉飞色舞、滔滔不绝："不怕您不爱听，您出的价码，在银子窝那方宝地，顶多能买两间半砖的大屋。我却给您找了一处宅院，也不是太大，不过麻雀虽小五脏俱全，前后分两进，光正房就六间，两旁边还有灶间、堆房，您一个人儿住可劲儿折腾，将来娶妻生子，住上一大家子也绰绰有余。您说合不合适？"

王宝儿知道，所谓的"半砖"，那就不是一砖到顶的砖瓦房，下半截墙是土坯，上边垒几层砖，就为了省几个钱。纵然价码低，可是这样的房子不结实，赶上发大水，保不齐冲个房倒屋塌，要是买完之后拆了重盖，里外里一算还是吃亏。他找了这么久的房，行市也了解个大概，前几句冯六说得没错，后边他就听不明白了，谁会把一套前后两进的宅院卖得这么便宜？是庙里发过愿，还是凉药吃多了？就说真有这等好事，怎么那么巧，就砸到我脑袋上了？王宝儿说什么也不信，认准了是冯六拿他寻开心："冯六哥，我王宝儿一个卖水的，没见过多大世面，可也知道，使多少钱办多少事，我的钱就那么几个，如何买得下前后两进的宅院？您要是想喝口茶，尽管敞开了喝，可别拿我找乐子。"

冯六满脸的冤枉，手中折扇一合，在桌子上"咣、咣、咣"连敲了三下，张嘴说道："哎哟我的大东家，我哪敢跟财神爷逗闷子？那不是砸自己的饭碗吗？此事千真万确，那个宅子想必您也知道，就是水铺对面带门楼子的老宅！"

2

牙侩冯六"门楼子"三个字一说出口，王宝儿恍然大悟。当年他和崔老道在那座荒宅的门楼子上逮过玉鼠，自己养的那只癞猫也是从门楼子上跑没影的，憋宝的窦占龙在门楼子底下活活气死。怪不得卖得这么便宜，民间传言那是一处"闹鬼"的凶宅。

说起此事，银子窝一带的老住户无人不知。宅子以前的主家姓王，卖麻袋发的财，当家的有个外号叫"麻袋王"。起初也是个穷苦之人，身披麻袋片子，腰系一条烂麻绳，从乡下拉家带口逃难来的天津卫，别的手艺没有，就会做麻袋。去乡下收来整车整车的麻，一家老小齐动手，先搓麻绳子，再编成麻袋，大小长短不一，不图好看，够结实就行，全家忙活一天外带半宿，能混上二斤棒子面儿，好歹能填饱肚子。怎么说这也是一门手艺，不会干的还吃不上这碗饭。谁也不知道哪块云彩有雨，麻袋王这么个乡下怯老赶，在天津卫这块宝地上，竟然一差二错地发了大财。离银子窝不远有个官银号，他就在那门口摆地摊卖麻袋。顾名思义，官银号是官府开设的银号，老百姓都上这儿兑银子，因为官银号的银子是"足两纹银"，银锭子底下带官印，便于各地流通。一般来说，人们把碎银子拿来，上戥子称重，扣去火耗，铸成十到五十两一个的大元宝，拿回家锁在柜子里就不动了。等到家里遇上什么大事，比如婚丧嫁娶、买房置地之类的，再把大元宝拿出来用。也有用整的换零的，或换成散碎银两，或换成铜钱，当然不白换，人家也要扣点儿利钱。麻袋王瞅见进出官银号的人全用布口袋装银子，灵机一动，觉得这是条财路。回到家中用了心思，跟老婆一商量，麻绳子越搓越细，麻袋越做越小，上边再绣上"招财进宝、大发财源"等吉祥话，按着杨柳青年画的模子，配上"五谷丰登"的图案，拿到官银号门口叫卖。有人来问，他就说他这麻袋不同于布口袋，做的时候不动刀剪，用来盛银子不会破财。那时的人迷信，麻袋又不贵，何不图个彩头呢？买来这么一用，真是又好看又结实，回去后一传十，十传百，久而久之"麻袋王"成了字号，都说"不用麻袋王的麻袋装银子，就不算有钱人"，以至于到后来，外省的钱庄银号也争相买他的麻袋，那一买可就是成百上千条，买回去再零卖，一时间供不应求。麻袋王一家老小忙不过来，就雇人来做。买卖越干越大，在官银号旁边置办铺眼儿当起了坐商，又在北门里银子窝买下一块地皮，大兴土木，造了那座两进的宅子。过去的财主都买官，所以门口有门楼子。麻袋王全家敲锣打鼓地搬了进去，真可谓"顺风顺水，人财两旺"。麻袋王发了财，脾气禀性变得跟从前大不一样，对待店中的伙计、雇工终日横眉立目，做生意谈买卖锱铢必较，往里糊涂不往外糊涂，只占便宜不吃亏，相识之人没一个说他好的，渐渐地失了人心，生意大不如前。麻袋王死后，他的儿孙不争气，将银子认作没根的，当成砖石土块一般挥霍，没过几年便败尽了祖传的家业，使的用的穿的戴的当卖一空，最后把瓦片子都卖了。这座宅子几易其主，也不知道为什么，再没一家住得安稳，接二连三地死人，再无人敢买，已然荒了几十年，破门楼子摇摇欲坠，院子中杂草丛生，屋子门窗破烂，只不过格局仍在，与当初一般无二。

冯六瞧出王宝儿心里犹豫，他敢对王宝儿提这座宅子，自然有一套说辞，当即说道："王大东家，不用听信那些个风言风语，那全是闲老百姓磕牙玩儿的，说真格的，听**蝲蝲蛄**叫还不种地了？您要是不捡这个天大的便宜，我就倒给别人了，过这村没这店，到时候您可别后悔。"

王宝儿一寻思，冯六的话倒也不错，"麻袋王"那座宅子真是好，小时候他翻墙进去玩过，前边小三合院，正房三间，东西两侧还有厢房。二进院子是个小花园，中间栽着一株枣树。迎面也是三间正房，两厢没房子，砌着挺高的院墙，称不上深宅大院，造得可挺规矩，住起来也宽绰，大门一关，闹中取静。王宝儿又是做生意的人，讲究将本图利，一想到两间"半砖房"的钱就能买这么一座宅子，他如何不动心思？可他也是在银子窝长大的，打小就听说这是座凶宅，当初也有胆大不信邪的，住进去全死了。王宝儿思前想后拿不定主意，毕竟不再是从前那个无依无靠的小叫花子了，好歹开着四十八家水铺，眼看着日子过得芝麻开花——节节高，万一买下这座宅子遭了殃，那又何苦来的呢？想到此处，王宝儿给冯六倒了杯茶，自己也端起茶杯，朝冯六敬了敬："您喝口茶，这件事容我回去琢磨琢磨。"

冯六长了毛比猴都精，一听这话，就明白王宝儿心里虽然定不下来，但真是舍不得这宅子，赶紧找补一句："那您可得尽快拿主意，机不可失，时不再来。"王宝儿答道："您放心，我这一半天就回来找您，少不了给您添麻烦。"

王宝儿嘴上应着，心里可就想出了一个办法，他得去找崔老道问上一问。崔老道这几年没挪地方，仍在南门口摆摊算卦。自从他给水铺看过风水，王宝儿的生意一天比一天好，他是知恩图报的人，隔三岔五就去找崔老道，一来登门拜谢，二来叙叙旧交。可是崔老道怕遭报应，什么好处也不敢收，顶多让王宝儿请他下下馆子，这些年在天津卫城里城外没少吃。王宝儿知道崔道爷是个馋鬼，江湖人称"铁嘴霸王活子牙"，别的能耐没见识过，却有一门绝技，无论什么时候，有东西就能吃得下去，他那个肚子是破砂锅——没底！所以王宝儿来到南门口，没去别的地方，先进了一家面馆。这家面馆是河南人开的，铺面不大，里边有那么五六张白茬桌子，除了羊肉烩面不卖别的。门口左右两条布招，分别写着"面劲入口滑，汤泼香十里"。不是人家吹牛，羊肉烩面确实地道，口外的羊肉肥而不膻，炖熟了切成块，也有切片的，老汤做底，面条现抻，加上几块羊肉，放上香菜、葱花，浇上山西老陈醋和辣椒油，热乎乎的一大碗，谁看了谁流口水。王宝儿要了一大碗烩面，另加了两份羊肉，待烩面做得，跟伙计借了个托盘，放上一双筷子，托在手中直冒热气，这才去找崔老道。

崔老道正低着头在卦摊儿前忙乎，这两天长能耐了，跟撂地说相声的学了白沙撒字，面前放着一块青石板，手攥一把白沙子，一边撒一边哼哼："一字写出来一架房梁，二字写出来上短下横长……"从一唱到十，然后再从十往回唱，唱的时候还得加上两笔，再拉一个典故，好比说"十字添笔是个千字，赵匡胤千里送京娘；九字添笔念个丸字，丸散膏丹药王先尝……"唱这个不为别的，无非是招揽生意。过去的相声艺人在街头撂地，一边唱太平歌词，一边撒沙成字，这个绝活儿叫"千字锦"。崔老道依样画葫芦，颇有几分活到老学到老、艺多不压身的劲头儿。不过崔老道还没练好，撒出来的字歪歪扭扭，心下正在烦乱，瞧见王宝儿端来一大碗羊肉烩面，忙扔下手中的沙子上前相迎。

王宝儿不急着说话，先把托盘往上一递："道长，您趁热！"

别说是跟王宝儿，崔老道跟谁也不客气，今天打家出来就没吃早点，闻见这十里飘香的羊肉烩面，腹中已如雷鸣，什么架势也顾不上摆了。他接过托盘往路边一坐，端起大海碗"稀里呼噜"就往嘴里扒拉，吃了个风卷残云，转眼，一大碗面条、几块羊肉进了肚子，面汤喝得一干二净，碗底都舔了。崔老道心里有了底，连碗带托盘放在旁边一块石头上，用袖子抹一抹嘴，说道："今儿是三月三，贫道本该上南天门给西王母贺寿，可是掐指一算，算定王大财主有事来问，蟠桃会琼花宴不赴也罢！"

王宝儿说："道长神机妙算，小人当真有一事请教。"于是将买宅子的来龙去脉给崔老道念叨了一遍，说到最后问崔老道："都说那是凶宅，可是价码儿再合适不过了，但不知买下来会不会出事？还得请道长您给拿个主意！"

崔老道若有所思，沉吟片刻说道："王大财主，你这几十家水铺只是小财，只要水缸里的金鱼儿不动，大财还在后边。一座宅子而已，但买无妨，正所谓'根深不怕风摇动，树正何愁月影斜'。贫道这两句良言赠予财主爷，回去你再好好悟悟。"

王宝儿心下仍不踏实："道长总说我能发财，不错，如今我是有点儿钱了，可也称不起财主，能置办一座称心的宅子，安安稳稳地过日子，我便知足了。想必您也知道这座宅子，荒废了不下几十年，在过去来说，谁住进去谁倒霉，我王宝儿又没有三个脑袋、六条胳膊，如何压得住呢？"

崔老道见王宝儿不信，让他把左手递了过来，指着手心说道："此言差矣，那些人住进去倒霉，是因为他们命中无财，而你王大财主命中之财远不只如此。你瞧你这掌纹，两横两纵，形同一个'井'字，这叫掌中井，五指则是五道财水，全进了你这口井，何愁发不了大财？"

王宝儿听了崔老道这几句话，如同吃了定心丸，心下主意已定。拜别崔老道，刚走了没几步，崔老道从后面喊住他，追上来说："王大财主，那宅子买可是买，只是有一节，我记得宅子后院里有一棵枣树，买下来之后，你得先找人把这棵树砍了。"王宝儿不解，园子里有棵枣树遮风挡雨，还能吃枣，难道不是好事？而且天津卫城里的宅门小院，种枣树的也不少。崔老道说道："这你就有所不知了，所谓桑梨杜枣槐，不进阴阳宅，枣树是好，但不能种在自家院子里，这是其一。再者说来，院中有木，是为一个'困'字，砍了树，方能天地开阔，住得踏实，万事大吉。"

一番话听得王宝儿心服口服外带佩服，再次拜谢崔老道，直奔北大关袭胜茶馆。进门一看，台上一出《黄天霸拜山》正演到紧要关头，紧锣密鼓打得热闹。冯六也还坐在原处，摇头晃脑听得正带劲儿。王宝儿走过去在冯六对面坐下。冯六瞧见王宝儿脸上的神色，不用对方开口，立马就明白这桩买卖成了，站起身来抱拳作揖："给您道喜，看来您是想明白了，得嘞，接下来的事您交给我吧，不出半个月，保管让您乔迁新居。"王宝儿连连道谢："冯六哥，就拜托您多费心了！"

接下来冯六又去找卖主，按这行的规矩，买卖双方不能直接见面谈钱。王宝儿出的钱不多，冯六心里明白，顶多再让王宝儿多给自己几个赏钱，关键还是要去卖主那边再杀杀价，杀下来多少钱都是自己赚的。卖主那边也急于出手，毕竟这房子砸在手里年头不短了，租都租不出去，眼见着一天比一天破，能卖点儿钱回本就知足，几番谈价，又让冯六狠赚了一笔。

冯六趁热打铁，第二天一大早就约上主家和保人，写文书立字据、签字画押按手印，交割了地契，到官府验证纳税，办妥更名过户的手续。这叫官有公法、民有私约。王宝儿见房契上白纸黑字写下自己的大名，加盖了斗大的官印，接过钥匙，至此这个宅子就归他了，心里头甭提多高兴了，又请冯六去了趟饭馆，鸡鸭鱼肉一通猛造。接下来王宝儿一天也没耽误，先按崔老道的嘱咐，找人把宅子里的枣树砍倒，可也舍不得糟践，枝枝丫丫的当成劈柴，运到水铺里头烧水用。随后雇来工匠，把宅子从里到外拾掇了一遍，该修的修，该补的补，瓦片子揭下来换上新的，院子中栽花除草，屋子里刷成四白落地，铺的、盖的、使的、用的不必太讲究，够用就行。他也没什么家当，选定入宅的良辰吉日，挑起一挂鞭炮，前后院子噼里啪啦转上一圈，这叫"响宅"。按照迷信的说法，即使不是凶宅，常年无人居住，难免有一个半个孤魂野鬼进来，响过了宅，就把鬼赶走了。王宝儿也明白，这宅子里死过那么多人，多少有些蹊跷，放几挂鞭炮落个心里踏实，况且崔道长让他安心住进这宅子，对他来说如同最大的驱邪符、定心丸。怎知王宝儿住进去，刚一关上门，这宅子里的东西就出来了!

3

　　王宝儿送走了帮忙的伙计、道贺的邻居，关上大门，一个人坐在正厅之内，此时已是夜阑人静、倦鸟归巢。他越看这套宅子越高兴，心说："我王宝儿自幼贫寒，六亲无靠独一人，命比黄连苦三分。家中一间破屋八下子透风，手托破碗讨了几年饭，没吃过一顿饱饭，没穿过一件囫囵衣服，又去给水铺送秫秸秆儿，起早贪黑不说，成捆的秫秸秆儿立起来比我还高，从南洼一趟一趟往城里背，累得吐了血也挣不出一口饱饭，东拼西凑兑下这个水铺，又险些赔掉了裤子。多亏崔老道指点，在水铺门口凑成'龙入聚宝盆'的风水形势，这才挣了点儿钱，置下了前后两进的宅子，搁在过去可不敢想。这要是爹娘还在，看了得多高兴，将来我也得娶个媳妇儿，生个一儿半女，给王家延续香火，就对得起列祖列宗了……"

王宝儿想着想着，不知不觉中，胳膊肘儿拄着条案可就睡着了。迷迷糊糊听见院子里有人说话。王宝儿心中一惊，此时夜深人静、万籁俱寂，谁在我家院子里说话？难不成进来贼了？这叫什么事儿，刚搬家头一天就闹贼，他们是能掐会算还是怎么着？他悄没声地站起身来，左右踅摸了一下，堂屋里没个顺手的家伙儿，就把桌上的茶壶抄在手中，先砸躺下一个，另一个就好对付了。他高抬腿轻落足，迈门槛下台阶，虚睁二目看了半天，院子里哪有人踪？又往前走出几步，忽觉脚下落空，掉进了一处地穴。

王宝儿往下这么一摔，一不是"猿猴坠枝"，二不是"小燕投井"，可也应了一个架势，唤作"狗熊下树"，就是愣往下摔，一丈多深的地穴，摔得王宝儿真魂都冒了。拾掇房子已有一段时日，不知院子里怎会有个地洞，他揉着屁股站起身来，只听得一阵噼里啪啦的声响。他循声望去，四周围一片漆黑，唯有洞壁上有个小孔，隐隐约约透出光亮。王宝儿壮起胆子，趴在壁洞上睁一目眇一目往里看。隔壁是间屋子，地方不大，但是方方正正，黑黢黢的四面墙，当中有一张桌案，上边点了油灯，灯火一阵儿明一阵儿暗。两个官衣、官帽的人隔着桌子相对而坐。一个身穿白袍，足蹬白靴，头顶红纱帽，两旁的帽翅儿突突直晃；另一个身穿青袍，足蹬青靴，头顶红纱帽，两个帽翅儿也是突突直晃。二人各拿一个算盘，一边噼里啪啦地拨打，一边往账簿上记。手上忙活，嘴里也没闲着，你一言我一语地闲聊。

白袍人说："咱的主子来了，你我出头之日不远矣。"

青袍人说："兄长所言极是，你我二人赶紧把账目归拢归拢，以免到时候对不上。"

白袍人又说："不知这位主子的命大不大，福薄命浅的可镇不住宅中邪祟，还得跟前几位一样，落个人财两空。"

青袍人叹道："老话说得好，命里有时终须有，命里无时莫强求。当年的麻袋王要不是贪得无厌，得了旁门左道的邪法，把个妖怪的牌位供在堂屋木梁上，一年祭一颗人头，何至于遭了报应死于非命。可见命中没有那么大的财，得之反而有祸，能不能在宅子里踏踏实实住下去，就得看这位新主子的造化了。"

白袍人道："其实除掉宅中邪祟不难，如此如此，这般这般……"

青袍人听到此处，伸出食指在唇边一嘘："当心隔墙有耳！"

王宝儿在洞孔外面听了个一字不落。原来当初麻袋王贪心太大，在宅中拜妖聚财，结果遭了报应，落得家败人亡，此后住进来的皆受其害。他除了害怕，心里头还恨两个人，恨谁呢？一是拉房签的牙侩冯六，花言巧语让他买下了凶宅；二一个恨崔老道，崔老道虽是恩人，却支了一个昏着儿，害自己搭上了小命。天津城谁不知道，崔老道算卦——十卦九不准，当真名不虚传。从前我还不信，这一次不信也得信了，这个宅子里的东西这么厉害，还说什么但买无妨！他更心疼辛辛苦苦攒的银子，那可是一壶一壶开水卖出来的，掏钱买下这个宅子容易，再卖掉可难了，说他是个做买卖的人可真不假，到这会儿还在寻思如何将凶宅转手。他正想得入神，两个"红帽翅儿"似乎发觉有人，就此住口不说了，站起身一左一右朝着王宝儿藏身之处走来，眨眼到得洞孔近前，白袍人伸出手指往小孔里面一戳。王宝儿一惊而醒，见自己仍坐在正厅之内，出透了一身的冷汗，犹如淋过一场大雨。抬头看看外边，已然天色微明，竟是南柯一梦。

常言道"梦是心头想"，世上没有不做梦的人，梦见的事千奇百怪，倒也不必深究。王宝儿却放心不下，此事太过蹊跷，他是宁可信其有不可信其无，决定横下心来，瞧瞧是什么东西作怪！他按照梦中听来的，搬梯子来到堂屋，爬上房梁一看，犄角儿上果然摆着一个木头牌位，如同供在祠堂中的祖先牌位，黑漆金字，遍布饕餮纹，上方两个小字"神主"，下接四个大字"金钩将军"。王宝儿倒吸了一口凉气，他顾不得吃惊，急忙把牌位从屋梁上取下来，夹在胳肢窝里，撒腿如飞跑向后院。

前文书咱提到过，他这后院也是三间正房。王宝儿是"半拉花生——一个仁儿"，住不过来这么多房，也就没怎么拾掇，扫了扫土、刷了遍浆，其余的一概没置办，屋里只有几件旧家具。他是个精打细算的人，一时没舍得扔，全在这屋堆着。当下推门进屋，从中找到一口破躺箱，并非花梨、紫檀，就是樟木做的，又破又旧，放在屋角很不起眼儿。那么说，这口箱子里有什么呢？王宝儿做了一个怪梦，听两个"红帽翅儿"说了，当初麻袋王发了大财，买房子置产业，该有的全有了，在家中立上多宝槅，各式古董珍玩琳琅满目，唐朝的花瓶儿、宋朝的盖碗儿、妃子的脸盆儿、王爷的奶嘴儿，足足买了一屋子，没少往里边扔钱。又听人说瓶瓶罐罐显得俗气，还得说是水墨丹青风雅讲究。麻袋王是个"听人劝吃饱饭"的脾气，就到处搜罗名人字画、挑山对联，一捆捆地往回买，四面墙全挂满了，琳琅满目真叫一个花哨，看得人直眼晕，跟进了字画店差不多。当然，其中真的不多，假的不少。唐伯虎画的火轮船、米元章画的胶皮车，但凡有人告诉他这东西好，他就往回买。墙上挂不开了，就往箱子里填。他一个缝麻袋的，草包肚子、猪油蒙眼，如何辨得出真伪？挂在墙上的也好，收在箱中的也罢，十之八九赝得不能再赝了。其中却有一幅宝画《神鹰图》，被他当作烂纸铺了箱子底，也多亏如此，家里的东西全让后辈儿孙败光了，单单留下了这张画。

按照梦中那两个"红帽翅儿"所说，王宝儿小心翼翼从箱子底起出《神鹰图》。不知传下多少年了，画卷已然残破，画中描绘的一只展翅腾空的白鹰，金钩玉爪，呼之欲出。王宝儿心说"错不了了"，他去正房山墙上砸进一根大钉子，把《神鹰图》迎门高挂，匆匆跑到堆房抱来一捆艾草，用绳子扎成人形，有胳膊、有腿、有脑袋，又搬下"金钩将军"的牌位，塞入草人肚子里，往草人身上接连揳进去七根钢钉。说来也怪，钉子刚钉完，耳畔忽然传来一阵金石之声，好似院子里打了个炸雷。还没等王宝儿回过神来，就听得里屋卧房之内"咣当"一声。他急忙跑进屋一看，只见自己的床上趴着个黑乎乎的东西，看意思是从头顶的房梁上掉下来的。他壮着胆子来到床边，见是只三尺来长的大蝎子，蝎尾足有手臂粗细，节节相接恰似钢鞭一般，尾梢上的毒钩足有巴掌大小，乌黑铮亮，这要是蜇上一下子，大罗金仙也受不得，王宝儿看得胆都寒了。幸亏自己昨天在厅堂之中睡着了，真要是上了床，这会儿就真变成"蝎子屁屁——独一份儿"了，怪不得叫"金钩将军"。王宝儿护宅心切，见大蝎子僵在床上，忙用褥子卷住抱至院中，架上火连同草人一并焚烧。霎时间黑烟冲天、恶臭扑鼻，呛得王宝儿直捂鼻子，但见阵阵黑烟腾空而起，聚而不散，转到王宝儿头顶就往下落。王宝儿正自骇异，突然从正房山墙上的《神鹰图》中射出一道金光将黑烟收去。王宝儿进屋再看墙上的宝画，竟和之前不同了，画中多了一棵古松，神鹰抿翅收翎落在古松之上。定睛细看，这古松长得七扭八歪、枝杈狰狞，怎么看都与那"金钩将军"有几分相似。王宝儿站在原地，黄豆大的汗珠直往下滚。早先常听人言，够了年头儿的老画会"鼓"，画里的东西能出来，可见《神鹰图》真是会鼓的宝画！

原来当年麻袋王靠卖装银子的麻袋发了家，还不知足，四处求神拜佛，遍寻生财之道。听信一个番僧的谗言，在家中养了这个邪物，每年惊蛰这一天，都要以一颗人头给"金钩将军"上供，"金钩将军"则庇佑他财源滚滚。人头可不是地里长出来的，那是麻袋王黑天半夜打闷棍砸死的。每逢惊蛰之前，他躲在城外道边的野地里，看见独自赶夜路的人，不问良贱，不分老少，赶上谁是谁，打死之后割下人头带走，尸身塞进大号的麻袋，绑上石头沉入河底，真可谓心黑手狠。后来麻袋王遭了报应，银子窝这座宅子几易其主，居者不得安宁，皆因宅中妖邪未除，谁住谁倒霉。

王宝儿烧了牌位和死蝎子，心里头仍不踏实。院子里哪儿来的地洞？两个"红帽翅儿"是什么人？干脆一不做二不休，回身走到堆房，拿上锹镐在院子里一通挖，就在前几天砍掉枣树的位置，往深处挖了大约四五尺，刚刨出树根就发觉下边有东西。他拨去泥土，见是两扇朱漆木门，上扣铜锁，由于埋的年头久了，铜锁已经长了绿锈。梦境一一应验，王宝儿全然忘了疲惫，抢起锹镐，"噙啷"一声砸开了大铜锁，使出吃奶的劲儿把大门挪开。只见门下两个一丈见方的地窖，一窖满满当当全是银锭子，均为五十两一个的大元宝，另一窖全是铜钱，整吊整吊的钱堆得密密匝匝。王宝儿惊得呆了，此时此刻他彻底明白了，原来穿白袍的是银子，穿青袍的是铜钱，不是凶宅闹鬼，而是长脚的钱来寻主子。这一下他可真发了大财！

4

常言道"人无外财不富，马无夜草不肥"。王宝儿在宅中掘藏，挖出一窖银子、一窖铜钱，当真是发了大财，同时脑子里冒出的头一个念头"崔老道真乃神人也"！他不敢声张，把朱漆木门复归原位，用土把地窖再次埋好，收拾干净院子，看了看跟之前没什么两样，进屋换了身衣服，就直奔南门口去找崔老道。

崔老道正在卦摊儿前晒太阳打盹儿，王宝儿也不多说，只请崔老道收了卦摊儿，跟自己回一趟家。崔老道说："我这儿还没吃饭呢。"王宝儿一拱手："但请道长放心，您先跟我回家，少顷片刻，我请您去'聚庆成'吃河海两鲜！"

王宝儿拽着崔老道回到家，请到厅堂之上坐好，沏上茶，把这番经过从头到尾详详细细地说了一遍。崔老道听得目瞪口呆，心说：

这真叫运去金成铁、时来铁似金。你瞧瞧人家这命，买了座闹鬼的凶宅也能挖出银窖，该着发财，把三山五岳搬来也挡不住。他是这么想，口中却说："贫道早告诉过你，你命中有财，银子不长眼，都知道往你脚底下撞，所以才让你买下麻袋王的宅子，砍掉院中枣树。"话里话外的意思，王宝儿能够发财，全凭他崔老道的指点，一番话听得王宝儿连连点头，对崔老道就剩下一个字——服！

崔老道算卦从来是十卦九不准，准的那一卦也是蒙的。王宝儿却不知这一次让崔老道蒙上了，非得修座道观，把崔老道供奉起来。崔老道心说：别倒霉了，拿了钱都得遭报应，再给我打板上香供上，那不擎等着天打五雷轰吗？他连忙劝住王宝儿："财主爷万万不可如此，我道门中人隐迹修真，不受俗世香火。"

王宝儿闻言更加叹服，又请教："崔道长，我虽掘藏而富，但是钱再多也架不住坐吃山空，得让死钱变为活钱才好，又不知该做什么买卖，还望道长指点一二。"

崔老道心说一声"罢了"，如若换了旁人，掘出这么多窖银，站着吃躺着花，下半辈子也不用愁了，再看看这个王宝儿，还想着用钱生钱，要不怎么说人家是财主命呢！当时闭上眼睛故弄玄虚，手指掐来按去，脸上眉毛忽高忽低。王宝儿在一旁耐心等待，只听崔老道说："天机不可道破，你只记住贫道一句话，你掌中有财井，又是干水铺发的迹，水多伶俐，金多沉稳，水多遇金为巧人，最好干些以钱生钱的买卖。但不论往后干什么，发多大的财，水铺也不能动。另有一节，宝画《神鹰图》不可久留，你虽有当财主的命，却没有王侯之分，担不住《神鹰图》，留之反而招祸。"王宝儿不是贪得无厌的人，忙将《神鹰图》捧出来交给崔老道。这画中收进去一个蝎子精，他正不想放在家里，让崔老道送入道观供奉。

书中代言，崔老道也不敢起贪念，宝画中的神鹰"除非天子可安排，诸侯以下动不得"。王宝儿这个大财主尚且担不住，他一个命浅福薄的穷老道，如何敢将宝画放在家里？之所以取走此画，确实有一件大事要做，此乃后话，按下不提。

回过头来再说王宝儿，心里的大石头落了地，拉着崔老道出门直奔"聚庆成"。崔老道进了饭馆也不多说，如今吃他王宝儿更是名正言顺了。王宝儿叫来跑堂的伙计，吩咐一声，便宜的一概不要，什么贵上什么。片刻，山珍海味摆满了一桌子。崔老道闷头一通狼吞虎咽，吃得盆干碗净，心满意足，方才各自回家。

王宝儿把崔老道的话当了圣旨，从此用窖银做本钱，在银子窝开了一家钱庄。那是头一等的大买卖，大门面房宽敞明亮，后边设有钱库，接待主顾往里存钱、往外借贷、兑换银钱、做本生息，身不动膀不摇，等同于从天上往下掉钱。这还不算完，他又以重金买了几张贩盐运盐的"官票"，自己不置船，买来盐票租出去，又是一个只出本、不出力的买卖。正所谓"钱挣钱，不费难"。不出三五年，王宝儿的钱庄分号开了一家又一家，手握直隶界内八个县的盐票，纵然不是天津卫当地的首富，十个手指头伸出来，他也能在其中得占一个，真个是家资巨万、产业广延。并非崔老道的话准，而是只要本钱够大，这样的买卖谁干谁发财。不过王宝儿心中可是牢记了崔老道的话，买卖做得再大，钱赚得再多，四十八家水铺仍是天刚蒙蒙亮就开门待客，灶底下烧的还是秫秸秆儿，门口的水缸里还养着金鱼，虽说一天忙到晚赚不了几个钱，可也守住了一份产业，毕竟是凭本事千辛万苦做成的第一桩生意。有道是"山主人丁水主财"，要想生财就得先有水，有水铺在，王宝儿的买卖当然越做越大。

如今的王宝儿和开水铺那会儿又不一样了，已然变成了腰缠万贯的大财主，马上来轿上去，反手金复手银，锦衣玉食，养尊处优，怎能还在两进的小院子里忍着？不成套啊，却又舍不得离开银子窝这方宝地，出高价把左邻右舍的房子买下来几套，连同之前那座两进的宅子全推倒了重盖，怎么气派怎么来。先后请了不少搭宅造屋的能人，画出图来却不十分称意。正赶上北京城一位王爷的府邸要卖，搁别人想都不敢想，如今王宝儿有钱了，托人买下王爷府，找工匠画好了图样子，先把那边拆了，所有的台阶砖瓦、房梁屋檩、门楣窗框等逐一编号，谁挨谁、谁连谁都记好了，连带后花园的亭台楼阁一起，包了几十条大船，费尽周折经运河运回天津城，这边再照原样盖起来。说着容易，这一盖可就盖了一年多，砖瓦木匠用了无数。

此事轰动了整个天津城，富贵莫过帝王家，王爷府还了得？整个天津城除了王宝儿之外，没几个人办得起这件事，实不知要花多少银子。等到宅子盖好了，王宝儿看着直点头，钱是没有白花的，这宅子太气派了。外边青砖碧瓦、斗拱飞檐，广亮大门下边左右分设回事房、管事处。门口立一对石狮子，旁边上马石、下马石、拴马的桩子。门楼子上挂着两个大红灯笼，灯笼上写着大号的"王"字，两扇朱漆大门满带铜钉，一颗颗打磨得锃明瓦亮。按说普通老百姓家的门上不能带钉，可大清国已经快倒了，危亡关头谁还管这个？宅院里边更不用说了，前后三进院落，比之前的大出几倍，照壁、石坊、长廊、凉亭一应俱全，雕梁画栋，金碧辉煌，梁柱全是上等木料，屋里不用点香烛，总有一股子清香。东跨院是厨房带茅房，西跨院是茅房带厨房，一点儿也不多余，府上使唤下人好几十口子，吃得多拉得可也不少。大宅之中有一座戏楼，后面还有后花园，小桥流水，花繁叶茂，闹中取静，别有洞天，太湖的奇石、苏州的盆景、宜宾的青竹错落有致。宅子里摆设的古玩字画、金碟子玉碗自不必说，买的时候跟王爷说定了："您就穿着衣裳把家里人带走，其余的东西一件别动，我全要了。"王宝儿搬来王府当宅子，里里外外全换了，当年那座破门楼子却没舍得拆，镶在院墙里，改成一道侧门，仍能进出行走。这也是王宝儿的一个念想儿，看到门楼子就想起自己小时候拉竿要饭、捉玉鼠丢癞猫的事，心里一阵扑腾，再看看眼前创下的这份家业，真可以说是恍若隔世。

王宝儿买下王爷府，在银子窝起了一座大宅，买卖也不用自己过问，全由掌柜的和先生盯着，当起了真正坐家的大财主。正经有钱的还讲究个家趁人值，王宝儿也是如此，什么叫管家、用人、厨子、老妈子，有雇的有买的，平日里举手投足、一举一动都有人伺候，手底下的使唤人不下三五十号，出入随行，前呼后拥。众多下人中，有一位贴身的常随名叫王喜儿，二十五六岁的年纪，长得不难看，脑子也机灵，原本也不姓王，家里没钱自卖自身，签了牛皮文书，奴随主姓，重起的名字。既然是贴身的常随，便整天不能离开王宝儿左右，马上轿下随时随地地伺候，点个烟、倒个茶、开个门、打个伞，有眼力见儿，嘴甜还会说话，一口一个爷，专拣主子爱听的说，一来二去成了王宝儿的心腹。正所谓"顺情说好话，耿直万人嫌"，王喜儿能言善道，巧嘴八哥一般，渐渐地，王宝儿就对他言听计从了，哪知因此惹下一桩祸端。

一日闲来无事，王宝儿去水铺喂他的金鱼，这是多少年来的习惯，有事没事总得过来看看这条鱼。王喜儿在旁边垂手而站，见主子喂鱼喂得高兴，便上前说道："爷，您养的金鱼，在咱天津卫称得上一景，九河下梢的军民人等，有不知道县太爷叫什么的，哪有不知道它的？眼下您家财万贯，狗食盆子都是玛瑙的，这条金鱼是不是也该跟您沾沾光了？"

王宝儿一听还真是，这么些年境遇光景早就比从前好了不知道多少倍，却忘记考虑过自己发家的源头："这倒是我马虎了，还是你小子有心，可怎么让它沾光呢？"

5

王喜儿往前凑了一步，一脸谄媚地说："您这尾金鱼是仙种，玉皇大帝王母娘娘也不见得有这么一条，可这口水缸太寒碜了，扔道边都没人捡。我可听说了，北京城又出了个坑家败产的皇亲，将大内的东西拿出来变卖，据说奇珍异宝无数，多是万岁爷用过的东西。其中有这么一口九龙缸，缸外八条盘龙，缸里还有一条，盘在内壁之上。一旦注满了清水，这条龙就跟活了似的在里边打转儿，天底下也就它能配得上您的金鱼。"

王宝儿大为受用，想想自己的宅子越住越好，这金鱼却还待在那口老缸里，当年若不是买了这条金鱼发家，哪有我王宝儿今时今日？要说头一个得谢崔道长，二一个就得谢这条金鱼，不由得心生愧疚，当时吩咐下去，出多少钱也得把九龙缸抬回来，其实鱼有水就能活，它哪明白什么叫九龙缸？然而有钱的大爷就得摆这个谱儿。

有话则长，无语则短。只说三天之后，王喜儿带人把九龙缸从京城抬回来了，作为经办之人，从谈价到雇船，理所当然从中捞了许多好处，这也是他撺掇王宝儿换缸的本意。待九龙缸在银子窝水铺门口落稳，王宝儿闻讯从家里出来，到水铺门口一看，简直太阔气了：缸上的八条金龙张牙舞爪、栩栩如生，里边那条龙随着水波荡漾，也是呼之欲出，而且，九条龙皆为五爪金龙，正经是皇宫大内的东西。所谓五爪，其实是五趾，五爪金龙只有皇上可以用，以下只能用四爪龙。王宝儿也是欺祖了，站在九龙缸前暗自思忖，水铺拢住了银子窝的财气，九龙缸配金鱼，得了"龙入聚宝盆"的形势，将来自己还能发更大的财。他越想越得意，让手下人赶紧给金鱼换水缸。

水铺的伙计们不敢伸手去捞金鱼，溜光水滑不好抓，又是东家的心尖子，万一碰掉一片半片的鱼鳞，哪个也担待不起。仗着全是棒小伙子，干活儿不惜力气，有人出主意，干脆把缸抬起来，连水带金鱼一并倒入九龙缸。水铺还没兑给王宝儿之前，这口水缸就在，很多年没挪过地方，缸底陷在泥地里，日久天长，越陷越深。一众伙计无从下手，便取来一条大绳，捆住缸沿儿，插进穿心杠，把四周围的土刨了刨，一边两个人，矮身把杠子搭在肩上，叫了一声号子，使劲把水缸往上抬。刚一挪动，可了不得了，只听"咔嚓"一声，瓦缸四分五裂，水流满地，一道金光直奔东北方向而去。众人低头再看，大缸中的金鱼踪迹全无。

王宝儿捶胸顿足、追悔莫及，事到如今再说别的也没用了。他让人把碎瓦缸收拾了，安顿好九龙缸，马不停蹄又到河边鱼市上，千挑万选，买了一尾欢蹦乱跳的大金鱼，回来放入九龙缸中。说来也怪，打从这一天起，王宝儿真是干什么什么不成，生意一落千丈，账簿上全是红字儿。赶等又过了几年，大清朝廷一倒，军阀混战、刀兵四起，盐票和钱号全完了。天灾人祸再加上土匪劫掠，天津城数一数二的大财主王宝儿万贯家财散尽，又成了个平头百姓，自此销声匿迹。有人说他投亲无路、靠友无门，远走他乡另寻生路，还有人说他一时心窄想不开跳了大河，也有人说他找他的金鱼去了，风言风语怎么说的都有，反正再也没人见过他。银子窝路口这座王爷府，几经风雨又变得残破不堪，仿佛数百年来一直荒置于此，真应了那句戏文："眼看他起朱楼，眼看他宴宾客，眼看他楼塌了。"

对于王宝儿白手起家，从一个捡秫秸秆儿的穷孩子当上了天津卫数得着的大财主，到头来又落了个一贫如洗的下场，心里最不是滋味儿的还得说是崔老道。一来没了王宝儿这个靠山，他又得三天两头地挨饿，再也没人接长不短地带他开荤解馋了；二来王宝儿是他看着长大的，看着从小要饭的变成天津城响当当的巨富，又看着他落魄，到如今竟然不知所踪，自不免怅然若失。

时光荏苒，日月如梭，一晃过去二十几个年头。已是民国，天津城又是对外贸易的重镇，老百姓脑袋后边的辫子剪了，眼界也比从前宽了，天天都有西洋景儿看，大小报社多如雨后春笋，报纸上什么新鲜事儿都有。除了用奇闻逸事、花边新闻博取眼球儿之外，有的报社还专门请人来揭露江湖上这些坑蒙拐骗的手段，其中不乏过去干"金买卖"的那些相师、术士，把相面算卦的这一套兜底全给抖了出来。什么叫"揪金"，什么叫"要簧"，什么叫"八面封、两头堵、一个马俩脑袋"；怎么抽签，怎么开卦，怎么玩儿手彩，报纸上全有详细的介绍。老百姓看懂了，琢磨明白了，恍然大悟，敢情这里边没一样是真的，那谁还来算卦？崔老道被人"刨了底"，算卦的生意更不好做了，经常开不了张，家里总是揭不开锅。

且说有这么一次，崔老道赶早出来，摆好了卦摊儿，双手抱着肩膀溜溜等了一整天，半个问卦的也没有。崔老道暗暗叫苦："可叹贫道我空有一身本领，既不能成仙了道，又没有富贵荣华之命，吃苦受穷反倒应承应受，终日顶风冒雨，忍受这般饥寒，何曾有人道声可怜？思来想去，只怪老天爷不公道！"

正自怨天尤人之际，远处匆匆忙忙走过来一个人，直奔他这卦摊儿。崔老道久走江湖，眼光最准，只瞥了一眼，已然瞧出来者是大宅门儿中的下人。此人一身长衫干净利索，脚底下一双圆口布鞋，虽然穿得体面，但是走路不抬头，身子往前倾，两条胳膊垂得溜直，脚底下迈小碎步，低眉顺眼一脸的奴才相。崔老道见有生意上门，忙抖擞精神，绷足了架子，摆出仙风道骨的派头，摇头晃脑念念有词："辨吉凶兮通阴阳，定祸福兮判祥殃……"等来人走到近前，崔老道一看怎么这么眼熟，这才想起来，此人并非旁人，正是王宝儿以前的贴身常随王喜儿，如今也有四十多岁了。

原来王宝儿落魄之后，下人们各奔前程，用句文言词叫"老头儿拉胡琴——自顾自"。王喜儿不会干别的，天生就会伺候人，烦人托撬继续到大宅门儿里当奴才，但是哪家也干不长，皆因此人油嘴滑舌、偷懒藏奸。就在最近，他又找了一个主子，正巧主家宅中出了怪事，闹得鸡犬不宁。一家人想不出对策，急得上蹿下跳。王喜儿也是为了在主子面前邀功，又听说过旧主子王宝儿发财全凭崔老道指点，于是在主子面前把崔老道吹得神乎其神。主子一听，这可是位高人，就派他来请崔老道去宅中捉妖。

崔老道听罢不住点头："说到入宅捉妖……这就有点儿意思了！"为什么这么说呢？按照以往惯例，捉妖可比算卦给的钱多，对付好了够一家老小半年的嚼裹儿。再者说来，世上哪有这么多妖？天津城又不是深山古洞，能有什么了不起的东西？无外乎黄鼠狼、大耗子什么的，顶多是个百十来年的老刺猬。崔老道久走江湖，知道其中的奥妙，这些个东西飞不了多高，蹦不了多远，无非扰人家宅而已。用不着五行道法，找着克星就行，好比说黄鼠狼怕鹅、耗子再大也怕猫、老刺猬怕烟油子，只要摸准了脉门，对付这些个东西不在话下！

第三章　王宝儿发财（下）

1

上文说到，给一个大户人家当下人的王喜儿，受了主子差遣，上南门口请崔老道入宅捉妖。崔老道眼见来了生意，心里头高兴，脸上可不能带出来，既然来者毕恭毕敬，将他当成了得道的高人，那高人就得有高人的做派。他轻描淡写地问明了是哪一家，住在什么地方，摆手打发王喜儿回去给主家报信，自己随后就到。

王喜儿前脚刚走，崔老道就收了卦摊儿，一瘸一拐地把木头车推回家，翻箱倒柜找出几件法器：令旗、令牌、天蓬尺、镇邪铜铃、驱鬼金叉，外加一沓子黄纸、三炷大香，全是地摊儿上买的，闲时置忙时用，捉不了妖拿不了怪，唬人可不在话下。他急匆匆将"法器"

包成一包，背上一口木剑，拿上拂尘，正正头上的九梁道冠，掸掸八卦仙衣上的尘土，赶奔出事的那户人家。地点在哪儿呢？北门外粮店街。因为紧临运河，借着水运，一条街有一多半是做粮食生意的，粮行米铺集中于前街，另有银号、钱庄、货栈、大车店、饭铺依次排开。粮行米铺又叫"斗局子"，在当时绝对是头一等大买卖，干这行发财的不在少数。粮店后街均为民宅，十几条胡同里住了很多大户人家。

出事的这家人也姓王，祖上水贼出身，杀人越货攒下了本钱，干起了行船运粮的营生，慢慢组建了自家的船队。钱越赚越多，置下产业当了坐商，买卖做得不小，前边开了三间门面的粮行，后头是存粮的库房，雇着几十个伙计。在后街有所大宅院，前中后三进，带东西跨院和后花园。

崔老道穿城而过来到王家门前，原本以为顶多是个黄鼠狼、大刺猬什么的，在家宅之中搅闹，抬头一看却吓了一跳，但见宅中妖气冲天、遮云盖月，不由得暗道一声："妈的娘我的姥姥，该不是白骨精找上门了？我可对付不了这个，别再偷鸡不成反蚀一把米，黄花鱼没吃上惹得一身腥！"

崔老道有心掉转身形溜之大吉，又舍不得不挣这份钱，干抬腿迈不开步子，辞了这个差事容易，家里却当真揭不开锅了，还得将他一世英名赔上，他这"未卜先知、铁口直断"招牌可就砸了。犹豫不决之际，等在门房的王喜儿早已开门迎出来，先施了一礼，又半推半拽将崔老道让进去。崔老道没法子，硬着头皮来至正厅，见过当家的大爷。二人叙过礼，分宾主落座，有下人端上茶来。崔老道心下忐忑，顾不得喝茶，偷眼打量了一下王家大爷。但见此人面相不善，横眉压目，鼻斜露骨，双唇削薄，眼眶子里白眼仁多、黑眼仁少，相书有载：双眼多白，实乃奸恶之相。外边也有传闻，这位爷为了挣钱不择手段，米里没少掺沙子，大斗进小斗出，实打实的一个奸商，挣的全是黑心钱。手底下的伙计也没几个好人，一个个歪嘴斜眼、狗仗人势，没事儿的时候扛粮食，一旦主子有命，抄起家伙就是一群欺行霸市的狗腿子，打瞎子，骂哑巴，无恶不作。

崔老道见王家大爷不仅面相奸恶，且印堂发暗、目中无神，几乎脱了相，观其外知其内，就知道此人走了背运，正当大难临头。他欠身问道："您召贫道前来，不知所为何事？"王家大爷坐在椅子上唉声叹气："崔道长有所不知，这件事真是小孩没娘——说来话长！"

原来王家大爷年近四旬，迟迟没有子嗣。以往那个年头，十五六岁就成家，四十岁当爷爷的也不出奇，可是王家大爷娶妻多年，老婆一直没给他生个一儿半女，又不许丈夫纳妾。常言道"草留根人留后，到老无儿事事忧"，王家大爷整天为此事发愁，如果没有后人传宗接代，自己辛辛苦苦创下这一份家业，岂不迟早便宜外人？没有儿子，哪怕有个闺女也好啊，到时招个上门的女婿，一样养老送终。可是这么多年，甭说闺女，连棵白菜也没生过，这该如何是好？在老年间，天津卫无论大户人家还是平民百姓，结了婚没孩子的，必定去天后宫娘娘庙烧香许愿。娘娘庙里专门有一座娃娃山，各式各样的娃娃泥塑堆在一起，相中哪个，就拿红绒绳系在娃娃脖子上，趁着小道童没注意，扔下香火钱，偷偷摸摸地将泥娃娃带回家中。当然庙里也不吃亏，香火钱足够买几十个泥娃娃的。据说偷回家的娃娃，会在当天半夜三更托生投胎。往后谁家生下一男半女，则尊这个泥娃娃为大哥。王家大爷担心家业不得继，三天两头让王家大奶奶往娘娘庙跑，家里拴了一堆娃娃还嫌不够，西庙里烧香，东庙里磕头，拜遍神佛，访遍高僧，看了无数郎中，用了无数偏方，可都没什么用。直到头一年，总算是铁树开花，王家大奶奶终于有了喜，眼看着肚子一天比一天鼓，可把王家大爷高兴坏了，老婆爱吃什么做什么，爱听什么说什么，一车一车往回拉保胎药。七八个老妈子围着王家大奶奶精心伺候，出门不敢坐车，睡觉不敢翻身，旁人在她耳边不敢大声说话，生怕惊动了胎气。尤其是吃东西最麻烦，吃甜了怕齁着，吃咸了怕腌着，吃热了怕烫着，吃凉了怕激着，蒸熟的米饭全得把两头的尖儿剪了去，怕吃到肚子里扎着孩子，灶上整天忙活这点儿吃喝都快累死了。好不容易盼到瓜熟蒂落，就在头几天，王家大奶奶分娩，孩子要出来了，收生的稳婆领着家中上下人等一齐忙活，跑里跑外烧开水投手巾。王家大爷守在门口心急如焚，来回走绺儿。苦等到半夜，终于听到一声震天动地的啼哭，王家大爷悬着的心落下一半，心说：这孩子的哭声怎么那么大？正待推门进去，突然屋门打开，收生婆子惊慌失措地蹿了出来，身后几个丫鬟、老妈子也跟着往外跑。按说这个时候，无论生下来的是儿是女，收生婆子定是眉毛满脸飞，乐得跟要咬人似的，吉祥话一句跟着一句，为的就是多要几个赏钱。可是开门的婆子一言不发，满脸惊恐。王家大爷拦住收生婆子，迫不及待地问："是少爷还是小姐？"收生婆子哆里哆嗦地说："回大爷的话，不……不敢看！"

王家大爷暗暗恼火，这叫什么话？大爷我花了双倍的钱把你找来，你是干什么吃的？一把推开收生婆子，迈步进屋来到床榻前，只见王家大奶奶已经晕死过去了，再抱过床边的孩子这么一看，可了不得了，不看时原本心里揣着一团火，看这一眼心里头拔凉拔凉的。怪不得那个婆子不敢看，这也忒吓人了：小脸瓦蓝，还不平整，里出外进，除了沟就是坎儿，上下四颗尖牙龇于唇外，两只耳朵出尖儿，上边还有毛，两只手上的指甲二寸多长、利如钢钉，脑门子上若隐若现凸起尖角，周身上下长鳞，又黑又粗跟铁皮相仿。上看下看左看右看，怎么看也不是人，分明是个妖怪！父子二人一对眼神儿，那个小怪物居然两眼一瞪，闪出一道凶光。王家大爷经得多见得广，却让这眼神吓得浑身一颤，心说：要坏，这哪是儿子，分明是讨债的恶鬼、要命的魔头，如若留下这么个东西，我王家从今往后再无宁日，干脆扔地上摔死，以绝后患！

王家大爷想到此处把心一横，抢步来至当院，双手用力，猛然把这个怪物举过头顶往地上一扔，有心当场摔死。怎知这怪物刚一落地，突然起了一阵狂风，霎时间飞沙走石，刮得人睁不开眼，等到这阵风过去，低头再看地上的孩子，早已无影无踪。王家大爷额头上冷汗直流，看到院子里的一众使唤人也吓得够呛，一个个面如土色，真有胆儿小的，一屁股坐在地上，哆嗦成了一团。王家大爷呆立在院子里愣了半晌，稳住心神叫众人过来，恶狠狠地告诉他们：“谁敢在外头胡说八道，我就撕了谁的嘴！”

转过天来，王家大爷没去做买卖，也没去见朋友，待在家里生闷气，看什么都不顺眼，自己跟自己较劲儿，也着实吓得不轻，心里头战战兢兢、七上八下，一天没怎么吃东西，夫人也已吓得卧床不起。就这么熬到半夜，迷迷糊糊刚入睡，忽听下人叫门："您快瞧瞧去吧，大事不好了！"

2

王家大爷平时喜欢提笼架鸟，无论冬夏，每天清早都得去河边遛鸟，遛完鸟直奔茶馆，把鸟笼子挂到横梁上，沏茶聊天儿谈生意。这是在外头，在家伺候得更精心，专门腾出一个小院子，廊檐底下、树杈上边挂满了大笼子、小笼子，什么是"百灵、画眉"，怎么是"乌鸦、绣眼"，一水儿听叫的鸟。这东西可不便宜，按当时的价钱来说，百八十块银元一只太平常了，仅仅是装鸟的笼子，上品也得好几十块，什么鸟配什么笼子，出门提错了笼子，准得让人笑话。笼子里边的食罐、水罐、鸟杠，包括笼上的钩子全有讲究。鸟食罐必须是景德镇的"定烧"；多粗的笼条配多粗的钩子，是黄铜的还是黑铁的，不能有一丝一毫的偏差；鸟杠用牛角象牙，杠上还得包上鲨鱼皮；最值钱的鸟笼要镶嵌上牙雕、玳瑁。从鸟到笼子，王家大爷可没少往里头砸钱。端出端进、喂食喂水、晚上罩布套、白天出去哨，比伺候他亲爹多还精细，就这么大的瘾头儿。

咱们说王家大爷折腾了一天一宿，刚迷迷瞪瞪睡着，就听得下人来报，说放鸟的院子出事了。起初还以为有黄鼠狼偷鸟吃，那可是他的心头肉，赶紧披上衣服跑过去，到地方一看傻眼了，大大小小的鸟笼子碎了一地，一个囫囵个儿的也没剩下，里边的鸟全不见了，只留下斑斑血迹和凌乱的羽毛。这得是来了多少黄鼠狼？抄家来了？

王家大爷忙把手下人全叫了起来，提上灯笼火把一通找，哪有黄鼠狼的踪迹？查了半天也没查出个所以然，心下暗暗犯怵。又过了一天，一早上起来有下人来报，宅中的猫狗全死了！他披上衣服出门一看，院子里鲜血遍地，毛骨不存。王家大爷心下寻思，真可以说是"福无双至，祸不单行"，倒霉事怎么一件接一件？当即吩咐下去，加派看家护院的，夜里谁也不许睡觉，各持棍棒躲在暗处，倒要看看是什么东西捣鬼。

当天夜里，三更前后，看家护院一众人等守在院子里，忽见一道黑影随风而至。以为进来飞贼了，借着月色再一瞧，这可不是飞贼，也说不上是个什么东西，身形不过五六尺，身上一层黑皮，尖牙利爪，三蹿两蹦直奔马厩，端的是疾如猿猴、快似闪电。众人觉得在哪儿见过这东西，别再是咱家"少爷"吧？个头儿怎么长了这么多？瞧这意思准是饿了，夜里回来找东西吃，头一天吃的鸟儿、二一天吃的猫狗，甭问，今天一准是冲着骡马来的！

看是看明白了，可谁也没敢动，因为"少爷"长得太吓人了，活脱儿就是庙里的夜叉。王家大爷听到马厩中传来阵阵嘶声，一样不敢过去。没过多一会儿，狂风止息，后院马厩也没了声响。众人惊魂未定，仍不敢往后走。等到天光大亮，几个家丁壮起胆子进了后院，见拉车的高头大马倒在血泊之中，啃得只剩一半了。王家大爷听得下人禀报，知道是"儿子"干的，惊得一屁股跌坐在地，头一天吃鸟儿、二一天吃猫狗、三一天吃骡马，今儿个再来，岂不是该吃人了？

胆战心惊之余，王家大爷将几个心腹之人叫到一处商议对策。众人鸡一嘴鸭一嘴出了半天主意，有人说报官，有人说到深山老林雇几个猎户回来帮忙捉拿"少爷"，还有人说在大门口挖一陷坑，想来想去并无一策可行。有人可就说了："此事非同小可，非得找个降妖捉怪的高人才行。"王家大爷早已经对自己这个"儿子"恨之入骨，觉得此言不错，总算说到点子上了。可天津卫这么大，号称能够降妖捉怪的江湖术士多如过江之鲫，谁又知道哪个是真的、哪个是假的？就让手下人分头出去打听，一早出去的，不到中午陆续回报：娘娘庙门口的李铁嘴身怀道法，捉妖打鬼无所不能，不过头几天出门摔坏了胯骨轴儿，这会儿还下不了炕；关岳庙的王半仙，明阴阳懂八卦，晓奇门知遁甲，真正的半仙之体，从不食人间烟火，可是之前在窑子里嫖娼，染上杨梅大疮死了……

　　王家大爷心想：此等欺世盗名之辈，平地走路挨摔，不食人间烟火还逛窑子，这叫什么高人？请来还不够我家"少爷"塞牙缝的，你们这些个废物点心干什么行？气得一拍桌子，桌子上茶碗颤了三颤抖了三抖，他从椅子上跃起一蹦多高，吼声如雷："养兵千日用在一时，平日里你们吃着我的、喝着我的，一个个能耐大了去了，牛皮吹破了好几车，如今大祸临头，却没有半个顶用的！"一旁的王喜儿这几天一直没言语，他初来乍到，轮不到他说话，此时老爷大发雷霆，下人们鸦雀无声，他觉得这是个出头的机会，往前迈了一小步，躬下身子低眉顺眼地说："爷，我倒想起一个人，南门口摆摊儿算卦的崔老道！"他追随王宝儿多年，多多少少听过崔老道当年如何指点王宝儿发的财，还有崔老道轻易不敢用道术，前清时给人家看风水选坟地，道破天机遭了报应，到头来被打折了一条腿。当下也不隐瞒，将自己所知和盘托出，请王家大爷定夺。

王家大爷说："那好办，咱先把人请来，好言好语相求，再多掏几个钱。他应允了则还罢了，如若不肯应允，可别怪我心狠，我不管他是哪路大罗金仙，不把他的那条狗腿打折了，今后我随了他的姓！"王喜儿领命去了一趟南门口，请崔老道前去降妖除怪。崔老道不知其中缘由，还当天上掉下了带馅儿的烧饼，屁颠儿屁颠儿来到王家大宅。

崔老道至此听罢了前因后果，心里头七上八下。王家大爷的话软中带硬、硬中有软，他走江湖吃开口饭的，这能听不明白吗？如若以五行道术降妖捉怪，必定遭报应；要说干不了，王家有钱有势，再打折他一条腿，他也没地方说理去，当真是羝羊触藩——进退两难。思来想去，还是得管，遭报应是后话，可眼下摇一摇脑袋，倒霉就挂在鼻子尖儿上，挨打可没有往后赊的！

3

崔老道一看这情形，就知道跑不了，既然如此，不如把阵势摆足了，尽量多要钱，事成之后舍给粥厂道观，也可以替自己消灾免祸。当下端起茶杯啜了一口润润喉咙，随即一摆拂尘，手捋须髯，装腔作势地说："无量天尊，有道是难者不会、会者不难。王家大爷且放宽心，待贫道略施手段，给贵宅驱除邪祟，不过在此之前，您还得准备点儿东西。"

王家大爷见崔老道大包大揽，连忙起身拜谢，应承道："用什么东西，如何准备，全凭道长吩咐，您怎么说我怎么做。"他原先没见过崔老道，但是一进门就认定了崔老道有本领，除了王喜儿先前一通吹捧之外，还因为崔老道的扮相唬人。八卦仙衣、九梁道冠、水袜云履、宝剑拂尘，可以说是一件不缺、半件不少，颇有几分仙风道骨。最重要的是崔老道显得老成，说是老道，其实岁数没多老，却留着挺长的胡子，说话走路、举手投足故作龙钟之态。其实这也是他做生意的门道，过去有句话叫"老阴阳少戏子"，其中"阴阳"就包括算卦相面的火居道，这一行养老不养小，上了岁数说出话来容易让人信服。

崔老道对王家大爷言讲，府上作祟的东西借了大奶奶的胎气、得了妖身，借阴风遁去，白天隐匿在破屋枯井之内，夜里回来吃东西，吃上一次活物，身量就长三长，等到家里的活物吃没了，就要吃它的生身父母。王家大爷越听越怕，也越听越服，忙问崔老道如何降妖。崔老道说："贫道自有五雷天罡之法，可以降伏此妖，不过您还得去找一个人，买他祖传的一件东西！"

崔老道说的这个人在鬼市卖"老虎鞋"，绰号"陈白给"。所谓的"老虎鞋"，可不是端午节小孩儿脚上穿的驱邪避祟的虎头鞋，就是普通的便鞋，正字应该是唬人的"唬"。只有个鞋样子，却不能上脚，因为鞋底是拿纸夹子糊的，四周围用布包上，纳上针脚、绷上破布做鞋面，刷上黑白染料，为了显得板正，上面还得抹一层糨糊。做好了乍一看跟新鞋一样，可别往脚上穿，走不到街对面鞋底子就掉了，更不能沾水，淋上一场雨就完了，所以另有一个别称叫"过街烂"，专卖来鬼市捡便宜的财迷。

陈白给卖鞋这么吆喝，说他这鞋"兜帮窄腰护脚面，走路舒服又好看，三个大子儿买一双，穿着不好不要钱，白给您了，白给您了！"因此得了个"陈白给"的绰号。如若有人拿着破鞋回来找他，他也不怕。因为鬼市上多有贼人来此销赃，都是天不亮的时候做生意，摊主脚底下点一盏马灯，灯捻调得细若游丝，就为了让买主看不清楚；摊位也不固定，天不亮就收摊走人，来也无踪去也无影，到时候他说了，鬼市上卖鞋的又不止他一个人，谁知道你是从哪家买的？准是黑灯瞎火地认错了，反正咬住了牙死不认账，你还拿他没辙，打官司犯不上，给俩嘴巴倒叫他讹上了。再者说鬼市上多的是来路不正以次充好的东西，想买您就询价，不买尽管走人，看好了一手交钱一手交货，打眼不打眼那是您自己的本事，怪不得卖东西的。

其实陈白给祖上倒不是卖老虎鞋的，是个缝鞋的皮匠，这一行干了几百年，据说自打天津设城建卫之时就吃这碗饭。老年间的鞋匠不只缝鞋，大多还会"缝尸"，比如说某人犯了王法，在法场之上"咔嚓"一刀掉了脑袋，落得个身首异处，家中苦主前来收敛尸首，甭管家里穷富，也得找缝鞋的皮匠，用纳鞋底子的大针和皮线，将人头和尸身缝合在一处，落个囫囵尸首，否则到了阎王爷那儿对不上号。这个活儿不好干，既要手艺好，又须胆大心细，不怕晦气。没有脑袋的尸首血了呼啦的吓人着呢，还不是光把皮缝上就得，里边的骨头茬子也得对上，所以缝一个尸首挣的钱，顶得上缝一百双破鞋。陈白给祖辈全是吃这碗饭的鞋匠，到了衙门口出红差砍人头的时候，就候在刑场边上，等苦主过来商量好价格，再去帮着收殓。缝鞋的手艺了得，缝尸首也不含糊，飞针走线缝完了，擦去血迹、抹上胶水，连针脚都看不出来，死人脖子上只多了一道褶儿，在九河下梢立下一个名号，提起缝人头的陈皮匠，可以说尽人皆知。他们家这手绝活代代相传，直到大清国倒了，砍头改成了枪毙，开了窟窿眼儿的脑袋无从缝补，缝鞋的皮匠就此少了一份进项。

崔老道让王家大爷派人去找陈白给，买下陈家祖传的大皮兜子。当年还有缝尸这一行的时候，法场上人头落地鲜血淋漓，不能拎在手上到处走，就装在这个大皮兜子中。几百年没换，一辈辈传下来，装过的人头不计其数，不知聚了多少煞气，有了这个大皮兜子方可降妖！

王家大爷听罢恍然大悟，虽然不明其理，听着可挺是那意思，赶紧让王喜儿带上钱再跑一趟，无论如何也得把皮兜子买下来。打发走了王喜儿，王家大爷又问崔老道还得准备什么。崔老道说话一贯真假参半，刚才说的是真话，这会儿就该骗人了。他让王家大爷在后院设一张供桌，上摆净水一碗、香炉一个、素蜡一对，将他带来的法器摆在桌案上，最紧要的是在西屋备一桌上等酒席，鸡鸭鱼肉、对虾海参、烙饼捞面酸辣汤，好吃好喝尽管上，等他搬请神兵神将、六丁六甲下界相助，得用这一大桌子酒肉敬神。

王家大爷早已对崔老道言听计从，听闻此言不敢怠慢，命下人快去准备，大户人家东西齐备，全有现成的。厨房里大灶生火、二灶添柴，大风箱拉得呼呼作响，厨子手脚不停，丝儿熘片儿炒一通忙活，累得汗流浃背。下人们走马灯似的端汤上菜，不大一会儿，西屋的酒宴备妥了。崔老道告诉一众人等，他在屋中遣将招神，凡夫俗子不得近前，万一惊走了神兵神将，可就请不下来了。崔老道说完倒背双手走进屋中，将大门紧闭，过了半个时辰，他才打着饱嗝儿走出来，声称六丁六甲已在半空待命。有个下人按捺不住好奇进西屋瞧了一眼，回来禀报王家大爷，崔老道说得半点儿不假，神兵神将来了不少。王家大爷问道："你瞧见神兵神将了？"下人一摇脑袋："回禀大爷，神兵神将我是一个没瞧见，但那一大桌子酒肉可是吃了个碟干碗净。"王家大爷暗自称奇，就算崔老道饭量再大，一顿也吃不完这一大桌子酒肉，可见此人所言不虚。他们却不知道，那些东西全进了崔老道的肚子。崔道爷常年喝西北风，练出一门绝活儿，三天不吃扛得住，一次吃一桌子酒席也塞得进去。

　　说话这时候天已经黑透了，院子中灯笼火把照如白昼。王家大爷和众家丁躲在角落远远观望，但见崔老道当场开坛作法、焚香设拜、掐诀念咒，洒净水、烧符纸，手托天蓬尺，口中念念有词，念的是"上清天蓬伏魔咒"。天蓬尺就是一把木头尺子，正面刻天蓬元帅的名号，背面刻二十八宿，以此为令招天蓬元帅降坛驱邪。且不说灵与不灵，这膀子力气可豁出去了，脚下踏罡步斗，手中的木头尺子让他耍得呼呼带风。

　　崔老道行走江湖，全凭装神弄鬼的手段混饭吃，没有真把式，全凭摆架子蒙人，一招一式比画下来有板有眼，看得王家大爷目不暇接。崔老道忙活了半天，额头上也见了汗，不过他心知肚明，皮兜子还没到，他还得接着比画，又将"镇邪铜铃""驱鬼金叉"挨个耍了一遍，王喜儿才拎着一个大皮兜子气喘吁吁地赶回来。给够了钱，买下陈鞋匠的皮兜子倒也容易。虽说皮兜子是陈白给的家传之物，但陈白给一看见这皮兜子心里就犯难，扔了觉得可惜，留着占个地方，想到皮兜子里当年装过的那些人头，他自己也犯怵，想不到居然有人来买皮兜子，开的价钱还挺高，顶他卖半年破鞋的，正是求之不得，痛痛快快把皮兜子给了王喜儿。王家大爷在家等得着急，其实也就是王喜儿一来一往跑这一趟的工夫。崔老道接过大皮兜子，把在手中端详，不知用什么皮做的，乌黑锃亮，袋口穿着条绳子，两端各坠一枚老钱，隐隐散发出血腥之气。崔老道放下把式，请王家大爷头前带路，来到卧房之中，将皮兜子挂在床榻上，嘱咐王家大爷两口子躺在被窝里别动，自有各路神兵神将在头顶护持，让他们把心放肚子里，其余人等一概回避，说完他自己也找借口溜了。

王家大爷两口子哪里睡得着，躺在床上提心吊胆挨到三更前后，忽听外边狂风大作，紧接着"咣当"一声，屋门被风吹开，霎时间腥风满室，闯进来一个山鬼夜叉相仿的东西，身上黑如生铁，血口獠牙，两鬓鬃毛倒竖，脑门子上凸起尖角，两只爪子有如钢钩一般，直扑王家大爷两口子。此时灯烛俱灭，屋子里什么也看不见了，就在千钧一发之际，挂在床榻上的皮兜子突然掉了下来，随即传来一声怪叫，紧接着又是"吧嗒"一声，灯烛灭而复明，再看那个大皮兜子已然落于尘埃，兜口渗出又腥又臭的黑血。

王家大爷两口子吓得魂飞天外，过了半天才稳住心神，看着地上的皮兜子不敢乱动，赶紧命下人把崔老道找回来。崔老道并没走远，这会儿听得传唤，急忙进了屋，一瞧这情形，就知道大功告成了。他告诉王家大爷，得让人把这个皮兜子埋了，有多远埋多远，而且一定要找一处名山宝刹，埋在古塔下边。王家大爷已对崔老道言听计从，立马吩咐王喜儿带上皮兜子，出去远远找个地方埋了。崔老道也是百密一疏，千算万算没算明白王喜儿本性难移，当奴才的都一样，在主子面前忠心耿耿，出去一扭脸就不是他了。王喜儿连夜背着皮兜子出了天津城，走到永定河边就不想走了，连坑都懒得挖，将皮兜子投入河中了事，一个人在外地闲耍了多时，回来却说皮兜子埋在了山西灵骨寺，王家大爷给的香火钱，全进了他的腰包。正因为河中有了这个皮兜子，到后来陈塘庄连家的大小姐连秋娘途经永定河，船沉落水怀了妖胎，这才引出后文书"捉拿河妖连化青"。

按下后话不提，再说王家大爷见妖邪已除，说什么也不让崔老道走了，眼瞅着折腾了半宿，请他到客房安歇，天亮之后在家中摆酒设宴，一来犒劳捉妖的崔老道，二来冲冲这些天的晦气。崔老道是不吃白不吃，坐在桌前把袖管挽起来，张口施牙，甩开腮帮子又是一通胡吃海塞。打从来到王家捉妖开始，崔老道的嘴就没闲着，吃得盘无余骨、酒无余滴，够了十分醉饱。王家大爷给了很多赏钱，其实崔老道什么都没干，只是出个主意，以为这个钱如同在地上捡的，心里头一高兴，酒也没少喝。

两个人推杯换盏，喝到酒酣耳热之际，王家大爷对崔老道说："崔道爷道法神通，鄙人佩服得五体投地，但是尚有一事不明，还得请您再给瞧瞧，我们家为什么会出这件祸事？"

崔老道得意忘形，暗暗在袖中起了一卦，前因后果了然于胸，放下手中筷子，反问王家大爷："您家大奶奶身怀六甲之时，可曾吃过不该吃的东西？"

王家大爷想了一想："没有啊，没吃什么犯歹的……"

在一旁伺候的管家插口道："许不是表少爷送来的那块熊肉？"

王家大爷这才想起来，他有个表侄在关外做买卖，关系走得挺近，得知婶子有孕在身，特地托人捎来一块熊肉。这东西在关内不常见，据说可以补中益气、强筋壮骨。王家大爷就让厨子做了一盘炖熊肉，自己没舍得吃，全给了大奶奶。王家大奶奶也是怀孕嘴馋，一大盘子熊肉全吞进肚子里，一块也没给当家的留。

王家表少爷住的那座县城背靠深山，山顶有一座石池，一丈见方、深不可测。有一年天上坠下一道金光落入池中，从此池上常有云气盘绕，如同龙形，这道龙气从何而来？想当年，天津城开水铺的王宝儿发了大财，全凭水缸中的金鱼聚住一道瑞气，凑成了"龙入聚宝盆"的格局，可叹王宝儿误听人言搬动水缸，致使金鱼化龙而去，直奔东北方向，落在了那个池中。自此之后，遇上干旱，山下的村民们便上山烧香上供，拜求金龙降下甘霖。说来也真是灵验，村民求雨不出三天，龙池上的云气转黑，大雨即至。

村子里不只是庄稼人，还有不少猎户，在山中放枪、下套，再把打到的东西带到县城贩卖。打猎的看天吃饭，野鸡、野兔、麋鹿、狍子，打来什么卖什么，或是卖肉，或是卖皮毛。其中有这么一位猎户，这天一大早带着铁叉鸟铳上山打猎，寻着兽踪一路来到龙池边上，但见山顶云雾升腾，就知道龙王爷显灵了，正待跪下磕头，忽然从山洞中钻出一物。打猎的还以为是山中野兽，刚要举枪射杀，却发觉不对，他在深山老林中打了这么多年猎，可从没见过这样的东西，形似山鬼夜叉，长得又高又大，周身的红毛，仰着头张开嘴吞云吸雾，将池上的雾气收入口中。打猎的又惊又怒，怪不得今年求不来雨，原是这夜叉鬼吸尽了龙气，坏了一方水土，此物已成气候，可杀不可留！于是端上鸟铳朝着怪物搂火，满膛的铁砂子喷射而出，劈头盖脸打在怪物头上，直打得怪物连声怪叫，可还没死，铁砂子仅仅嵌进了皮肉。这个打猎的向来悍勇，又冲上前以猎叉猛刺，将那个怪物刺得肠穿肚烂，带着恶臭的黑血喷涌而出，溅了猎户一身一脸。怪物让猎户打死了，可是从此之后，山上的龙王爷再也没显过灵。

打猎的虽然不知道这究竟是个什么怪物，但是已然打死了，总不能空忙一场，不过这样背下山去，谁也不敢买。他便拔出猎刀，就地扒皮开膛，把身上的整肉切下来，这才发觉腥臭无比，挑来拣去也就胸口上的一块肉没那么臭，他留下这块肉，其余的连同五脏六腑一股脑儿抛入了山涧。转天猎户带上肉进城叫卖，有人问是什么肉，他也说不上来，只得扯了个谎，说是山中的熊罴。即使在关外，老百姓也很少见到熊肉，那不是普通人家吃得起的，偏巧不巧，王家表少爷掏钱买了下来，用大油封好了装入木匣，又托人将这块肉带到天津卫，送给了叔婶。王家大奶奶贪图口腹之欲吃了半锅怪肉，以至于生下一个妖胎，闹得鸡犬不宁，险些送了一家人的性命。

崔老道的这张嘴当真不是凡物，任凭什么事，高来高就，低来低对，死的也说得活起来，活的又说得死了去，在酒桌上口若悬河，唾沫星子横飞，将此事的来龙去脉讲得清清楚楚，并且有理有据、历历如绘。在场众人听得张开了口合不上，伸出了舌头缩不回去，由里到外、从头到脚就是一个"服"字，心服口服外带佩服。崔老道说罢了前因后果，将主家给的犒赏收入怀中。别看王家大爷平日里为人吝啬，这一次可是救命之恩，当真没少给。崔老道见钱眼开，借得这个机会，他还想再拍拍马屁，万一日后家里有个红白喜寿用得着自己呢？这个财路可不能断了，便对王家大爷说："您是贵人，给您府上效力，那是贫道我的福分，如若偷奸耍滑不卖力气，还是人肠子里爬出来的吗？那就是个小狗子！"

这本是几句溜须的客套话，怎知话一出口，屋子里所有人顿时鸦雀无声、脸色煞白。崔老道常年摆摊儿算卦跟街上混饭吃，最善察言观色，见此情形就知不妙，暗道一声"糟糕"，想不到为嘴伤身，这一下马屁拍到了马腿上，又惹下了一场塌天之祸！

<h1 style="text-align:center">4</h1>

崔老道见众人脸上变颜变色，王家大爷吹胡子瞪眼，额头上青筋直蹦，心知大事不好，恐是自己得意忘形说了哪句不该说的，犯了主家的忌讳。旧社会的戏子艺人到大户人家出堂会，必须提前打听好了，像什么老爷、夫人、小少爷的名讳，不爱听的字眼儿，无论如何也要避开，稍不留神儿秃噜出口，挣不来钱不说，还得白挨一顿打，再赶上那有势力的，扣下来不让走，先饿你三天再说。崔老道来之前一时疏忽，忘了这个茬儿了，正应了那句话叫"舌是利害本，口是福祸门"。

那么说崔老道的哪句话犯了歹呢？原来王家大爷的小名就叫小狗子，以前的人迷信名贱好养活，再有钱的人家起这个小名并不奇怪，可现如今他是一家之主，谁还敢这么叫？加之他在买卖上耍心眼儿，以次充好、以假乱真，多有背后骂他不是人肠子里爬出来的，耳朵里也曾听见过。王家大爷心胸还特别窄，有谁犯了自己的忌讳，轻则破口大骂，重则让手底下人一拥而上，非打得对方鼻青脸肿才肯罢休。崔老道那两句话一出口，当着一众家丁仆从的面，王家大爷脸上可挂不住了，再大的恩惠可大不过脸面。崔老道本是无意，但王家大爷可不这么想，还以为崔老道故意指桑骂槐，当时勃然大怒、暴跳如雷，翻脸比翻书还快，吩咐手下人将崔老道打出门去。主子发了话，不打白不打。四五个狗腿子往上一围，你一拳我一脚，打了崔老道一个一佛升天二佛出世，刚得的赏钱也被抢走了。崔老道心知好汉不吃眼前亏，窥准一个空子，从人家裤裆底下钻过去，拖着一条瘸腿，屁滚尿流地逃出大门。那几个下人打累了，追到门口骂了一阵，也就由他去了。要说崔老道刚刚帮王家大爷渡过难关，莫非只因为一句话说秃噜了嘴，就挨了一顿暴打，还抢回了赏钱，这说得通吗？其实这里面还有另一层原因，王家大爷素来蛮不讲理，只占便宜不吃亏，惯于欺行霸市、鱼肉乡里，如今好了伤疤忘了疼，想想给了崔老道那么多赏钱，心里总觉得亏得慌，再加上这些天家中损失不小，正不知如何弥补，偏偏崔老道犯了忌讳，索性来个顺水推舟，念完经打和尚。崔老道挨了一顿打，赏钱也没落下，贪他一斗米，失却半年粮。就连王喜儿也跟着吃了挂落，王家大爷认准了是他借着崔老道的嘴骂自己，两个人是狼狈为奸、一丘之貉，等他回来之后便乱棍打了出去，又对外放话，哪家要是再敢用他，便是跟自己过不去。到头来王喜儿连个奴才也当不上了，只得托半个破碗行乞，最后在路边冻饿而死。

眼下咱还说崔老道，逃出王家大宅，连头也不敢回，犹如过街的老鼠，抱着脑袋一溜烟儿跑回家。他被人揍成了烂柿子，头上、脸上全是血污，嘴角也青了，眼睛也肿了，后槽牙也活动了，躺在床板上直学油葫芦叫，接连几天不敢出门。当时家中老小全在乡下，因为实在是穷得揭不开锅了。一家老小回到老家小南河，虽说也得挨饿喝西北风，但是乡下人情厚，老家又在那个地方，当地姓崔的不少，有许多论得上的亲戚，七大姑八大姨、四婶子三舅舅，全是种地吃粮的庄户，这边帮一把，那边给一口的，不赶上灾荒之年家家断粮，总不至于让老的小的饿死，所以没人照看崔老道，他身上又疼，吃不上喝不上的奄奄一息。好在还有几个小徒弟，听说师父出事了，大伙儿凑钱给他抓了几服药，又买了半斤棒子面，对付着苟延残喘。

常言道"福无双至，祸不单行"，有这么一天，几个小徒弟正在家中给崔老道煎药，忽听外边有人叫门。崔老道住的是大杂院儿，一个院子七八户人家，天黑透了才关大门。来人走进院子，堵在崔老道家门口大声嚷嚷："我说，这有个姓崔的没有？我有件事找你论论，你出来！"

兵熊熊一个，将熊熊一窝。崔老道胆小，他这几个小徒弟也怕事，从破窗户上往外张望，看见来人大惊失色，扭头告诉崔老道："师父，大事不好！"

来人长得又凶又丑，三角脑袋蛤蟆眼，脚穿五鬼闹判的大花鞋，额头上斜扣一贴膏药，有衣服不穿搭在胳膊上，只穿一件小褂，敞着怀，就为了亮出两膀子花，文的是蛟龙出海的图案，远看跟青花瓷瓶子差不多，腰里别着斧头把儿，绑腿带子上还插着一把攮子。往当院一站，前腿虚点，后腿虚蹬，缩肩屈肘，一个肩膀高一个肩膀低，头似仰不仰，眼似斜不斜，总之浑身上下没有一处让人看着顺溜的地方。就这等货色，周围没有不认识他的，诨号"烙铁头"，乃当地有名的混混儿，以耍胳膊根儿挣饭吃。当年为跟别的锅伙混混儿争地盘，伸手抓起烧得通红的烙铁直接按自己脑门子上，迫使对方认栽。"烙铁头"一战成名，这么多年在外边恶吃恶打，恨不能飞起来咬人。

小徒弟们乱了方寸，一个个躲在墙根儿底下，大气也不敢喘上一口。崔老道却不紧不慢，半躺半坐地靠在床头说："我当是谁，不过是个混星子，一介凡夫俗子何足为惧？尔等稳当住了，且听他有何话说！"

崔老道说得轻巧，但旁边小徒弟们一个个胆战心惊。九河下梢商贾云集，鼎盛之时海河上有万艘漕船终日来往穿梭，一年四季过往的货物不断。脚行、渡口、鱼行都是赚钱的行当，混混儿们把持行市，结党成群。混混儿为争夺生意经常斗死签儿，下油锅滚钉板，眉头也不皱上一皱，凭着这股子狠劲儿横行天津卫，老实巴交的平民百姓没有不怕他们的。

烙铁头在小院里转着圈溜达，迈左腿，拖右腿，故作伤残之状，其实根本不瘸。旧时天津卫的混混儿讲究"花鞋大辫子，一走一趔趄"，一瘸一拐，显得自己身经百战，并不一定真正落了残疾。不仅身上的做派，话茬子也得有。烙铁头腿脚不闲着，嘴里也不消停，一边溜达，一边在门口拔高了嗓门儿大声叫嚷："崔道爷，你把心放肚子里，没什么大不了的，粮店街的王家大爷让我过来问问您，头几天的事儿怎么了？是切条胳膊，还是剁条大腿？您老是得道的高人，还怕这个吗？出来咱俩说道说道！"烙铁头在外边叫嚷了半天，崔老道没出来，院子里的邻居可出来不少，全是看热闹儿的。烙铁头也是人来疯，使出了绝活儿，好说不出来可就歹说了，于是双足插地、单手掐腰，站在当院祖宗八代莲花落儿一通胡卷乱骂，要多难听有多难听，句句戳人肺管子，还不带重样的。天津卫的混混儿最讲斗嘴，纵使肋条骨让人打断了四五根，嘴头子上也不能输。

屋里的几个小徒弟吓坏了，交头接耳地议论，原来是那位王家大爷不依不饶，让混混儿找上门来，师父怕是凶多吉少了！

其实烙铁头来找崔老道，并非受了王家大爷的指使。王家大爷再怎么说也是大商大号大买卖家，哪有闲心跟个算卦的老道置气，那天打完之后抢回了赏钱，有道是打了不罚、罚了不打，既然也打了也罚了，就没想再找后账，这件事也就过去了。只是崔老道在王家大宅捉妖之事传遍了关上关下，免不了添油加醋，越传越邪乎。别人听罢一笑置之，烙铁头却觉得是个机会，才借这个幌子上门找崔老道讹钱，雁过拔毛插上一手，此乃天津卫混混儿的生财之道。

崔老道可惹不起混混儿，此辈争勇斗狠，以打架讹人为业，反正光脚不怕穿鞋的，一旦让他们盯上了，不死也得扒层皮。但在一众徒弟面前，崔老道还得故作镇定，擦上粉进棺材——死要面子。只见他一脸的不在乎，不紧不慢地从铺板上蹭下来，穿上鞋往外就走，别看脚下一瘸一拐，可是分寸不乱。几个徒弟暗挑大拇指，还得说是师父道法高深、临危不惧，没把混混儿放在眼中，却有一个眼尖的小徒弟告诉崔老道："师父，您把鞋穿反了！"

崔老道低头一看，可不是穿反了吗？忙把左右脚的鞋换过来，硬着头皮打开门，来至院子当中，冲烙铁头打个问讯，道了一声"无量天尊"。

混混儿也讲究先礼后兵，烙铁头见崔老道终于让自己骂出来了，心想：这下有门儿了。于是双手抱拳大拇指并拢，大咧咧甩到肩膀后边，一开口全是光棍儿调："崔道爷，我给您行礼了。"

崔老道心里打鼓，口中还得应承："不敢当，原来是烙爷，哪阵香风把您给吹来了？"

烙铁头嘴歪眼斜一脸的奸笑，脑袋来来回回晃荡："崔道爷，您可以啊，不愧是咱天津卫呼风唤雨的人物字号。您老跺一跺脚，鼓楼都往下掉瓦片子，敢在大宅门儿里指着鼻子骂本家老爷，我烙铁头打心眼儿里佩服，那些做买卖的没一个好东西，该骂！可是今天人家托我过来，让您给个交代，您老好汉做事好汉当，舍条胳膊、扔条大腿，我给人家送过去，一天云彩满散，怎么着？咱别渗着了，您老是自己动手？还是我伺候伺候您？"

崔老道心想那可不成，缺了胳膊少了腿，受多大罪搁一边儿，往后还怎么出去挣钱？一家老少还不得饿死？可他明白自己的斤两，天津卫的混混儿滚钉板下油锅，三刀六洞也不皱一皱眉头，无论如何也斗不过人家，只得先给他来个缓兵之计："烙爷，不必劳您动手，您且回去，该忙什么忙什么，待会儿贫道我掐诀念咒，让胳膊、大腿自己飞过去。"

烙铁头一听崔老道这瞎话扯得没边儿了，真把我烙铁头当成缺心眼儿了？有心当场发难，不过众目睽睽之下来横的，又显得不够光棍儿，直言道："别说那没用的，舍不得砍胳膊、剁大腿不要紧，咱穷人向着穷人，这么着吧，您给拿俩钱儿，再搭上我的三分薄面，求王家大爷高高手，兴许就对付过去了。"

崔老道早已瞧出烙铁头是来讹钱的，王家那么大的家业，手底下人有的是，犯不上找个混混儿出头。无奈兜儿比脸干净，饭都吃不上了，哪儿有钱打发混混儿？可还得硬撑面子："烙爷有所不知，贫道乃出家之人，闲来一枕山中睡，梦魂去赴蟠桃会，吸风饮露不食五谷，钱财这等俗物，向来不曾沾身。"

烙铁头气得咬牙切齿，心说："这个牛鼻子老道，成天在南门口坑蒙拐骗，有钱要钱，没钱要东西，凭一张嘴能把来算卦的裤子说到手，拿到当铺换了钱，出来再把当票卖了，里外里挣两份，还有脸说不近钱财？别以为烙爷我不知道你是什么鸟儿变的，冲你这一句话，就够捆在树上打三天三夜的！今儿个不把你的屎汤子打出来，对不起头天晚上吃的那碗羊杂碎！"当时怒不可遏，扯掉身上的小褂，亮出胸前的猛虎下山，上前就要动手。

在场看围观的全是穷老百姓，包括崔老道那几个小徒弟，谁拦得住混混儿？知道这顿打轻不了，却谁也不敢上前阻拦。大难临头，崔老道顾不上脸面了，没等烙铁头的手伸过来，他已抢先躺倒在地。

烙铁头心里"咯噔"一下，崔老道这可不是挨打的架势，挨打的怎么躺？侧身夹裆、双手抱头，缩成元宝壳，护住各处要害，这叫光棍儿打光棍儿——一顿是一顿，拳脚相加打不出人命。崔老道呢？四仰八叉往地上一摊，从胸口到裆下，要害全亮出来了。崔老道这么躺，烙铁头没法打，想打也无从下手，打轻了不疼不痒，打重了还得吃人命官司。

崔老道会耍无赖，他烙铁头也不是省油的灯，你能躺我也能躺，看谁先起来！当时往地上一倒，并排躺在崔老道旁边。周围的人全看傻了，打架见得多了，没见过这个阵势，他们二位唱的是哪一出？两个大活人，这是要并骨不成？

崔老道肉烂嘴不烂："各位高邻，贫道我这叫蛰龙睡丹，躺得久了，内丹自成。"烙铁头话茬子跟得也紧："诸位三老四少，我这儿给崔道爷护法，等他内丹炼成了，我下手掏出来给你们开开眼！"

正乱的当口儿，大杂院儿门口来了两个人，头顶硬壳大檐帽，军装笔挺，扎腰带穿马靴，斜挎手枪。看热闹的人群顿时鸦雀无声，这是两个全副武装的"军爷"，谁敢造次？就见两个军官挤进人丛，其中一个问明了哪个是崔道爷、哪个是找碴儿的。一个上前将崔老道扶起来，帮他掸去身上的浮土；另一个抬起腿来狠狠踢了烙铁头一脚，铁头儿的大皮鞋，鞋尖儿正踢在肋骨条上。烙铁头疼得嘴歪眼斜，平着蹦了起来，手捂肋叉子刚要骂人，瞧见是穿军装的，又生生咽了回去，连个屁也没敢放。他心里明白，此时天下大乱，军阀混战，你方唱罢我登场，城头变幻大王旗，老百姓分不清谁是谁，只知道谁也不好惹。混混儿平时摔打扎刺，敢跟巡警叫板，可是遇上当兵的，老远就得躲着走。军阀部队手握生杀之权，按上个乱匪的名号，一枪结果了性命，死了也是白死。

还没等烙铁头明白过来，那个军官一把揪住他，左右开弓抽了十多个耳光，打得烙铁头眼都睁不开了，腮帮子肿得老高，门牙也掉了，顺嘴角直淌血沫子。烙铁头欲哭无泪，带着哭腔问道："总爷，我没惹您啊？"

军官瞪了他一眼，开口说话带山东口音："日恁娘，再敢对崔道爷不敬，就把你撕碎了扔河里喂王八！滚！"

烙铁头想破了头也想不明白，摆摊儿算卦的崔老道怎么会有这么大的势力，早知如此，打死我也不来蹚这浑水，捂着脑袋灰溜溜地回去了。崔老道同样一头雾水，不知这二位军爷什么来头。

第四章　斗法定乾坤（上）

1

上文说到天津卫的混混儿烙铁头，找上门敲崔老道的竹杠，也就是瞪眼讹钱，这么说混混儿连出家的道人也讹？您别不信，干他们这一行的讲究混一时是一时，自称"耍人儿的"，又叫"杂巴地"，专门多吃多占、讲打讲闹，管你什么出家的、在家的，一律照讹不误。何况崔老道还不是出家人，就是个走江湖的火居道，在南门口摆摊儿算卦养家糊口，遇上当差管事的、地痞光棍儿耍胳膊根儿的，谁不耐烦都敢踢他两脚，一没能耐二没势力，不讹他讹谁？两个人在院子里正闹得收不了场，突然胡同里一阵马蹄声响，打从院门外闯进来两个军官，劈头盖脸几个耳光，赶走了混混儿烙铁头，将崔老道架到屋内。崔老道一头雾水，仔细端详这二位，身高相貌差不多，细腰窄背，长胳膊长腿，穿着打扮一模一样，青布军装，头顶大壳帽，脚蹬铁头马靴，腰扎牛皮武装带，斜挎盒子炮，手拎马鞭子，实不知是什么来路。他赶忙直起腰杆儿，作揖说道："贫道无德，不敢劳动二位军爷！"怎么呢？身份地位相差太大，人家挎枪穿军装的是"总爷"，他崔老道连个"兔爷"都比不了。

两个军官并排站定，脚后跟使劲儿往起一并，"喱"的一声，齐刷刷打了个立正，抬手就给崔老道敬礼。崔老道猜不透这是什么路数，更不知是吉是凶，一时不敢接茬儿。其中一人操着山东口音："崔道爷不必过谦，俗话说'无事不登三宝殿'，我们哥儿俩奉我家督军之命，打山东济南府来到天津卫，请您过去走一趟，有要事相商。"

崔老道一脸茫然，脑子里车轴辘一般转开圈了。民国时期，各路军阀混战，手底下有一两万兵马就能雄踞一方，城头一天一换旗，却不知山东济南府统兵的是哪位督军？为何会派人来天津城请他一个卖卦的穷老道？莫不是自己得罪了什么人，犯了什么事？想到此处，他赔笑问道："二位总爷，未请教你们这位督军大人尊姓大名，仙乡何处，如何称呼？"

话不说不明，木不钻不透，砂锅不打一辈子不漏。这一问才知道，命人来请崔老道的督军姓纪，有个外号叫纪大肚子，乃崔老道的一位故交。想当初崔老道和群贼探宝，分了贼赃各奔东西。后来案子发了，崔老道胆小怕事，跑到关外躲避风头，巧遇在玉皇庙添香续油、打扫庙堂的纪大肚子，引出"玉皇庙火炼人皮纸"一段热闹回目。临别之际，纪大肚子求崔老道指点前程。崔老道信口胡说："你

081

纪大肚子是八月初八的生辰，赶上八字有马骑，是拜上将军的命。"纪大肚子信以为真，带着从玉皇庙后殿挖出来的金银财宝，一路回到山东老家招兵买马、聚草屯粮，凭着骁勇善战、福大命大造化大，没用两三年就当上了督军。也是时势造英雄，合该他有这步官运，离着人王帝主还差得远，却也成了一方诸侯。

崔老道听罢缘由，心下一阵窃喜，还当是谁呢，合着是在关外玉皇庙中画门摸宝的纪大肚子，这真叫"时来了运转，否极了泰来"，正愁怎么躲过眼前这一劫，敢情靠山长了腿儿，自己找上门来了！又问两位军官，纪大肚子找他去商议何事。两个军官一齐摇头，他俩是上差下派奉命而来，只管把崔道爷请去，别的一概不知，马车已然备在门外，事不宜迟，请崔道爷速速动身。崔老道在江湖上号称未卜先知，不好意思再多问了，心想是福不是祸，是祸躲不过，人挪活树挪死，眼瞅着在天津城南门口这一亩三分地不好混了，不如换个地方，这对走江湖的来说也是家常便饭。想到此处，他心中豁然开阔，如同喝了琼浆玉露一般通畅，匆匆收拾停当，也没有什么可带的东西，只吩咐身边的小徒弟给家里人捎个话，便随二人来到门口，一瘸一拐上了备好的马车。车把式嘴里高喝一声，手里鞭子抡开了，催马前行，绝尘而去，离开天津城一路往南，直奔济南府。

老话讲"府见府，二百五"，天津到济南，中间可还隔着沧州府、德州府，那又多出几百里地。一日三，三日九，路上无书，不必细表。就说这一天，晴空万里，浮云白日，崔老道撩开青布车帘往外观瞧，一行人已然来至济南城外。远远望见城墙足有三四丈高，大块的青砖垒成，城墙之上密排垛口，枪炮林立，下面有护城河碧波荡漾。

城楼顶上是一座重檐歇山三滴水的楼阁，门洞子底下两扇厚重的城门四敞大开，推车的挑担的、骑驴的赶大车的，各色人等往来穿梭，一派繁华好不热闹。崔老道正待吩咐车老板赶车进城，忽见前方尘土大起，阵阵銮铃之声由远及近，一队人马飞驰而来，前后两排马队，簇拥着当中一匹鞍鞯鲜明的高头骏马。先不提马上边坐的这位，单说这匹马就了不得，太有样儿了，从头至尾够丈二，从蹄至背高八尺，细蹄座儿、大蹄碗儿、竹签儿耳朵、刀螂脖儿，全身上下黑缎子相仿，半根杂毛都没有，正经的乌骓宝马，估摸当年楚霸王的坐骑也不过如此。再配上玉镫金鞍，真可谓人长志气马借威，走起路来项上的鬃毛左右飘摆，威风凛凛，不可一世。再看马上坐定一人，膀阔三停、腰大十围，头顶叠羽冠，上挑白鹭鸶簪缨，身着深绿色礼服呢军装，外披大氅，足蹬高筒马靴，腰挎指挥刀。生得天庭高耸、地角方圆、鼻直口阔、大耳有轮，两侧眉毛斜插入鬓，一双三角眼杀气十足，坐在马上挺胸叠肚、撇舌咧嘴、不怒自威，可就是肚子太大了，打远处看整个人跟个枣核似的。

崔老道一眼认出来者正是纪大肚子，虽然好几年没见面，穿着打扮、脸上的神色气度都不一样了，可就凭这个大肚子也错不了。他急忙打车上下来，双脚站定，将手中拂尘一摆，掸了掸道袍上的褶皱，口诵一声道号，又从肚子中转出几句词来："玉皇庙内画妖门，火炼人皮定惊魂；仙家不度无缘辈，武曲星君下凡尘！"

他是久走江湖的老油条，这番话一出口，不但重提了旧事，暗示自己曾有恩于纪大肚子，还把高帽子给纪大肚子扣上了。因为今时不同往日，人家是割据一方的军阀首领，手握生杀大权的土皇上，自己不过一介平民百姓、丹徒布衣，即便过去有交情，可是人心隔肚皮，此时身份地位悬殊，不给捧美了准没好果子吃。这才说纪大肚子是"武曲星君"，顺带说自己是"神仙"，一举两得、一石二鸟，高了你也没矮了我。有道是人生何处不相逢，一对故友又续上了前缘。

纪大肚子给足了崔老道面子，勒住丝缰，甩镫离鞍下得马来，搁在以往可没有这个章程，督军大人见了平头百姓怎么能下马呢？能抬抬眼皮已是天大的面子。但见他腆着大肚子往前紧走几步，一把攥住崔老道的手，瓮声瓮气地说道："崔道爷，别来无恙！"

崔老道拔根眼睫毛儿都是空的，那得有多机灵，心知此时当着那么多人的面儿，万万不可装大个儿的，作势倒身下拜："大帅在上，受贫道一拜。"

纪大肚子忙伸双手拦住，故意提高嗓门儿："不敢不敢，崔道爷与我有救命之恩，恩同再造，要拜也该我拜道爷才对！这里不是说话之处，且随我到府中，摆上酒宴叙谈。"这也是让周围的人听听，显得他纪大肚子不忘旧恩，传出去就是一段佳话。今天摆下这么大的阵仗，也是贾宝玉看《西厢记》——戏中有戏。说完命手下牵过一匹马来，他是行伍出身，今日给故人接风洗尘，有心让崔老道跟自己一样，骑在高头大马之上招摇过市，好好威风威风。不承想崔老道一摆手，声称从不骑马，让人找一头毛驴子当坐骑。纪大肚子暗自赞叹，对崔老道越发钦佩："过赵州桥的仙翁张果老不就骑驴吗？可见仙家一贯如此，倒是纪某人俗了！"其实满不是这么回事儿，崔老道腿脚不好，马太高了上不去，也不会骑马，万一当着济南府全城百姓摔个嘴啃泥，还有脸进督军府吗？

纪大肚子身为督军，找头毛驴何难之有？难的是立时就要，一双眼四下观瞧，恰见路上来了一个中年汉子，牵着头黑驴，驴上坐着一个妇人，正往城里走。书要简言，不表纪大肚子如何吩咐副官过去交涉，只说片刻，副官已然牵来了黑驴。崔老道一看，这头驴真不赖，灰鼻子白肚皮，一身黑毛洗刷得干干净净，黑眼珠忽闪忽闪的，后屁股上铺着一块棉布坐垫。副官扶崔道爷跨上驴背坐稳，纪大肚子一声令下，"咣、咣、咣"响了三声礼炮，冷不防吓得崔老道打了个激灵，险些从驴背上掉下来。一队军乐队奏乐开道，在大队人马的前呼后拥之下，如同请神接仙一般，将崔老道请进了济南城。

济南府本为黄河、小清河码头，自古即繁华所在。前清光绪年间，胶济铁路全线通车，济南府成为华洋公共通商之埠，各国的洋行、各地的商铺纷纷落户于此。到民国初年，济南府同北京城、天津卫、上海滩一样，皆为一等一的繁华所在。南有大观园，北有火车站，东有新市场，西有万紫巷，电影院、戏院、茶楼、饭庄、商铺鳞次栉比，四衢八街，车如流水，马似走龙。

崔老道进得城门，坐在驴上左顾右盼，看哪儿哪儿热闹，一双眼不够他忙活的，尤其是那些大饭庄子、小饭馆子，一家挨着一家，数都数不过来。正赶上饭点儿，伙计肩膀上搭着白手巾，站在门口招揽生意，里边人声鼎沸，座无虚席，大锅小屉一阵阵地往外冒热气。崔老道看得直流哈喇子，眼睛都忘了眨。他看着济南城的大街小巷热闹非凡，城里的老百姓看他也出奇，纷纷站在路边交头接耳，不知督军大人从哪儿请来的道长，端坐在毛驴之上，从容淡定，稳如泰山，只是这一双眼珠子滴溜溜乱转，四下里到处踅摸。再瞅前面有军乐队开道，后面的马队整齐划一，纪大肚子在旁边一脸的毕恭毕敬，凭这远接高迎的阵势，骑在驴上的道爷得是什么来头？说不定是哪位法力无边的真人、超凡脱俗的大仙！有那心愿未了的，苦求不得志的，求富贵、求前程、求姻缘的，求去病消灾、一口温饱饭的，这就纷纷在路旁焚香膜拜，真把他当了活神仙。崔老道心中得意至极，脸上还不能带出来，端坐于驴背之上装模作样，一脸的道貌岸然。纪大肚子也挺高兴，觉得脸上有光。

众人一路来到纪大肚子的督军府大门前。崔老道抬眼观瞧，这座府邸太气派了，单是一座广亮大门就足有一间房子那么宽，门楼子斜山转角、红漆抱柱、顶端清水脊，两边支起来蝎子尾、朝天笏。大门上方四个门簪雕刻吉祥图样，门楼子底下是青石台阶、瑞兽迎门，抱鼓石门墩磨得光光溜溜，苍蝇站上去打滑，蚊子飞上去劈叉，任谁都待不住。院墙足有一丈多高，外边三步一岗，五步一哨；军卒持枪带刀，戒备森严。大队人马来至近前，下马的下马，下驴的下驴。进大门正对面是一字影壁，叠砌考究、磨砖对缝，底下蹲着须弥座，正中间刻有"威武"两个石雕大字，笔势雄奇、杀气纵横。大户人家影壁墙上的字，通常以"招财进宝""四季平安"为多，都是吉祥话，也有的只雕刻花纹图案，可没有敢用这两个字的。

纪大肚子拉着崔老道的手，围着督军府里里外外转了一圈。崔老道在天津卫没少进大宅门儿，不过这座督军府的规模、格局并不多见。进了大门右手边设有门房，左手边是一个长方形的大场院，豁豁亮亮，两旁立着枪靶、箭靶、兵器架子，上插长枪、朴刀、刀刃、枪尖磨得寒光闪闪、耀人眼目。倒座儿五间大屋，皆是宽敞明亮。进得屋内，一溜儿大通铺，床上被褥整齐划一，叠得跟豆腐块一样八面见线，这是贴身卫队的住处。场院的南墙正中又是一座门楼，这座门叫垂花门，直通内宅。过去说大户人家的闺女"大门不出，二门不迈"，意思就是不能迈出垂花门。内宅当中方砖墁地，既无阶柳，也无庭花，干净齐整，透出一股子威严，配得上行伍之人的彪悍。迎面正房五间，东西两侧的厢房、配房、耳房一应俱全。纪大肚子娶了好几房姨太太，他也不避讳，全叫出来拜见崔道爷。再往后边走是花园、马舍。花园里种着枣树、石榴，寓意早生贵子，多子多福。马舍里养着十来匹高头大马，黄骠、乌骓、赤兔、白龙，个个膘肥体壮。崔老道边看边捧，见什么夸什么，嘴里不闲着，说得纪大肚子心花怒放，连连大笑。

转罢了宅院，纪大肚子带崔老道进了正厅。但见堂宇宏美、布置庄严，当中摆设一把虎头太师椅，椅子前方一张紫檀桌案之上，宝剑压书，桌子上摆着一盏西洋造型的台灯，黄铜灯柱，玻璃灯罩，洋气十足，什么叫湖笔、端砚，哪个叫宣纸、徽墨，一样也不少。可全是新的没动过，因为纪大肚子目不识丁，斗大的字认不了一笸箩，批复公文时连名字也写不顺溜，画个圈儿就等于看过了，摆齐文房四宝只为充个样子。

崔老道又抬头往墙上看，东边挂着《锦绣山河图》，西边挂着《松鹤延年图》，不说是传世珍品，也均为名家手笔，上面盖着各种藏家的印章。迎面正中间挂着一个大镜框子，足有二尺宽、三尺高，里面镶着一张大幅照片。照片中的人身上军服笔挺，肩膀从左到右披着一巴掌宽的绶带，两边肩章双缀灯笼穗，胸前挂着五六枚大号的勋章，腰间扎银扣皮带，腆着个大肚子，一只手按着指挥刀的刀柄。往脸上看，天庭饱满，地阁方圆，鼻直口阔，大耳朝怀，眉宇之间带有一股杀气，光头没戴帽子，此人不是纪大肚子还能是谁？照相术自清末从西洋传到中国，连慈禧太后老佛爷也迷上了拍照，请来好几位外国摄影师，轮番进宫给她照相，各大商埠陆续开了照相馆，但平头百姓可照不起。民国初年，拍一张大幅照片至少两块银元，但凡军阀政客，这个督军、那个总长，都要找最好的照相馆给自己拍照片，冲洗出来，大幅的挂在家里厅堂卧室。另有卡片大小的，签上名落上款，送给亲朋好友收藏。对平民百姓来说，手里有几张这种大人物的签名照，那可比护身符还好使。纪大肚子当然也不能免俗。崔老道瞅一眼墙上的大照片，说声"呜呼呀"，再瞧一眼纪大肚子，道声"哎哟喂"，紧接着唾沫横飞、摇头晃脑，惊叹纪大帅面相比之前更为通透，将来定然是富贵荣显、百事亨通、财禧并进、家道兴隆……这一通猛拍狂赞，听到最后连纪大肚子自己都觉得不好意思了。

纪大肚子和崔老道两个人分宾主落座，自有下人端上茶水果点，不能一上来就说正事儿，那显得生分，得先叙叙旧。崔老道赶了一上午的路，正觉口干舌燥，把桌上的盖碗儿端起来呷了一口，但觉清香透顶，回味甘甜，沁入心脾，怎么是扬子江心水、什么是蒙山顶上茶，喝惯了高碎的崔老道可没尝过这个，心下暗暗寻思：连茶水都这么讲究，待会儿这顿饭得是什么阵势？

二人寒暄了没几句，就有下人过来通禀，酒宴已备齐。那位问了：有这么快吗？您想，在督军府中山珍海味无不齐备，别说鸡鸭鱼肉，就是鱼翅、熊掌也是要什么有什么，五六个厨子在灶上忙活，撸胳膊挽袖子一通煎炒烹炸、蒸煮炖烤，冷拼看刀工，热菜看火候，光在旁边剥葱剥蒜的就有七八个，谁也不敢有半分懈怠。伺候不好这位崔道爷，督军大人一瞪眼，脖子上的脑袋就得搬家，摆一桌酒宴那还不快吗？

纪大肚子挥手屏退下人，亲自引领崔老道入席。崔老道进了饭厅，偷眼往八仙桌上观瞧，不由得心花怒放，热腾腾的饭菜已经摆满了桌子。盘子里整根的葱烧海参跟孩子腿那么粗，成对的大对虾跟孩子腿那么粗，焦熘鳝鱼段儿跟孩子腿那么粗，九转肥肠也跟孩子腿那么粗，这一桌的"孩子腿"得多解馋啊？正所谓用料讲究之至。咱再说这个味儿，山东厨子拜师学艺，到学成之时，师傅必定传给徒弟一味独家秘制的调料，甭管做什么菜，放一点儿进去，香鲜之味顶风都能飘出半里地。山东鲁菜位列四大菜系之一，与川菜、粤菜、淮扬菜各有所长，绝非是浪得虚名。当年皇宫里的御厨大部分是山东人，大清国江山易主，树倒猢狲散，宫廷王府里的御厨从此散落民间，不过只要有能耐，干这一行的走到什么地方也是吃香喝辣的。纪大肚子雄踞济南，招到督军府的大厨自然是一等一的手艺。

二人坐定了，纪大肚子端起酒杯，道了一个"请"字，仰起脖子一饮而尽，这叫先干为敬。此酒名为"黄河龙"，乃当地名酒佳酿，色泽微黄，散发出幽幽芝兰香气。崔老道客随主便，再馋也不能先动筷子，先过足了眼瘾，陪纪大肚子饮下三杯接风酒，他就掂起前后槽牙，打开里外套间，紧着往嘴里填，就觉得一双筷子不够用，恨不得端起碟子碗直接往肚子里倒。纪大肚子已经吃腻了山珍海味，只顾在一旁劝酒布菜。崔老道平时吃不着好东西，真要吃起来，那可以说是叱咤风云，尽显铁嘴本色。一条舌头两排牙，耍得甭提多利索了，嚼着肉、喝着酒，还不耽误说话聊天儿，这可是崔老道练了多年的独门绝技，别人想学也学不会，桌上就看他一个人忙活了。

酒过三巡，纪大肚子放下筷子，赔着笑脸说道："崔道爷在江湖上号称铁嘴霸王活子牙，气死诸葛亮、赛过刘伯温，未卜先知高术士、祥殃有准半神仙，五行道术移山倒海、掐诀念咒降妖捉怪，别看瘸了一条腿，道法在内而不在外，有朝一日功行圆满，便是异相真仙，到时候纪某也跟着沾沾光，封枪挂印，上天当神仙去。"

这全是崔老道以前往自己脸上贴金的话，跟谁说全是这一套，纪大肚子背得倒是挺清楚，如今旧话重提，他也不能不认。准知道纪大肚子大老远把自己接来，不可能只为了吃饭叙旧，外加说几句奉承话，接下来就得说正事了。果不其然，纪大肚子又往下说，为什么请崔老道来这一趟呢？

原来山东境内另有一支军阀部队，为首的姓阚，是土匪出身，向来心黑手狠，且生性多疑，杀人之后不放心，往往还得再补三刀，因此人称"阚三刀"。纪大肚子和阚三刀两路人马那叫棋逢对手、将遇良才，双方势均力敌，谁也灭不掉谁，在山东境内屡次交战，杀得昏天黑地，折腾得民不聊生，哀鸿遍野。后经巡阅使调停，不得已罢兵言和，把地盘一分为二，划定了楚河汉界，分别占据了济南城的东西两边。纪大肚子是左督军，占着城西；阚三刀是右督军，占着城东。常言道"一山不容二虎，一女不事二夫"，这两个人面和心不和，都恨不得一口把对方吞了，可谁也没有十足的把握。两个当官的明争暗斗，手底下当兵的也没闲着，一方在东一方在西，时不常擦枪走火，这边打个冷枪，那边放支暗箭，摩擦不断，搅得济南城里城外鸡飞狗跳，没个安宁。关键还不是谁把谁灭了，那个年头儿军阀混战，谁赢了就能收编对方的军卒，缴获装备，占领地盘，实力可就实实在在扩充了一倍，所以两个人都憋着劲儿吞并对方。

阚三刀多次在背地里给纪大肚子下绊，阴损坏的招儿没少使。纪大肚子娶了好几房姨太太，其中一个姨太太的弟弟跟着纪大肚子，在军中当个副官，带兵打仗不会，吃喝玩乐全行，所以过去有个说法，说是少爷、姑爷、舅爷，这三位"爷"一概不能用，招灾惹祸的全是他们。前些日子，纪大肚子的这个小舅子玩遍了西城，心血来潮非要去阚三刀管辖的东城一家饭庄喝酒，偏偏酒后失德把这个饭庄砸了个一塌糊涂，被阚三刀撞了个正着。阚三刀正愁不知道怎么给纪大肚子上眼药呢，居然让他逮到一个主持公道的机会，怎能错过？将此人抓回去打了个皮开肉绽，小命几乎不保。纪大肚子得知此事，起初觉得小舅子是咎由自取，活该倒霉，可是架不住姨太太天天吹枕边风，几次三番下来，把纪大肚子说成了缩头的王八。纪大肚子一腔怒火无处发泄，心说："你阚三刀打狗还得看主人，太不把我纪某人放在眼里了。"为了报复，他率兵出城刨了阚三刀的祖坟，棺木见天，挫骨扬灰。反正他纪大肚子没祖坟，不怕阚三刀以牙还牙。在过去来说，刨人祖坟可犯了大忌。阚三刀气得三尸神暴跳、五雷豪气腾空，牙都快咬碎了。恰在此时，打关外辽东打火山下来一位异人，号称有改天换命之术，指点阚三刀把右督军府的大门拆除重盖，扩大了一倍有余，顶天立地足有三丈，凑成一个阳宅形势，称为"天上一张口"，等同于一口吞下纪大肚子的左督军府，拿尽了他的运势，迟早让阚三刀杀个片甲不留！

纪大肚子虽然能征惯战，神鬼难挡，为人却十分迷信，白天放火杀人，晚上烧香拜佛，纯属自己糊弄自己。他让阚三刀这一招儿妨得惶惶不可终日，只觉得吃豆腐塞牙缝，放屁砸脚后跟，夜里躺床上一合眼，就梦见阚三刀祖坟里的列祖列宗跳出来找他索命，干什么事都不顺。手底下的探子打听出来，原来那右督军府来了一位异人兴风作浪。纪大肚子也有心请个高人相助，就想起当年跑关东火炼人皮纸的崔道爷了，自己这一番发达富贵，还不是全凭崔道爷点拨？要论起身上的道法，崔道爷比城门楼子还得高三丈，只要把他搬请出来，我纪大肚子就是如虎添翼，一定让阚三刀吃不了兜着走。当时就派两个手下赶去天津城，快马加鞭把崔老道请至济南府。

2

济南城左督军府摆下一等一的酒宴，专门招待从天津卫请来的高人崔老道。别看崔老道连吃带喝没闲着，倒是不耽误正事，支起耳朵听明白了来龙去脉，心下暗暗寻思："割据一方的军阀为了扩充势力、抢夺地盘，不在乎杀人放火、荼毒生灵遭报应，反倒怕什么风水运势，这就叫疑心生暗鬼。阚三刀请来的那个高人，多半和贫道我一样，也是个走江湖混饭吃的，能有什么本领？"他是这么想，嘴上可不能这么说，说破了他也没处混饭吃，没有那位高人在右督军府作妖，哪有他崔道爷左督军府显圣的机会？当下故作为难："这一招儿确实厉害，不可等闲视之……"说到此处却不说了，又夹了一筷子烹虾段塞进嘴里。这是正经黄海大对虾，两只足够一斤，切成两寸来长的虾段先煎后烹，挂上汁儿出锅，越嚼越香。纪大肚子急得抓耳挠腮，又不敢催促。崔老道直到吃得酒足饭饱，这才心满意足，用道袍袖子抹抹嘴，放下筷子说道："大帅不必多虑，贫道进门之时已用道眼看过，左督军府的格局稳如泰山，右督军府的口再大也吞不了你。贫道既然来了，就在府上作几天法，一则助长大帅虎威，二则灭一灭阚三刀的锐气。"

纪大肚子自打认识崔老道那天起，便对他奉若神明，见他胸有成竹，不由得心花怒放，吩咐下人收拾出一个跨院供崔老道居住，安排专人伺候，吃什么做什么，要什么给什么，哪个王八蛋慢待了崔道爷，当心脑门子上多个窟窿眼儿。这一下崔老道是小人得志、一步登天了，再不用顶风呛雪的摆摊儿卖卦，住在督军府中吃香的喝辣的，马上来轿上去，上个茅房都恨不得有人背着。他知道这些便宜可不能白给，当然也没闲着，在院子里度地为坛、设立香案，摆上香炉、蜡扦、毛边纸、朱砂笔等一应物品，待到夜深人静之际，手持宝剑，步踏罡斗，接连做了七天法事，好一通折腾，可除了装神弄鬼，一件正事没干。纪大肚子可不这么想，他对崔老道一向信服，当成活神仙来供奉。有道是心诚则灵，自打崔老道一踏进左督军府的大门，纪大肚子心里一块石头落了地，吃饭也香了，睡觉也踏实了，再没做过噩梦。

这人要是天天待着无所事事，也不用为吃喝用度发愁，那也没什么意思。崔老道在督军府憋得烦闷，叫过下人询问，济南府有什么繁华所在，想出去逛逛，瞧一瞧周围的风水形势。下人回禀，济南府有三大名胜——千佛山、大明湖、趵突泉，顶数趵突泉最热闹。那周围有一个市场，摊铺林立，游人如织。济南府号称"曲山艺海"。江湖中流传一句话，北京城学艺，天津卫练活儿，济南府踢门槛儿。做艺的人想走红，济南是必闯的码头。崔老道一听就来了精神，他本就好个热闹，何况又在督军府憋了这么多天，连忙叫底下的人备了毛驴，来到趵突泉市场上，但见人山人海、熙熙攘攘，耍把式卖艺的一个挨一个。这边是京韵大鼓、木板大鼓、西河大鼓、河南坠子，那边是山东落子、山东琴书、山东吕剧，更有说相声、变戏法、演双簧、拉洋片、卖药糖的，与天津卫的"南市、鸟市、地道外"相比也不在其下。崔老道这一双眼可就不够用了，冷不丁瞧见一个摆摊儿算卦的，低眉默坐，道貌岸然，面黄肌瘦，无精打采，估摸也是买卖不行饿的，一时间仿若看到了自己，又觉得有些技痒，恨不得披挂上阵，替他卖上几卦。所以说生而为人，只有享不了的福，没有受不了的罪，崔老道刚过了三天好日子，这就烧得浑身不自在了。

崔老道无论走到什么地方，身后都跟着督军府的下人，因为督军大人交代了，必须片刻不离左右。眼看到了中午，腹中饥饿，正琢磨是不是先回府里吃饭，就听下人说道："崔道爷，俺们济南府的麻酱面最有名，不可不吃，何不就在市场里尝上一碗？"崔老道乃馋神下界，闻听此言连声称善，让下人带路，一前一后进了一个小面馆。无非是一间破屋，摆上三五张白茬木头桌子，倒是收拾得干干净净。喊来伙计，一人要了一大碗麻酱面，再给掂配几样小菜。过不多时，伙计把吃食上齐了。两大海碗面条，碗大得都出了号了，跟小盆差不许多，上边撒着胡萝卜咸菜丁、香椿芽细丁、黄瓜丝、绿豆芽、烫过的韭菜段，再加上酱瓜肉丁炸酱，浇上麻汁酱，另外还有几样小菜。其中特别有一样铁钯鸡，雏鸡炸透切碎，再用老汤煮烂，卤汁陈厚，肉烂味浓。崔老道一口面一口鸡，吃得满嘴流油，吃完一结账，下人没带钱，合着还得崔老道请客。下人连连道谢，说自打崔道爷来到督军府，自己天天跟着吃香的喝辣的，以前可从来没有过这个章程，道爷简直就是活神仙。崔老道心中暗骂："你还真行，比我还能讹人，贫道混迹江湖这么多年，能让我掏钱请客吃饭的，也就你一个了！"

又过了几日，这一天崔老道起得挺早，擦了把脸刚迈步出门，伺候他的下人已经守在门口了，见面先给他请安，问："道爷睡得可好？为什么这么早就出门？"崔老道说他不在府上吃早点了，想出去换换口儿。因为趵突泉的一碗麻酱面把他吃美了，逢人就打听济南府还有什么好吃的好喝的。头天听人说了，山东水煎包脆而不硬、油而不腻，用猪肉大葱调馅儿，包子码放在特大号的平底铁锅内，锅中加水没过包子顶端，盖上锅盖猛火煎熟，收尽汤汁，再浇上豆油、麻油、细火烧煎，看准火候出锅，论味道不输给天津狗不理包子。离督军府不远就有个卖包子的，口味挺地道，馅儿大皮儿薄，配上粳米粥、咸菜丝，热热乎乎，早上吃这个又解馋又舒坦。崔老道昨天听人念叨完，半夜做梦也在惦记这口儿。要说他就是吃锅巴菜的脑袋，整天吃山珍海味反而受不了，因此一大早就出来了。那个下人支应了一声，低头跟着崔老道就走。崔老道直嘬牙花子，摆了摆手，说什么也不叫跟着，心里合计，上回一不留神还让你宰了一顿，你跟着还得我请客，那多不上算？就说今天要出门准备一场法事，与济南府各处的土地爷打个照面，凡人不可跟随，以免冲撞了神明。好说歹说打发走了使唤人，崔老道迈步出了大门，看见台阶底下东一坨子西一坨子全是马粪，熏得他直撞脑门子。督军府有马队驻扎，门口的马粪向来不少，纪大肚子草莽出身，虽然做了大官进了城，却仍行迹粗略，从不在乎这些细枝末节。崔老道也是多事，告诉看门的卫兵，在门口立把扫帚，有了马粪就给扫扫。他是怕自己出去踩一脚，沾上一鞋底子臭气，那还怎么吃包子？守门的卫兵不敢怠慢，督军大人早有吩咐，唯崔道爷之命是从，当即飞奔进去拿来一把大扫帚，打扫完顺手立在了门前。不提崔老道出去吃包子，单说纪大肚子的督军府周围也有阚三刀放出的眼线，立马跑去禀告，说是纪大肚子找来的那个老道指点看门的军卒将一把大扫帚摆在门前，不知是何用意。

阚三刀为人多疑，杀完人都得再补上三刀，听完眼线的一番话，心里头直打鼓，一边用手胡噜脑壳子，一边在屋子里打转。久闻江湖上有个崔老道，号称铁嘴霸王活子牙，在天津城叱咤风云，绝非易与之辈，在督军府门前立上一把扫帚，早不立晚不立，其中一定大有玄机，当即传令下去，速请"黄老太太"。

这个"黄老太太"就是从辽东打火山下来的高人，前些日子找上门来，正可谓是毛遂自荐，声称自己是顶仙的神婆，可助阚三刀灭了纪大肚子。此人六十开外的年岁，个头儿不高，脸上皱纹堆垒，半黑半白的头发在后脑勺上绾了一个纂儿，抹了不少梳头油，梳得挺利整。一对眼珠子滴溜乱转，白眼球多黑眼球少，高鼻梁、小瘪嘴，透着一股子傲慢。全身黄布裤褂，缠足布鞋，走起路来一摇一摆。手里拿着一杆挺长的烟袋锅子，身后跟着两个当兵的，一人手里托一个铜盘，分别盛着整片的烟叶子和酒壶酒杯，可谓派头十足。尤其是这个烟袋锅子，白铜的斗锅，小叶紫檀的杆儿，和田玉的烟嘴，上吊一个装烟叶的荷包，上边走金线绣了个"黄"字，甭提多讲究了。以前用的可没这么好，自打指点阙三刀扩改了督军府的门楼子，阙三刀只觉得事事顺意，走路都发飘，恨不得拿黄老太太当慈禧太后老佛爷一般供奉，看她烟抽得挺勤，特意送了她这么一杆烟袋锅子。黄老太太也没多大起子，得了这杆烟袋锅子，走到哪儿都嘚瑟着。顶仙的自己不是仙家，而是可以请仙家上身，瞧香看命、指点阴阳，也叫出马仙、搬杆子的。书中暗表，黄老太太身上的这路仙家并非"外人"，正是《夜闯董妃坟》中被崔老道破了道行的黄鼠狼。后来好不容易得了根千年棒槌，躲在坟窟窿中想吃，又让纪大肚子抢了去，因此对这二人怀恨在心，招下黄老太太这个"弟子"，登门投靠阙三刀，为的就是找纪大肚子报仇，顺带收拾了崔老道。

且说阙三刀命人请来黄老太太，毕恭毕敬地让到主位上坐定，点烟倒酒自是不在话下。大白天不得喝茶吗，怎么喝上酒了？黄老太太就好这一口，一天八顿，睁眼就喝，平时拿酒当水喝，嗜酒如命。阙三刀将崔老道指点纪大肚子在督军府门前摆放一把扫帚的事一五一十说了一遍。他一门心思认为这是崔老道损他的邪法，越说心里越来气，站起来围着黄老太太转了三圈："纪大肚子欺人太甚，本来我俩一东一西各不相干，他走他的阳关道，我过我的独木桥。哪承想这个大肚子蝈蝈几次三番想找我的麻烦，不仅刨了我的祖坟，还搬过来天津卫的崔老道，布下阵法败我气运，还望大仙显些神通，给阚某人指条明路！"再看黄老太太，这个相儿大了去了，在太师椅上盘腿打坐，闭着眼"吧嗒、吧嗒"抽了几口烟袋，紧接着二目一瞪，猛地一拍大腿，咬牙切齿地说道："崔老道这个损王八犊子，不给他整点儿厉害的，他也不知道黏豆包是干粮，你瞅我整不死他的！"说罢叫当兵的搓碎烟叶填进烟袋锅子，又倒满杯中酒，连干三杯酒，猛嘬三口烟，脑袋往下一耷拉不说话了，接下来全身一阵哆嗦，鼻涕眼泪齐下，猛地睁开双眼，再开口如同换了个人。

阚三刀心知仙家到了，这可行了，整顿衣冠恭恭敬敬屈膝下拜，匍匐在地不敢抬头："弟子阚三刀，求老祖宗指点迷津。"

黄老太太阴恻恻地说道："此事我已知晓，那个妖道不知天高，不懂地厚，竟敢与本仙为敌，定遭五雷轰顶。"

阚三刀轻声问道："但不知他在大门前立一把扫帚是什么阵法？"

黄老太太说："先前我让你摆的阵势称为天上一张口，他给你来了个一指破天门，倒也厉害得紧。你速速打造三面金镜，悬于府门之上，咱这叫三煞回天金光返照，不怕压不住他的扫帚！"

阚三刀唯唯诺诺，磕头领命。只见黄老太太低头闭眼，再抬起头来，又变成了之前的腔调："起来吧，仙家咋说的？"

阚三刀忙把黄大仙的话说了一遍，黄老太太点头道："这一招儿太高明了，你可别犯财迷，三面镜子全要真金的，一点儿不能含糊，麻利儿置办去吧。"阚三刀对黄老太太言听计从，立刻上济南府最好的金楼，打造了三面金镜，皆有脸盆大小，光可鉴人，高挂在府门上，金光闪闪的越看越提气。

3

按下阚三刀这边不提，再说纪大肚子，大老远请来崔老道，好吃好喝好伺候，看他倒是做了几场法事，也不敢多问，得知对头门上突然挂起了三面金镜，觉得心里头发虚，不知道其中又藏了什么玄机，寻思也得让崔老道出个高招儿应对应对。纪大肚子领兵打仗指挥若定，要让他说点儿什么，商量点儿正事儿可挺费劲儿，见了崔老道，吭吭哧哧半天，终于问了一句："道爷，今天您想吃什么，我这就让手下人去安排。"

崔老道住在督军府这些天，一天三顿饭，外加一顿夜宵，山珍海味没少招呼，撑得他一天得蹲八次茅房，该过的瘾都过足了，也没少往外跑，吃了不少济南城的小吃，再吃点儿什么好呢？忽然一拍脑门子，不如来他一顿涮锅子，鲜羊后腿切成薄片，沸水里一滚千万别老了，夹上来蘸足了麻酱、腐乳、韭菜花儿，那多解馋。纪大肚子一听这有何难，吩咐人速去准备。在八仙桌子上点了一口特大号的铜锅，底下多添炭火，把锅中水烧得翻花冒泡。督军府里的厨子手艺好，羊肉片切出来薄得跟纸似的，夹起一片放在眼前，可以看见对面的人影，齐齐整整码在盘中，那叫薄如纸、匀若浆、齐似线、美如花，往水里一滚这就能吃，不腥不膻，鲜嫩味美。崔老道抖擞精神，一口羊肉一口烧酒，左右手紧忙活，转眼二斤羊肉片下肚，吃了个滚瓜溜圆，酒也没少喝。纪大肚子等崔老道吃饱喝足了，这才说起阚三刀门前又挂了三面金镜，这个阵法怎么破？

崔老道已经喝高了，嘴不跟腿，看人都是两个脑袋，坐在八仙桌前信口开河，一指眼前的铜锅，告诉纪大肚子："你把它端出去，放在大门口，别让人弄灭了！"他是随口胡说，纪大肚子可当了真了，立刻命人把铜锅摆在大门口的台阶上，差人昼夜伺候，随时加炭，大蒲扇"呼哧呼哧"扇个不停，冒出一股黑烟呛人口鼻，整得左督军府门前那叫一个乌烟瘴气。结果转天一早就有人来报，说阚三刀连夜摘了金镜。纪大肚子暗挑大拇指，心说："崔道爷太灵了，只不知门口摆个锅子，这叫什么阵法？"

崔老道过了晌午才醒酒，灌下一碗凉水压了压腹中的燥热，真不简单，今天没吃早点，给纪大肚子省了一顿。他脑袋瓜子昏昏沉沉的，把昨天的事全忘脖子后头去了，只见纪大肚子对自己连吹带捧，作揖鞠躬又是一番拜谢，说顶仙的毕竟斗不过玄门正宗！崔老道有点儿不明所以，但是不能露馅儿，仍须摆出"运筹帷幄之中，决胜千里之外"的做派。

那么说阚三刀怎么就把金镜摘了呢？原来他得知纪大肚子将一口铜锅子摆在门外，左督军府上空烟雾缭绕，不知崔老道又使了什么妖法，忙去请教黄老太太。黄老太太上身之后告诉他，崔老道这招儿太高了，铜锅子里边有水，下边有火，此乃玄门中的"水火阴阳阵"。阚三刀心中不解："那不过就是一个涮羊肉的铜锅子，我后厨房里存着十七八个，又有何玄妙可言，怎么就破了我这三面货真价实的金镜？实在不行，咱也摆上一溜儿铜锅子跟他比画比画？"但听黄老太太身上那位大仙口中言道："你有所不知，此阵高明无比，水火相济，将煞气全镇住了，你速将金镜摘下，迟则反祸自身！"说完又给他出了一招儿，让阚三刀在督军府门口立上五根一丈长的金旗杆，名为"金枪五雷阵"。

阚三刀直嘬牙花子："我说老祖宗，咱这些天没干别的，净剩下掏钱了。改大门花了我三百块银元，人家一根笤帚疙瘩就给咱破了。三面金镜子用了八千五，崔老道摆个火锅子，我这钱又打水漂了，而今再戳上五根金旗杆，这得多少钱哪？您到底是哪头儿的？别再是跟纪大肚子、崔老道串通了让我倾家荡产来的吧？"

黄老太太气得拿手里的烟袋锅子往阚三刀脑袋上敲："你这个不提气的玩意儿，让你掏点儿钱就心疼成这样，能成什么大事？况且我与纪大肚子和崔老道是一天二地仇、三江四海恨，怎会串通一气来坑你？你且放心，咱这个阵法万无一失，五根金旗杆借五雷之威，金木水火土全占了，他们纵然搬来天兵天将也破不了此阵！"

阚三刀闻言大喜，赶紧命人摘下金镜，打造五根金旗杆，皆为丈许来长、鸭蛋粗细，使的钱可就海了去了。乱世之中，能够独霸一方的军阀，个儿顶个儿富可敌国，到头来苦的就是老百姓。阚三刀这一次下了血本，心说："别着急，我都给你纪大肚子记账上了，待到'金枪五雷阵'发威之日，便是你还债之时！"等这五根金旗杆稳稳当当立在右督军府门前，阚三刀来到门口一看，先不说法力如何，五根旗杆围成一圈，太阳一照金光四射夺人二目，跟五根金箍棒相仿，真叫一个气派，越看心里越痛快，一高兴回去多吃了两碗干饭。金旗杆刚竖起来，立时成了济南府的一景，引来许多看热闹的老百姓。老百姓大多连金条也没见过，更甭说金旗杆了，不知督军府这是唱的哪一出儿，又是金镜又是金旗杆，要说还得人家带兵打仗的趁涝儿，真舍得花钱，少不了交头接耳、议论称奇。话说这时候，挤过来一个推独轮木头车的。以前这种车很常见，一个轱辘两个车把，构造简单可是不好推，推起来得用巧劲儿，端着车把往前推的同时还得往后拽着，又得保持平衡，不能左摇右摆。车上也不是什么值钱的东西，红木的家具、青花的瓷瓶不敢往上放，怕一不留神给摔了。这位车推的是什么呢？说起来可太硌硬人了，一边一个大木桶，桶里满满当当全是泔水，刚从饭庄子后门收来的，带着一股子馊臭之气。推泔水的这个人是当地一个泼皮无赖，成天招猫逗狗、无事生非、没他不掺和的。路过督军府门前，瞧见里三层外三层围了很多看热闹的人，把道路堵得严严实实，你说你客气几句溜边走不就过去了吗？他不介，满肚子全是坏水儿，口中吆喝"少回身、少回身"，却在脚底下攒劲儿，推着车硬往前挤。等大伙儿看明白他推的是什么，再躲可就来不及了，离得近的一人蹭了一身泔水，又馊又臭的要多恶心有多恶心。人群中一阵混乱，吓得看热闹的纷纷往旁躲闪，别人越躲，他推得越快，小车摇摇晃晃，泔水直往外溢，其实这就是成心使坏。督军府门口有把守旗杆的军卒，岂能容这么一个二混子在此撒野？见状上前弹压，抡起鞭子劈头盖脸一通乱抽。推泔水的实实在在挨了一鞭子，疼得"嗷嗷"直叫，脚底下拌蒜踉跄而前，手上也拽不住了，一松手可了不得了，泔水车"咣当哗啦"一下，正撞上其中一根金旗杆。五根金旗杆按梅花

102

形摆放，本来埋得也不深，头一根倒下来砸上第二根，一转圈"噼里啪啦"全倒了，非但如此，金旗杆上还沾满了泔水。在场的军民人等全傻了，老百姓一哄而散，推泔水的自知惹下大祸，也趁乱跑了，连车带泔水都不要了。

消息传到督军府中，阚三刀气得暴跳如雷，大骂手下无能，全是酒囊饭袋，持枪带棒的几个大活人连推泔水的都拦不住，命他们快去把金旗杆洗刷干净，重新立好了，回来再军法处置。黄老太太在一旁叹了口气，摆了摆手："立起来也没用了，雷部正神最忌污秽，咱这个阵法又让人给破了，甭问，这也是崔老道出的损招儿。"还没等阚三刀发作，黄老太太就急眼了，再一再二没有再三再四的，崔老道接连破阵，令她颜面扫地。她气得脸上青一阵儿白一阵儿的，告诉阚三刀，这回什么阵法也不摆了，黄大仙要亲自出马，不动他一兵一卒，不费他一枪一炮，定让纪大肚子和崔老道死无葬身之地！

第五章　斗法定乾坤（中）

1

　　闲话不提，接说这一段"斗法定乾坤"。民国初年，天下大乱、刀兵四起，济南府的左右督军一个心狠手辣，一个行事刚猛，两人明争数年不分胜负，为了置对方于死地开始暗斗，各请高人助阵。顶仙的黄老太太先发制人，在阚三刀的右督军府门前摆局设阵，一阵比一阵邪性，一阵比一阵厉害，一阵比一阵花的钱多，却让崔老道误打误撞，只用一把扫帚、一个火锅子就给破了，又赶上推泔水车的二混子撞倒了金旗杆，真可以说是轻而易举，不费吹灰之力。有人说并非崔老道术法高深，实属瞎猫撞上了死耗子；也有人说崔老道就是厉害，顶仙的黄老太太比不了，孰是孰非，无从考证。反正黄老太太把推泔水的这笔账也记在了崔老道头上。她身上领了一路黄仙，也就是黄鼠狼，这东西经常捉弄人，你不去招它，它也会惹你，更何况这个黄鼠狼有来头，是崔老道和纪大肚子前世的冤家今生的对头。它本想借阚三刀的势力报仇，却连败三阵，光屁股推磨——转圈丢人，自是怒不可遏，心说："我饶了蝎子它妈也饶不了你们俩。"于是又琢磨出了一个狠招儿，要取这二人的狗命。

按下黄老太太如何布置不提，再说纪大肚子坐镇左督军府，听探子来报，说阚三刀府门前的金旗杆立了不到半天儿就倒了，也以为是崔老道暗中设下的破阵之法，自是千恩万谢。崔老道来个顺水推舟，既不承认也不否认，一句"天机不可说破"，把纪大肚子哄得团团转。正自得意之时，崔老道话锋一转："大帅不可得意忘形，昨晚贫道夜观天象，见荧惑守心，此乃不祥之兆，近来不可外出，以免招灾惹祸。"并非崔老道可以上观天星下察地脉，皆因他心知肚明，凡事皆有因果，这一次惹恼了对头，只怕不会善罢甘休，故此说了几句虚头巴脑的话，劝纪大肚子谨慎行事、加倍提防，正所谓多一事不如少一事，少一事不如不干事。

纪大肚子早将崔老道当成了得道的高人，一向对他言听计从，可是身为镇守一方的督军，麾下几万兵马，不说戎马倥偬，军队里的大事小情哪天可也不少，这些事交给谁他都不放心，当不了甩手掌柜。远了不说，转天要在法场上杀人，纪大肚子就得去监刑。那个年头军阀其实跟土匪也差不多，有枪便是草头王，谁的地盘谁当家，看谁不顺眼，甭管犯没犯法、有没有罪，用不着法院宣判，胡乱安上个乱匪的名号，拉出去就毙了，死了也是白死，尸首往乱葬岗子一丢就没人管了。过去行刑讲究哪儿人多在哪儿杀，这叫"杀人于市"，以便杀一儆百。旧时济南府杀人的法场设在西门外城顶街，那个地方地势最高，犹如一城之顶，再往西是通衢大道，粮商、山货商云集于此，做买做卖，热闹非常，与北京城菜市口相似。军阀杀人的法场则在城外，也就是纪大肚子屯兵的军营。纪大肚子的势力不小，手底下两三万人，有炮兵有骑兵，称得上兵多将广、人强马壮。您听说书的先生动不动就几十万大军，两三万人马够干什么的？那是说书先生为了嘴上痛快胡吹，所谓"人上一万，没边没沿"，一万人就铺天盖地了，您算去吧，人挨人站成一排，一万人从头到尾就得排出十里地去。话说慈禧太后掌权的时候，袁世凯在天津小站练兵，训练的新军加在一起不过七千余人，若是搁在偏远之地，五百人足够扯旗造反。一个中等规模的县城，守军兵丁加上地方上的民团也不过两三百人，五六百土匪可以攻打一个县城，到时候还得派人报信请州府发兵平乱。所以说纪大肚子手底下两三万兵马，已经相当可观了，人多开销就大，不提打仗所用的枪炮弹药，单说人吃马嚼，就是笔不小的开支，两三万人穿衣戴帽，加上辎重枪械，还得按时发放军饷，一天天花的钱如同流水一般。这么多兵马不可能全驻扎在城里，过去的城池也小，胡同挨着胡同，街坊靠着街坊，老百姓都不够住的，一家子八九口人挤一间小房那是常事，马路也没多宽，哪有地方屯兵？所以纪大肚子的军营位于西门外十五里，拣开阔去处，搭起一排一排的营房，外边铺设教军场，不打仗的时候在此操练。杀人的法场也在此处，靠边垒起一堵砖墙，约有两米来高，砖墙对面上风口搭一座棚子，行刑时人犯并排站在墙根儿底下，监刑官坐在棚中监督。处决的人犯多为军中逃兵、反叛，以及地方上的土匪、贼寇。

自古至今，杀人的规矩从来不少，首先一早上要拜狱神。狱神是谁呢？民间流传的版本众多，最普遍的说法是汉相萧何，也就是月下追韩信的那位。刘邦称帝之后，萧何采撷秦六法制定律令，后世称之为"定律之祖"。过去的死囚牢在大狱的南侧尽头，迎面墙上画一个虎头，下边是个二尺见方的小门洞，代表虎口。有犯人熬刑不过死在牢中，尸首不能从大门出去，必须打这个小门洞往外顺，意在送入虎口，因此，民间又把死囚牢称为"虎头牢"。其实墙上画的并非老虎，而是狴犴，外形似虎，乃龙生九子之一，平生好打官司，仗义执言，且能明辨是非，秉公而断。虎头牢的对面是"狱神庙"，说是庙，可没有庙堂，只是在墙上掏个洞，做成一个壁龛，里头供奉一尊蓝衣青面的圣者，那就是狱神萧何。凡有处决或刺配的犯人上路，官差和囚徒都得跪拜狱神。京剧《女起解》里苏三有这么几句唱："低头出了虎头牢，狱神庙前忙跪倒，望求爷爷多保佑，我三郎早日得荣耀。"除了祭拜狱神，人犯怎么提、绳子怎么绑、怎么勾名字、怎么插招子、杀剐怎么下刀，这里头全是规矩，没有一下生就懂的人，全凭师傅带徒弟，一点点传授。过去还有这么个说法，杀人的刀轻易不能磨，因为刽子手杀业太重，为求心安，他们宁可相信杀人的是刀，而不是自己，如果把刀磨快了，相当于助刀杀人。这无非是自欺欺人，到头来还是掉脑袋的人犯倒霉，赶上刽子手的刀钝，二三十刀砍不掉脑袋，只能往下锯。

说话这会儿已是民国，没有斩首的章程了，处决人犯以枪毙为主，军营中虽有砍头执法的大令，却并不常用。枪决人犯的规矩也简化了不少，不过该走的过场还得走，比如说人犯上法场前吃的这碗饭，到什么时候这个也不能省，人都要死了，怎么不得做个饱死鬼？不过话说回来，一般的人到了这个时候，再好的酒肉也吃不下去，没几个心那么大的。说中午就枪毙了，上午在牢内摆上桌子，让灶上掂仨炒俩、凉的、热的、荤的、素的全上来，再烫壶酒，盘腿坐定，"滋溜"一口酒，"吧嗒"一口菜，最后来两碗米饭配酸辣汤，哪有这么没心没肺的人？真到了这会儿，腿不发软，还能站得住，便是心狠胆硬的好汉了。有不少人犯早已尿了裤子，浑身瘫软走不动道，当差的只好找来一个大号箩筐，把人犯扔在里头，抬到法场上再从筐里翻倒出来。所以说牢里只给预备一碗饭、一片肉，拿筷子插在碗中，形同香炉。为什么家里大人不让孩子把筷子插到饭碗上呢？就是打这儿来的。除了一碗饭、一片肉，额外还给一碗酒，当然不是好酒，据说还有里边掺迷药的，使犯人迷迷糊糊上法场，至少能死得舒坦点儿。行刑当天早上，犯人们一见狱卒带着酒饭进来道贺，没有不胆寒的，有的哭天抹泪，有的斜腰拉胯，也有的"英雄好汉"开始指天骂地，都明白这是要上路了。狱卒可不理会你吃与不吃，端起碗来往嘴边上一抹，酒往脸上一泼，就当吃过了。接下来必须将饭碗、酒碗摔碎，按照老例儿，摔得越碎越好，否则杀人不会顺当。说来邪门儿，在军阀纪大肚子杀人这天，饭碗、酒碗掉在地上滚来滚去，没一个摔得碎！

2

纪大肚子要在军营门处决一批犯人，仍沿用过去的规矩，杀人的时辰定在午时三刻，因为此时阳气最盛。准备则从一早开始，给犯人们安排吃喝，吃的叫长休饭，喝的叫诀别酒，饭碗、酒碗不能有囫囵个儿的，全得带破碴儿，这是规矩。吃喝完毕，逐一提出待决的人犯，有长官挨个儿对号儿，姓什么叫什么，所犯何事，身量戳个儿、怎么个长相，全得对上。再从名册中勾去名姓，以免有人替死顶包。背后插好招子，也叫"亡命牌"，上面用墨字写清名姓罪状，拿朱砂笔在名姓上打一个红叉。人犯被处决之后，如果说一时没有家属收尸，就拉到乱葬岗子埋了，起一个小坟头，亡命招子往上一插，权作坟前之碑。纪大肚子位高权重，身为手握重兵的督军，不必理会这些个琐事，中午去一趟法场就行。正坐在督军府中和崔老道说话的时候，有手下的副官来报，说出了一件怪事儿，给待决人犯用的碗没一个摔得碎，只恐今天杀人不顺，不如改期行刑。

纪大肚子不听这套，他征战多年，杀人如麻，刀下亡魂无数，还不是该吃吃、该喝喝，升官发财娶姨太太一件也没耽误，子弹看见他都得拐弯儿，当时骂道："全是他娘的酒囊饭袋，让你们杀几个该死的鬼都前怕狼后怕虎，还怎么打仗？你丈母娘个腿儿的，听**蝲蝲蛄**叫还不种地了？给老子杀！"副官不敢再说别的，领命下去

109

照办。一旁的崔老道见状暗暗称奇，却也不便多言。纪大肚子传过军令，见时候不早了，从头到脚穿戴齐整、别枪挎刀，骑上高头大马，率领卫队出了督军府，耀武扬威来到城外的军营。营门口两队军卒雁翅排开分列左右，见督军的马队到得近前，齐刷刷打了个立正。纪大肚子来到教军场上翻身下马，早有人在上风口监斩的棚子里边摆设太师椅，桌子上瓜果、点心、茶水、烟卷齐备，一众军官簇拥着纪大肚子坐定。指挥行刑的军官出列敬礼："午时三刻已到，请督军下令！"

纪大肚子抬头看了看天色，正是烈日当空，又扫视了一番法场，见二十余名人犯横列一排，一个个均是五花大绑、双膝跪地，眼上蒙着黑布罩，开枪的执法队也已到位，只等他一声令下，便即开枪行刑。纪大肚子这个督军是真刀真枪打出来的，所谓一将功成万骨枯，到了节骨眼儿上真有官威。只见他面沉似水，一张大脸都快耷拉到脚面上了，连话也不说，只是点了点头，虽然没出声，可比高喊三声更让人胆寒。军官明白督军大人的意思，领命转身，高声传令。法场外围备下三尊铁炮，炮兵听到长官发令，当即拽动绳子头。三声震天动地的"追魂炮"响过，在场之人听得个个胆寒。执法队的军卒"哗啦啦"拉开枪栓，纷纷端枪瞄准，眼瞅着子弹就要出膛。正当此时，法场上刮起一阵狂风，霎时间飞沙走石、日月无光，吹得人左摇右晃睁不开眼。原本是艳阳高照，顷刻乌云翻滚，天黑得跟锅底似的，伸手不见指，回手不见拳，咫尺之外看不见人，那还怎么枪毙？带兵的军官只得传下令去，先把人犯押起来，以防他们趁乱逃走。

可这还没完，转瞬间大雨滂沱，如同把天捅了一个窟窿。纪大肚子也慌了神儿，在卫队护送下躲入营房。有几个军官在一旁劝他，说杀人之前摔不碎碗，响晴白日又刮来这么一阵阴风苦雨，以至于错过枪决的时辰，许是今天玉皇大帝家里办喜事，不该见血？不说这话还好，一说反倒把纪大肚子惹怒了，不由得火往上撞。这无异于让他认怂，连几个死囚也处决不了，往后这个督军还怎么当？况且"军心不可动摇"，纪大肚子手握重兵，深知"军心"二字的紧要，于是"啪"地一拍桌子，吼道："去你娘的，什么时辰不时辰的，玉皇大帝的事跟我有什么相干？他又不是我老丈人，我纪大肚子杀人从来不分时辰，传我的军令，等到风停雨住，照杀不误！哪个胆敢动摇军心，待会儿他娘的一块儿毙。"

自古道"兵听将令草随风"，督军一声令下谁敢不听？满营兵将一口大气也不敢出，大眼儿瞪小眼儿就这么干等着。纪大肚子的倔脾气也上来了，两眼直勾勾盯着营房外的大雨一言不发。直到入夜时分，这场大风雨才过去。纪大肚子传令下去，二次提出人犯，立即执行枪决。在场的军官面面相觑，各朝各代也没有夜里处决人犯的，那可说不定真会出什么乱子，但在纪大肚子的虎威之下，谁也不敢多言。接令提出人犯，绑到法场之上。白天这场雨下得不小，好在军营地势高，雨水存不住，脚底下却不免泥泞不堪。一众人犯有的是逃兵，有的是土匪，在泥地中跪成一排，心里头没有不骂的："哪有这么折腾人的，这跟枪毙两次有什么分别？"

纪大肚子一挥手，响过三声号炮，执法队的军卒举枪就打。军队里杀人和官府不一样，官府行刑时人犯跪成一排，低头露出脖颈，

111

一个刽子手挨个儿杀，砍三个人换一次刀；军队里的刽子手是从军营中抽调的，多为投军不久的新兵，借此让他们见见血、开开光。每个人犯后边都站着一名军卒，步枪子弹上膛，接令以后同时搂火，干净利索气势也足。怎知这些军卒手中的步枪全哑了火，怎么搂也搂不响。在场的众人一个个脸都绿了，哑火倒不出奇，过去的老式步枪，子弹经常卡壳，可谁见过二十多条枪同时打不响的，这不邪了门儿了？要说最难受的，还是那些待决的人犯，有绷不住的屎尿齐流瘫在泥地里，也有哭求军爷给个痛快的，之前不说是枪毙吗，怎么改成把人吓死了？

纪大肚子气得脸色铁青，带兵的最忌讳军心动摇，这要是传扬出去，济南府左督军纪大肚子亲自指挥枪毙人犯，二十多条步枪全都哑了火，还不得让阚三刀笑掉了大牙？连绳捆索绑的人犯都打不死，那还如何带兵打仗？纪大肚子久经沙场，称得上马踏黄河两岸、枪打三州六府，比不了秦琼秦叔宝，怎么也不输给混世魔王程咬金。他当即咒骂了一声，喝退执法队的军卒，拔出自己的两支快枪，抬起手来左右开弓，一枪一个将这些人犯挨个儿点了名。纪大肚子向来杀人不眨眼，一时兴起从这头杀到那头，杀得血光四溅，死尸横七竖八倒在当场，心说："早知还得老子自己动手，中午就把你们一个个全崩了，何必等到此时？"纪大肚子浑身上下连血带泥，也不说洗把脸换身军装，气哼哼地命人牵过乌骓马来，带上卫队扬长而去。留下法场上的一队人马戳在原地，目瞪口呆说不出话来。

不说军营这边如何收敛尸首，只说纪大肚子骑马回城。说来也邪了，军营那边大雨滂沱下了多半天，离开军营半里之遥却连地皮都没湿。走到半路上，冷不丁瞧见道旁有个小院儿，四周全是漆黑的旷野，唯独这个小院里边却灯火通明。门口站着俩姑娘，打扮得花枝招展，身穿锦绣旗袍，纽襻上挂着手绢，开衩的地方露出一截大白腿，白花花晃人眼目。往脸上看，柳眉带笑，杏眼含春，正冲他这边招手。纪大肚子南征北战，东挡西杀，那也是吃过见过的主儿，一看就明白了，这是个窑子，门口招揽生意的姑娘挺标致，看来里边的也错不了。之前去军营可没少从这儿路过，怎么没留意呢？纪大肚子行伍出身，虽不是贪淫好色之辈，总归英雄难过美人关，一时间心旌荡漾，顿生寻花问柳之意。只是堂堂督军带领一众手下去逛窑子，面子上实在不好看，日后也不好带兵，于是不动声色，鞭鞭打马进城回到督军府，吩咐人伺候他沐浴更衣，洗去一身的血腥之气。到了这个时候，刚才那股劲头还是没过去，连吃饭也顾不上了，支开伺候他的下人，换上一身便装，青布裤褂，脚底下穿一双黑布千层底的便鞋，抓了一把银元揣在兜里，趁月黑风高，蹑足潜踪翻墙头跳出了督军府，连跑带颠儿直奔城外的窑子。那位问了，这么大个督军，至于心猿意马急成这样？您想啊，当初宋徽宗为了美色，从皇宫挖地道去窑子，瘾头儿不比他大？一朝人王帝主、后宫佳丽三千尚且如此，何况他个使刀动枪的大老粗？再者说了，纪大肚子连着毙了二十几名人犯，合该冤魂缠身，可是神鬼怕恶人，这些年他领兵打仗杀人无数，债多了不愁，虱子多了不咬，那一众冤魂也对他无可奈何。纵然如此，纪大肚子仍觉得浑身上下血脉偾张，着了魔似的，心窝子里头"扑通、扑通"狂跳不止，没嗓子眼儿堵着就蹿房顶上去了，不找个地方泄一泄火那是万万缓不过来的。

纪大肚子人高马大，心里头又急，甩开两条大长腿，转眼就到了城外，路上还一个劲儿嘀咕，人家可别关门上板。紧赶慢赶来到门前，但见门户洞开，高高挑起两个大红灯笼，往里边看更是红烛高照，隐隐传来嬉闹之声。纪大肚子整了整身上的衣服，怕被人认出来，低下头拿胳膊肘挡着脸往里走。一条腿刚踏进门槛，便从里边迎出一个妇人。三十多岁不到四十的年纪，穿得花里胡哨，脸上擦胭脂抹粉，浑身的香味直呛鼻子，倒是徐娘半老、风韵犹存，未曾说话，先把塞在胳肢窝下边的手绢摘下来往前一甩，嘴里直"哎哟"。说她身上哪儿疼？哪儿也不疼，说话就这毛病："哎哟，我说今天左眼皮直跳呢，敢情财神爷来了，您可让小奴家等得好苦啊！"

　　纪大肚子翻眼皮子一瞧这位，甭问就知道是个鸨二娘，就你这个岁数还"小奴家"呢？褶子里的粉抠出来都够蒸屉包子的了！没心思和她多说，大半夜跑来可不是为了会她，抬腿迈步进了堂屋，往八仙桌子跟前一坐，吩咐鸨二娘准备上等酒菜。妓院有妓院的规矩，没有进了门直接脱鞋上炕的，先得跟姑娘们见见面，行话叫"开盘子"。那可没有白见的，搭上莲台喝花酒，四个凉的、八个热的，外带各式干鲜果品满满当当摆一桌子，这叫打茶围，又可以说是投石问路。什么月季、牡丹、红海棠、白芍药，出来一群窑姐儿陪着，斟酒的斟酒、夹菜的夹菜、弹琴的弹琴、唱曲的唱曲，一口一个"大爷"，耳鬓厮磨，燕语莺声。等吃饱喝足摆够了排场，抓出钱来挨个儿打赏，再挑一个顺眼的上楼，这才能翻云覆雨、共度良宵，摆得就是这个谱儿。可别小看窑姐儿身上这套本事，也讲究基本功，好比说相声的讲究"说学逗唱"，唱戏的讲究"唱念做打"，窑姐儿的十个字要诀"掐打拧捶咬，哭死从良跑"，掰开揉碎了说，哪一个字的门道也不少。

　　纪大肚子逛的这个窑子，比上不足比下有余，够不上最高档的，布置的也还讲究，姑娘们说不上国色天香，至少看得过去。不过纪大肚子家里养着七八个姨太太，平时也不够他忙活的，而今黑天半夜跑出来嫖宿，这些个庸脂俗粉可不对他的心思，看看这个，肌肤不白，瞅瞅那个，腰肢太粗，没一个入得了他的眼。鸨二娘见没有纪大肚子中意的，一不急二不恼，又把手绢在纪大肚子眼前晃了几晃，说了声"大爷您随我来"，便头前带路，把他引到内堂。尽里边有间屋，门头上挂了一支箭。纪大肚子撩眼皮看了看，纵然心生疑惑，可也管不了那么多了。鸨二娘抬手在门上轻轻敲了三下，里边有个女子应道"来了"，莺声婉转，就这一声应答，听得纪大肚子两条腿都酥了。只见屋门一开，迎出一个美人儿，低垂着眼帘，对纪大肚子款款下拜，紧接着美目含情往上一撩，纪大肚子登时看直了眼，细细端详。这个美人儿发如墨染、唇似涂朱、肤白若玉、眼若秋波、头插翠凤簪、耳别金雀花、上身绢丝芙蓉衫，下穿鸳鸯百褶裙、腰系金鸾紫络带、脚下双丝文绣履，这几步走得袅袅婷婷、妖媚婀娜、腰肢轻摆、一步三摇。纪大肚子的魂儿都被摇飞了，目光如同秋后的蚊子，直往美人儿的肉皮儿里叮，恨不得上去咬一口。刚才那几位跟她一比，那就是搓堆儿卖的货啊！这位纪大督军自从发迹以来，称得上吃尽穿绝，享尽了人间的荣华富贵，家里姨太太娶了一房又一房，可怎么就觉得眼前这位这么漂亮呢？说到底，人就图个新鲜劲儿，家花不如野花香，妻不如妾，妾不如偷，偷不如偷不着。要说这位姑娘比纪大肚子家里那几位真能好看多少，这还真不好说，更何况此时的纪大肚子如同让鬼迷了心窍，眼中再也容不下别人了。

　　鸨二娘手绢捂嘴"咯咯"笑了两声，伸两手把纪大肚子往前一推，抽身退步反带二门。甭看纪大肚子平日里耀武扬威，颐指气使，谁都不放在眼里，可此时美色当前，心里也跟揣了只兔子似的，上下直扑腾。环顾四周，屋内当中摆着一张花梨大理石面的圆桌，做工精绝，桌上茶水点心俱全。靠西侧有一张书案，上面是各种法帖、宝砚、笔筒、宣纸，砚台上搁着几支毛笔，案上摊开一幅画了一半的兰草图，墨迹未干，旁边一只汝窑的花瓶，里面插着一束牡丹花。又见锦床雕花，垂着紫色纱幔，靠床一张梳妆镜台，镜子四边镶着玳瑁彩贝，台面上摆满胭脂水粉，又立着黄铜烛台，烛影摇红。美人儿坐在床沿嫣然一笑，正是"灯下看美人，越看越精神"。纪大肚子两眼发直，说话也不利索了："你……我……他……"也不知哪儿来这么三人。美人儿嫣然一笑，朱唇轻启，冲着纪大肚子的大脸蛋子吹了口气，娇滴滴地说："大爷，您还有什么磨不开的？奴家我花名叫小鸦片，今儿个就我伺候您了。"纪大肚子只觉香风扑面，神迷意乱，心说："瞧人家这名儿起的——小鸦片，真是人如其名，沾上一次就得上瘾！"既然全是明白人，没必要多费口舌，夜间之事咱也不必细表。纪大肚子与小鸦片折腾了大半宿，再抬头一看已过了寅时，正是天要亮还没亮的时候。纪大肚子不敢耽搁，怕天亮之后人多眼杂，伸出大手在小鸦片的脸蛋上拧了一把："夜里再来找你！"说完穿上衣服出门往回赶，脚步匆匆进了济南城，来到督军府的后墙根底下，怎么出来的怎么进去，翻墙头进院，不敢惊动家眷，悄悄溜入书房和衣安歇。这一宿说起来也是力气活儿，把他累得够呛，过了晌午才起来吃饭，吃完饭仍觉头昏脑涨，接茬儿闷头睡觉，养精蓄锐，准备等到夜里再去"体察民情"。

到了晚巴晌儿起来，照例邀崔老道一同吃饭。崔老道在饭桌上见到纪大肚子印堂发黑、气色极低、眼窝深陷，与头一天判若两人，不由得暗暗吃惊，一把攥住纪大肚子的手腕子，说道："大帅，你可别怪贫道我心直口快，这个'死'字都写在你脑门子上了！"纪大肚子心神恍惚，全身乏力，脑袋也是昏昏沉沉的，没听明白崔老道的话，哪来的这个"死"字？崔老道在他头顶一拍，追问道："昨天夜里你去了何处？"纪大肚子愣了一愣，别人他不好意思说，对崔老道却不敢隐瞒，将半夜出去逛窑子一事浮皮潦草地说了个大概。崔老道脸上变颜变色："城外全是荒坟野地，怎么会有窑子？这也就是你八字刚强，换旁人已经没命了。纵然如此，你的三魂七魄也丢了一半！"纪大肚子让崔老道的一番话惊出一身冷汗，这才觉得古怪。首先来讲，自己正当壮年，马上步下攻杀战守练就这一身体魄，按说逛窑子嫖宿不至于如此乏累；再一个，城外怎么会有窑子呢？仔细一想，从军营到城里的这段路歪歪斜斜、坑洼不平，以前也没少走，只记得两边全是坟头，昨天半夜却没注意到，那我去的究竟是什么地方？

崔老道又让纪大肚子把前前后后的事仔细讲述了一遍，听完之后点了点头。昨日当天在法场上杀人百般不顺，想必是对头作怪，迫使纪大肚子在夜里杀人，带了一身的煞气，以至于阳气衰落，被引入一个下了阵法的"窑子"。要不是纪大肚子刚猛异常，当天就回不来了，只消今夜再去一次，他这条命就没了。

纪大肚子听得脸上青一阵儿紫一阵儿，心知崔老道所言不虚。之前被美色迷住了心窍没来得及多想，此时越想越不对劲儿，难不成真是阚三刀和黄老太太下的套？千不该、万不该、悔不该、大不该，不该降不住色心、管不住邪念，多亏崔老道在督军府中，否则死都不知道怎么死的。这下说什么也不能再去逛那个"窑子"了。崔老道却说："那可不行，你还得再去一趟，因为你的三魂七魄有一半陷在其中，去了不一定死，不去一定活不成。"纪大肚子有点儿为难，如果说两军阵前枪林弹雨，他纪大肚子从没怕过，脑袋掉了碗大个疤，二十年后又是一条好汉。可为军之人宁死阵前不死阵后，万一死在窑子里，一世英名付诸东流，传讲出去那可是好说不好听。

　　崔老道既然点破了此事，不帮忙也说不过去，更何况纪大肚子这座靠山倒了，他也得喝西北风去。不过崔老道不能出头，顶多躲在后边给纪大肚子出出主意。他说："城外的'窑子'多半是个坟窟窿，黄老太太一个顶仙的能有多大手段，真招得来深山的老怪、古洞的妖魔，又岂能容你活到此时？依贫道所见，小鸦片被褥之下必有魔人之物，你去抢出来即可。但是不能空手前去，你得找根竿子，上边挑只活鸡，事先放在门口，得手之后出门扛着竿子跑，活鸡可别掉了。如此这般、这般如此，方可躲过一劫。"

　　纪大肚子不信满天神佛，也信得过崔老道，有了崔老道这番指点，他的底气就足了。当天夜里，纪大肚子换上一身利索衣裳，打好了绑腿，足蹬快靴，按崔老道的吩咐，扛着根竹竿，竿头挑上一只活蹦乱跳的大公鸡，鸡嘴用胶粘上，出城来到窑子门口，先找了个荒僻之处藏好竿子，抖衣衫径直而入。鸨二娘见主顾登门，会心一笑，

118

领着一众姑娘上前相迎，这个拉胳膊那个扯袖子，"大爷"长"大爷"短的，手绢直往脸上划拉，脂粉的香气熏得纪大肚子连着打了好几个喷嚏。纪大肚子听了崔老道的话之后，留心打量这些人，觉得这里边没一个对劲儿的，怎么看也不是活人，心中不寒而栗。他一言不发，扔下几个小钱，推门进了最里边挂着箭的那间屋子，见那小鸦片香肩半露，半倚半卧靠在床头，正冲他抛媚眼。纪大肚子定了定神，叫小鸦片别急，先去安排酒饭。趁屋子里没人，他伸手往褥子底下摸索，指尖果然触到一团物事，二指夹出来一看，竟是个大红荷包，上面走金线绣了个"黄"字，提鼻子闻了闻，又骚又臭，不知道里边装的是什么。纪大肚子再怎么粗枝大叶，也看得出这是黄老太太设的局，无奈此时不好发作，三十六计——走为上策，揣上荷包夺门而出，三步并作两步跑出窑子大门。鸨二娘见他出来，连忙上前拦阻。纪大肚子马踏连营的勇猛，急起眼来谁能拦得住？他手都没抬，只用大肚子往前一拱，就给鸨二娘顶了一个跟头。纪大肚子出得院门，抓起挑了活鸡的竿子就跑。说也怪了，刚才来的时候还是月明星稀，此刻却是黑雾弥漫，抬头望不见天，低头辨不清道路。纪大肚子心慌意乱，只得跟个没头苍蝇似的到处乱撞，脚底下的路也不见了，遍地泥泞，两步一个趔趄，三步一个跟头，背后竿子上的活鸡受了惊吓，又开始"咕咕咕"乱叫。跑了还不到半里地，感觉有人伸手拽住了他的脚脖子，他脚底下不稳，一个跟头栽倒在地，摔得鼻青脸肿。正当他叫苦不迭之际，忽觉身后劲风来袭，不知是什么东西冲他来了，正乃"金风未动蝉先觉，暗算无常死不知"。纪大肚子久经战阵，听风声就知道躲不开，来得太快了，只听嗖的一声响，但觉脖子后头一热，本以为脑袋没了，伸手一摸头却还在，回过神再看，挂在竿子上的活鸡已经死了，鸡血喷了他一后脑勺。过得片刻，四周的黑雾散去，天上的月光照下来，荒烟衰草，万籁俱寂。纪大肚子见自己站在一个大坟坑前，布局怎么看怎么像那个窑子。前边戳了两个花里胡哨的纸人，坟坑中还有十几个纸人，可是有女无男，擦胭脂抹粉，装扮妖娆，团团围着具没盖儿的破棺材。里头是一具白森森的枯骨，歪歪斜斜倒着一只花瓶，棺材帮儿上有支箭，箭镞上兀自滴血。

纪大肚子恍然大悟，坟坑就是那个窑子，敢情是这些个东西作怪，想必自己昨天夜里躺在棺材中，抱着白骨睡了一宿。念及此处，他周身打了个寒战，裤裆里边直冒凉气，又是后怕又是羞恼，赶紧跑回城中督军府，派副官带兵捣毁坟穴，又把荷包拿给崔老道看。崔老道说："黄老太太也够阴狠的，在荒郊野外摆下'陷魂阵'，不仅以妖魔邪祟置你于死地，还下了钉头箭，此箭不见血不回头，竿子上的活鸡给你挡了这一箭，是你的救命恩公。眼下你只需将荷包揣在身上三天三夜，魂魄即可归位，到时候再一把火将它烧为灰烬。"

纪大肚子听崔老道说明了前因后果，不由得怒火中烧。顶仙的黄老太太倒在其次，最可恨的还是阚三刀，没本事真刀真枪跟老子厮杀，净在背后使阴招儿。正寻思如何才能出了这口恶气，阚三刀的请帖却已送到了他手中，上边写得明白，明日里阚三刀在乾坤楼摆酒设宴，点了名请纪大肚子和崔老道一同前往。纪大肚子火往脑门子上撞，口中连连大骂："好你个阚三刀，我不去找你，你倒来寻我了？"明知是鸿门宴，不去可等于怕了阚三刀，就问崔老道意下如何，该怎么办?

　　崔老道嘴上能耐惯了，他玄门正宗五行道法，参透天地玄黄理、胸藏万象妙无穷，怎么会把一个顶仙的放在眼中? 这个装神弄鬼的黄老太太，说破了大天，无非是只黄鼠狼借人作祟，米粒之珠也放光华?

第六章　斗法定乾坤（下）

1

　　上文书说到，阚三刀下了帖子，请纪大肚子来乾坤楼赴宴，那意思："我这边有个黄老太太，你那边不也请了崔老道吗？既然暗地里斗不出个高低上下，不如是骡子是马拉出来遛遛。"说白了就是在乾坤楼摆阵斗法，双方一决雌雄。

　　纪大肚子是不在乎，明摆着前几次较量自己都占得上风，以为这一次同样胜券在握。崔老道也把大话说出去了，不信一只黄鼠狼能掀起二尺浪来。

　　有话则长，无话则短，转眼到了乾坤楼赴宴这一天。《水浒传》中有个乾坤楼，"三打祝家庄"的时候，有一段回目叫"义释矮脚虎，盗图乾坤楼"，却不是咱们说的这个乾坤楼。大明湖边上有座二层砖楼，一层埋了块石碑，雕刻乾坤太极图，为的是调和阴阳二气，护佑一方风调雨顺；二层楼阁雕梁画栋，碧瓦飞檐，很是宽敞，坐在其中居高临下，底下碧波荡漾，周遭景致一览无余，藏不住一兵一卒。在此摆酒设宴的用意明显，不必担心对方有伏兵。真要说一个手下不带，光杆儿司令前来赴宴也不行，起码带个副官和贴身的卫队，这个谱儿还得有，双方皆是如此。

乾坤楼下也摆了酒席，亲兵卫队全在下边吃饭。楼上设一大桌，两大督军各带一个副官伺候，其次就是崔老道和黄老太太，一共六个人，分宾主相对而坐，两名副官站在身后。崔老道打量阚三刀，此人相貌凶恶，一张脸黑不溜秋，小眼睛、豆虫眉、蒜头鼻子、薄片嘴，满嘴的碎芝麻牙，螳螂脖子、窄肩膀头、刮腮无肉，脸上挂了几道疤，可见也是身经百战，打枪口底下爬出来的，眉梢眼角暗藏杀机。再看旁边那位黄老太太，六十来岁，弓腰驼背，一脸皱纹，嘴里牙都掉光了，身穿黄布裤褂，盘腿儿坐在椅子上，口叼旱烟袋，"吧嗒、吧嗒"紧嘬，整个人笼罩在一股乌烟瘴气之中。

纪大肚子和阚三刀这二位，心里恨不能把对方活吞了，见了面却携手揽腕，笑脸相迎，称兄道弟。阚三刀哈哈一笑："老弟，几日未见，怎么觉得你气色不太好？是不是夜里太忙了没睡好觉？"话到此处，又凑在纪大肚子耳边，小声嘀咕："该歇着就得歇着……啊……哈哈哈……"纪大肚子怒火填膺，又不好发作，虽然恨得牙痒痒，有心当场掀了桌子，脸上堆的可全是笑，总归是场面上的人物，只是暗骂："阚三刀你个乌龟王八蛋，你和那个黄老太太三番五次给我下阴招儿，而今老子安然无恙坐在这里，且看你意下如何？"

两人你有来言我有去语，不咸不淡净拣场面上的话说，纵然夹枪带棒，倒也都给对方留着面子。摆上来的酒菜，阙三刀都先尝上一口，以示没动手脚，喝过三杯酒，他对纪大肚子说："要说咱哥儿俩，谁跟谁也没仇，何必刀兵相向？打来打去还不是老百姓倒霉？再者说大炮一响，黄金万两，咱俩谁又得着便宜了？你今天能来赴宴就是给我面子，谁也别提以前的事了。"纪大肚子马上步下的本领，顶得上八个阙三刀，却是行伍出身的大老粗，可没阙三刀这么会说，心想："我信了你的鬼，你的祖坟都让我给刨了，岂肯轻易善罢甘休？"不过阙三刀把话说到这个份儿上，纪大肚子也只能点头称是，反正心里头明白，纵然己方偃旗息鼓，兵退三十里，他阙三刀也不可能刀枪入库，马放南山。只听阙三刀话头一转，说到正题上了："头些日子，我从关外打火山请下一路仙家，"胡黄常蟒鬼"中的黄家门儿，可以呼风唤雨、撒豆成兵，能耐大了去了。我寻思怎么也得让兄弟你见识见识，这才在乾坤楼摆了酒。我听说怎么着，你那边也请来个崔道爷当军师，但不知崔老师在哪座名山居住、哪处洞府修行，练的又是什么道法？"

江湖上说到"老师"，意指老师傅，也可以理解成江湖上的老油子，有明褒暗贬的意味。阙三刀早把崔老道的底摸透了，这一番话明知故问，抬了黄老太太贬了崔老道。我这边是关外打火山黄家门儿的一方地仙，深山老林中身怀异术的高人，你崔老道只是个家住天津城南小道子胡同摆摊儿算卦糊口的牛鼻子，比要饭的层次高点儿有限，能有几斤几两？一报家门就落了下风。

纪大肚子一时语塞，他不会说不要紧，坐在他身边的崔老道可会吹。崔老道仰天打个哈哈，手中拂尘一摆，口中振振有词："可笑督军问我家，我家住在紫霞中；曾为昆仑山上客，玉虚宫前了道真；修成八九玄中妙，几见桑田化碧波。"

　　这几句话一出口，阚三刀和黄老太太面面相觑，闷住口再也没话可说了，因为崔老道已经吹到头了。黄老太太虽然狡诈，身上顶的只不过是个黄鼠狼，闻听此言暗暗心惊，即便是崔老道自吹自擂，十成当中仅有一成是真的，道法也是深不可测了。哪承想崔道爷就是敢吹，江湖上有名有号的"铁嘴霸王活子牙"，口中没一个字的实话，岂是浪得虚名？

　　黄老太太眉头一挑，已然走到这一步，再想退可退不回去了，硬着头皮也得往上顶，默不作声地将烟袋横在手中，递到崔老道面前。什么意思？这是跟你盘道，如同江湖路上对黑话，只不过不说出来，用手势、动作比画，近似于打哑谜。崔老道一愣，低头看这烟袋锅子可真不赖，小叶紫檀的烟袋杆儿，镶着和田玉的烟嘴，估计值不少钱，这能换多少窝头啊？可是没弄明白对方的用意，以为黄老太太客气，要请自己抽烟，心说："喝酒吃肉我可以跟你斗上一斗、比上一比，抽烟却不行。"为什么呢？崔老道常年跟南门口卖卦说书，那地方全是黄土，行人车马往来过路，带动的尘土飞扬。崔老道吃的又是张口饭，歇胳膊歇腿歇不了嘴，成天张着大嘴在街上吃土，不用熏都咳嗽，所以从不抽烟，闻见烟味儿就浑身不自在。当下也不说话，伸出二指，把对方递过来的烟袋锅子挡了回去。这一下可不要紧，黄老太太却会错了意，脸色由红转白，心说："我把烟袋

125

横过来是个'一'，意思是'一阴一阳'。《易经》有云：'一阴一阳之谓道，阴阳不测之谓神。'他伸二指推回来，这叫'两仪四象'啊！《周易》上说：'两仪者，阴阳也。'世间万物，像什么天地、昼夜、寒暑，皆为两两相对、相生相克，这就对上了，而且还压了我一道。"看来这牛鼻子还真有两下子，当下心念一转，放下烟袋锅子，摆上三个酒杯，倒满了酒，举过头顶连干三杯。

黄老太太一天三顿离不开酒，三杯酒下肚，脸色又由白转红。崔老道以为这是给烟不抽，要跟他比酒，那可不能折了面子，更何况自打上了楼就闻见这股子酒香，无奈人家两位督军交谈，他在一旁自斟自饮也不合适，这是给他搬了架梯子，立时撸起袖管儿，在自己面前摆上五个酒杯，全倒满了酒，一杯接一杯全干了。酒真是好酒，只觉醍醐灌顶，通透舒爽。黄老太太却是一惊，心说："我刚才连喝了过顶三杯酒，暗指我'三花聚顶'，'人花'炼精化气，戒去淫欲；'地花'炼气化神，气平道畅；'天花'炼神还虚，归入太虚境界。他喝了五杯，是说他'五气朝元'，自古说'三花聚顶根底稳，五气朝元大道通'，这崔老道可又高出我一头。我得给他来个厉害的！"于是伸手抓过只烧鸡来，撕成七块摆在盘子里往前一推，且看他崔老道吃也不吃。

崔老道觉得黄老太太简直太客气了，递烟、敬酒，又给鸡吃，估计是先礼后兵。他这些日子没少吃山珍海味，早也知道，山东烧鸡轻轻一碰就能脱骨，肉味鲜嫩，肥而不腻，不过烧鸡虽好，总不如对虾、海参，见黄老太太撕了一盘子烧鸡推到他面前，心说："贫道我可不傻，放着对虾、鲍鱼不吃，吃什么烧鸡，那玩意儿多占地方！"

他就没动盘子中的烧鸡，看看红烧海参够个儿，伸筷子给自己夹了一块，却觉得这块夹小了，厚着脸皮又夹了一筷子。黄老太太可吓坏了，她刚才把烧鸡撕成七块，放在盘中推至崔老道面前，暗指把你打个"七魄尽散"，而崔老道不言不语，自己往盘中夹了两大块海参，前八后九，这是告诉我他有"八九玄功"，不怕我这招儿啊！

几个回合下来，黄老太太真让崔老道唬住了，脑门子上直冒冷汗，心说："这牛鼻子口气也忒大了，吹牛吹得没边儿。"酒席宴上这场暗斗，旁人虽没看出什么究竟，黄老太太却自知输了个底儿朝天，当时火往上拱，手里的烟袋锅子往桌上"啪"地一摔，顿时楼上吹过阵阴风。别人没在意，二层本就是四墙凭空的阁楼，吹过一阵风算什么？崔老道无意中一抬眼，可了不得了，就见黄老太太身后影影绰绰是只大黄鼠狼，正冲着自己挤眉弄眼，毛色黄里带白。崔老道这才看出来，以前见过这只大黄鼠狼，竟是自己捉来对付董妃娘娘的那只。他心下吃了一惊，眼神这么一错，又不见了黄老太太身后的黄鼠狼。

这个黄鼠狼虽说报仇心切，可是本来就对崔老道和纪大肚子心存忌惮。这就跟打架同理，但凡吃过一次大亏，回去三年胳膊五年腿，练好了回来报仇，本来是稳操胜券，可一见面心里就打怵。黄老太太正是如此，刚才一怒之下显了本相，转念一想，崔老道看上去只是行走江湖混饭吃的，不承想恁般了得，口气也不小，没有两下子敢说这个大话吗？要是在乾坤楼上硬碰硬，多半得吃不了兜着走，只得强压心头火收了本相。

阚三刀和纪大肚子看不见，崔老道本就量浅降不住酒，又一连饮了五杯烧酒，眼花耳热之余，也当自己看错了，使劲儿揉了揉眼，正待定睛观瞧，只见黄老太太取出一面令旗，迎风晃了三晃，口中高叫："道友还不现身？"只听得西北乾天"咔嚓嚓"一声惊雷响动，刚才还是天色澄清、四际无尘，霎时间风声大作、黑云如山，眼瞅着就是一场大雨。

黄老太太在乾坤楼上呼风唤雨，在场之人无不骇异，只有崔老道喝得醉眼乜斜，并未在意。正当此时，整座乾坤楼一阵摇颤，突然从楼后古井口之中腾出一物，长约数丈，披鳞带甲，形似一条黑蟒，头顶长了一只角，故老相传这是"蛟"，比龙少一只角，比蟒多一只角，现身必降大雨。黄老太太不会道法，搬不下雷公电母，请不来四海龙王，只是从乾坤楼古井下引出一条黑蛟。阚三刀和纪大肚子以及随从军士，全看得张大了嘴合不拢。崔老道喝得东倒西歪，说话舌头都拌蒜，抬手往上一指："我……我当是什么了不起的东……东西，就是条……黑不溜秋的大泥鳅！"

崔老道的话一出口，立时云收雾散，一道黑气落入井中，气得黄老太太好悬没吐了血。其余的人面面相觑，谁也不知道怎么回事。原来此蛟本是关外一条黑蟒，躲在乾坤楼后的古井中修炼了多年，近来已有龙形，可保一方风调雨顺。先前纪大肚子在军营处决死囚，突然天降大雨，正是黄老太太指使黑蛟作怪。这一次斗法乾坤楼，黄老太太又暗中布局，想让黑蛟一口吞了纪大肚子和崔老道，除了眼中钉，拔了肉中刺。这个忙当然不白帮，到时候让阚三刀高叫一声："好真龙！"督军相当于这一方的土皇上，借他一句口封，黑蛟就能上天为龙了。怎知贪杯的崔老道抢先叫了一声"大泥鳅"，就把这事儿搅黄了。那么说崔老道一个卖卦说书的穷老道，又不是什么达官显贵，他说的话顶什么用？您可别忘了，咱这位崔道爷是民国初年天津卫四大奇人之首，"四神三妖"当中占了一神，被老百姓封过"殃神"，从他嘴里说出来的话，好的从来不准，坏的一说一个准。可叹乾坤楼下的黑蛟，受了黄老太太的蛊惑，结果让崔老道一句话坏了大事，借口讨封是"有一讨没有二讨，有一封没有二封"，从此定在乾坤楼下，再也别想上天了。

黄老太太脸色铁青，在阚三刀身旁耳语了几句。阚三刀边听边点头，然后正色对纪大肚子说："我看这么着吧，仗是不打了，杀敌一千自损八百，你我二人势均力敌，何必拼个两败俱伤？可是话又说回来，一山不容二虎，僵持下去总不是了局。咱干脆来个热闹的，再过几日是天齐庙庙会，你我两家搭起戏台，两边各唱五天大戏，为什么呢？平心而论，打了这么久的仗，苦的是老百姓，也该拢拢人心了。有道是得人心者得天下，到时候让老百姓给咱分个高下，哪头的彩声大哪头就赢了，输了的不用多说，自己也没脸在这儿待了，不知你敢是不敢？"

2

阚三刀口中的天齐庙不在济南城中，出城往南六十里，有这么一座凤凰山。庙宇建在山崖之上，里边供奉的神明不少，门口有哼哈二将把守，下设四大天王、十殿阎君，正殿面阔三间，当中高挂一块宽大的匾额，上写"配天坐镇"。匾额下是一尊赤面金袍五绺长髯的座像，乃"天齐老爷"黄飞虎，背面还有尊倒座观音像。殿内绘着"小白龙告唐王""目莲救母"的典故壁画。据传说这个庙里的神仙都挺灵验，无论是祈福求子还是普降甘霖，求什么有什么，要什么来什么，保着济南府乃至整个山东地界风调雨顺、五业兴旺，所以来此的善男信女从来不少，一年到头香火鼎盛至极。其实说起来，老百姓之所以愿意来这个庙里烧香，很大一部分原因是此地四通八达，风景不凡。天齐庙造在山崖之上，庙门前是一块开阔之地，站在山下抬头仰视，不高不矮的一百单八级台阶蜿蜒而上，直通山门。登高远望，青山秀水尽收眼底，加上耳畔钟声阵阵、磬音悠扬，使人感觉置身画中，俗念顿消。每年四月初二到初七，开设五天庙会，早在三月二十就先"打教"，庙门口空地上扎好大棚，有道士昼夜诵经，善男信女从这时候开始住在山下，一直到庙会结束才走。庙会上免不了开班唱戏，三村五里的戏班子提前抓阄，谁抓上谁唱，这叫"抓阄戏"。老百姓白天逛庙，晚上听戏，听戏的时候还有个规矩，男女必须分开听，男的站一边，女的站一边，两口子也不例外。按阚三刀的意思，今年的庙会不抓阄了，咱们两家在庙门前各自搭起一座高台，自己掏钱请戏班子，比一比谁的角儿好、戏码硬！

　　平心而论，纪大肚子也不想打仗，谁不知道兵凶战危，有多少军饷也不够用。可是自古以来，还没听说过两军交战以搭台唱戏一分高下的，担心其中有诈，却想不出来"诈"在何处。他又不能当面认怂，当即与阚三刀击掌为誓，带着崔老道下了乾坤楼。

　　众人回到督军府中，关上门合计对策。崔老道也说不出个子丑寅卯，不知对方葫芦里卖的什么药，只对纪大肚子说："别的尚在其次，眼下时间紧迫，得尽快把戏台搭起来，再去园子里邀角儿，说什么也不能在老百姓面前丢了面子。"

民国初年的济南府遍地是戏园子，旧时的艺人想成角儿、扬腕儿，这是必到的地方，所以不用去别处邀角儿。并且来说，旧社会的艺人没有地位，甭管你是多大的"老板"，说句不好听的，督军手握重兵，有生杀之权，城门一关就是土皇上，请你唱戏是看得起你，搁平时做个堂会什么的，戏园子老板都得求爷爷告奶奶上赶着来，挣多少钱放一边，能在督军府唱堂会，那是祖坟冒青烟了。

纪大肚子一边安排人前去天齐庙搭台，一边让手下去邀角儿，搭台好办，无非是损耗些人力、物力，够不上什么。可是找遍了济南城，却没一个戏班子愿意来。倒不是阚三刀使的坏，只因两大督军搭台斗戏的消息不胫而走，可把这些个唱戏的老板吓坏了，靠唱戏抢地盘定胜负，谁敢接这个戏？唱得不好，军阀头子一瞪眼，项上人头就得搬家；唱好了也不成，这边是得意了，那边怎么交代？那边也是带兵的督军，一样的兵多将广，找由头弄死一个唱戏的，比捏死只臭虫还容易，合着横竖都是死。但是谁也不敢当面回绝，督军找你唱戏你敢不去？先抓起来给你灌上一碗哑药，下半辈子你也甭想再唱了，这还是好的，遇上不讲理的，拉出去就毙了。当面不敢说不去，可都在背后想主意。懂行的去找白马汗，按照戏班里的说法，找匹大白马，越白越好，用铜钱把身上的汗刮下来，掺在水里喝了，当时嗓子就掉了，说行话这叫"倒仓"；或者找块马掌泡水喝，也有同样的效果。不懂的也有办法，人参炖狗肉多放辣椒，就着烫热

131

了的白酒，最后来碗王八汤溜缝，全是上火的东西，吃完别说嗓子了，牙花子也是肿的，嘴都张不开，根本唱不了戏。纪大肚子的手下也有主意，没有唱功戏，咱来场面戏行不行？扎长靠、踢花枪，三张桌子摆好了，来几个"下高"，全凭身上的绝活儿，不用嗓子也可以要下好儿来。怎知这些个武生、刀马旦更狠，抄起桌子上的茶壶就往脑袋上拍，给自己来个满脸花，没了扮相还怎么上台？由此可见，当时做艺的人们为了吃口安稳饭，得有多不容易。

这么一来，纪大肚子可就为难了。眼瞅庙会将近，去外地邀角儿一定是来不及了，找个草台班子还不够丢人现眼的，只得去求崔老道，简直把他当成了"有求必应"的土地爷。崔老道肚子里也没咒念，奈何之前打了包票，嘴上还得硬撑，只说找戏班子小事一桩，包在贫道身上了。

说话到了搭台斗戏这一天，双方定好天黑开锣，天色刚一擦黑，两座戏台下就挤了个水泄不通，压压插插全是前来看热闹的老百姓。这些人可不单是济南府的，周围像什么章丘的、泰安的、莱芜的，甚至河南、河北的，拉家带口能来的全来了。老百姓本就爱看戏，何况还是两位督军斗戏，输的一方要退出山东，这场热闹比戏台上演的还大，就冲这个，走过路过的也得去凑个热闹。路上的行人川流不息，更有不少小商小贩穿梭其中往来叫卖，真比赶大集还要热闹。

两座戏台一东一西设在天齐庙前的空地上，左督军纪大肚子的戏台在西边，右督军阚三刀的戏台在东边，台下各摆两张虎头太师椅。纪大肚子和阚三刀各穿将军服，胸前好几排镀金镶银的奖章耀人眼目，披元帅氅，腰横指挥刀，戴着雪白的手套，并排坐在西侧戏台下。

抓阄定的纪大肚子这边先开锣，但见戏台之上灯烛高挑、亮同白昼，文武场面分持手中响器坐于台侧。

等到两位督军坐定，军卒挡住围观的百姓，黄老太太和崔老道分别在边上打了个旁座。崔老道起身一摆拂尘，台上锣鼓家伙齐鸣，说行话这叫"打通"，为了把观众的喧哗止住，集中精神全往戏台上看。纪大肚子不住地点头，崔老道安排得挺好，角儿还没出来就这么热闹，一会儿的戏码必定精彩。打完了闹台，后边布帘子一挑，乱哄哄涌出来十几个老道，随着锣鼓点满台乱转，可脚底下步眼满对不上，没比云手，也不拉山膀，有的乱摆拂尘，有的摇头晃脑。台下的老百姓全看傻了，不知唱的这是哪出戏？正纳闷儿的当口儿，就见这些老道左右站定，又出来八位，看意思这是角儿。何以见得？这八位个儿顶个儿神头鬼脸，装束怪异，有拄拐的，有拿扇子的，有背宝剑的，有托花篮的，还有一个大姑娘。台下老百姓里有明白人瞧出来了，这是"八仙"啊！甭问，今天的戏码是《八仙过海》，又叫《蟠桃会》，这出戏可热闹，往下看吧，准错不了。

这出戏原本唱的是八仙在蓬莱阁饮酒欢宴，酒至酣时，铁拐李提议乘兴到海上一游，众仙各凭道法渡海，惊动了东海龙王。怎知八仙到了台上，既不亮相、也不开腔，各拿各的家伙，这就比画上了。"吕洞宾"耍宝剑；"蓝采和"顶花篮儿；"铁拐李"把拐一扔，将身后的大葫芦摘下来了，掰开葫芦嘴儿喝了一口，顺怀里掏出火折子，迎风甩了甩，跟着往上一喷，吐出个大火球；"曹国舅"最有意思，把手里的玉板别在腰上，掏出一对鸳鸯板，"当里个当"地说开了山东快书。好家伙，这位国舅爷也成跑江湖的了。台底下的老百姓越瞧这"八仙"越眼熟,分明是跟大观园门口撂地卖艺的那几位,这叫唱戏吗?

原来崔老道在纪大肚子面前夸下了海口,说这五天的戏他来安排,他上哪儿安排去?初来乍到,人生地不熟的,连戏园子大门朝哪边开也不知道。不过崔老道久走江湖,结交甚广,此地虽没有朋友,却有不少"同行",也就是这些个二老道和撂地的艺人。俗话说人不亲艺亲,见面道几句"辛苦",这就能求人办事了。这些人不怕军阀,跑江湖的没有准地方,在山东捅了娄子不要紧,连夜就奔山西去了,又全是穷光棍儿,见崔老道开的价钱挺高,那还有什么可说的:"道爷这个忙我们帮了,不过咱不会唱戏啊!"崔老道说:"那好办,扮上之后你们几位只管上台,什么拿手练什么,画锅卖艺怎么比画在这儿就怎么比画,钱是绝不少给。"这才有了台上的戏码。

崔老道只是个行走江湖的穷老道,这辈子没看过几场囫囵戏,不懂搭台唱戏那一套,他想得挺好,看戏不就是看热闹吗?什么生旦净末丑、神仙老虎狗,热闹就行。台下的老百姓可不干了,平日去园子里看戏得掏钱,不舍得看,盼了一年盼到这个不掏钱的,就看这个戏?还不如耍狗熊的好看呢!人群里这边一声"嘚"那边一声"喤",炸了锅似的,起哄的、叫倒好的此起彼伏。崔老道眼瞅着再唱下去,砖头瓦块就该往台上招呼了,偷偷对台上一挥手,锣鼓场面紧着一催,八仙和那些个二老道臊眉耷眼灰溜溜地下了台。纪大肚子脸上也挂不住了,问崔老道:"这叫什么戏?"崔老道自知这场买卖"泥了",不过他最大的特点就是脸皮厚,没有不好意思的时候,脸上故作镇定,硬着头皮告诉纪大肚子:"头一天只是图个热闹，咱不能一上来就亮底不是？"

要是换了别人找来这么一出戏，纪大肚子早掏枪把他崩了，但对崔老道他可不敢，只得偃旗息鼓草草收场。军民人等纷纷转过头来，但见阚三刀这边空落落的一个戏台，顶上挂着一排白纸灯笼，烛火也不太亮，照得台上幽幽暗暗、阴气森森，这是要唱哪一出？

正诧异间，黄老太太把手一招，台上阴风飒飒，吹得那排纸灯笼左摆右晃。台下众人心头一凛，这阵风怎么这么邪乎？吹得人头皮直发紧，汗毛孔倒竖。再看台帘子"秃噜"一下自行挑起，钻出来一个"小鬼儿"，身穿黑夸衣，脸上画得青一块红一块的，来至台口亮相。众人看了一惊，这扮相太吓人了，过去也不是没见过扮小鬼的，却都不及这位，眉梢眼角简直就没个活人样，人家这脸是怎么勾的？惟妙惟肖，出了神了，这要是大半夜出去还不得吓死几位？小鬼儿亮完相紧接着翻了一串跟头，这跟头翻绝了，又快又稳又利索，锣鼓点都快赶不上了，只见黑影不见人，仿如一团黑风在台上打转，成名的云里翻也不过如此。挤在台底下看热闹的老百姓高声喝彩，说行话这是要下"尖儿"了。再一转眼，不知何时台上多出一位"判官"，头戴乌纱，穿大红蟒袍，左手托生死簿，右手握判官笔，花脸虬髯，一脚踏住翻跟头的小鬼儿，口中"哇呀呀"怪叫。小鬼儿动也不敢动了，托着"判官"这只脚，两个人又是一亮相，台下彩声如雷。众人交头接耳议论纷纷，猜这是什么戏，来的是什么角儿。有人说是《探阴山》又叫《铡判官》，也有的说是《乌盆记》，还有的说是《混元盒》，可是都不对。瞧热闹的观众当中，不乏经常听戏的，也有本身就是吃梨园这碗饭的，都说不出台上这是哪一出。此时台帘一挑，上来一黑一白两个无常，手中锁链拽定一个披头散发的女鬼，到判官面前磕头行礼。判官提笔在生死簿上一勾，女鬼尖起嗓子憋足气叫了声"冤枉"，"项戴铁锁入阴曹，前仇旧恨几时消，只因错爱无情郎，可怜白骨暴荒郊"。这几句词唱得悲悲惨惨、哀哀怨怨，真好似坟中的孤魂申冤诉苦。再往下看，无常、小鬼儿走马灯似的往上带人，全是屈死的亡魂，被判官在生死簿上勾去名姓，或是四六八句唱上一小段，或是亮上一手绝活儿，摔僵尸、铁门槛、水袖喷火、五官挪移、飞剑入鞘。台底下彩声不绝，谁也不知道这是什么戏，哪出戏有这么热闹？炸雷一般叫好，都说这出戏瞧值了！

东边台上的戏越热闹，纪大肚子和崔老道就越丢人，真可以说是"光着屁股打幡儿——丢人丢到祖坟里去了"。他们那台戏怎么跟人家比？不由得红头涨脸，臊得恨不得一头撞死。正当此时，就听台上锣鼓齐鸣，打了这么一通"急急风"。两个无常鬼又押上来一位，扮相是个武丑，短衣襟小打扮，鼻子上抹着白道，眼圈乌青，两撇黑胡往上翘翘着，身上不算胖，可肚子却大得出号儿，也不知是天生如此，还是往衣服里塞了棉花，看着和纪大肚子有几分相似。行至台中不由分说，无常鬼抬脚蹬在武丑的腿弯上，一个趔趄跪倒在地。判官迈着方步走上前来，自打开了戏，判官也没张嘴唱过，此时节"四击头"亮相，后边跟着锣鼓经一催，张嘴念了几句白口，历数此人的条条罪状，一条比一条重，一句比一句狠。台下的百姓听得群情激愤，跺着脚地骂娘。要说刚才那些都是冤死的，这位可是真该死。判官念完了罪状，一收身上的架势，二指点着大肚子武丑，满嘴挂韵地问台下的百姓："该不该杀？"

老百姓们齐声高叫："该杀！"

判官又问道："当不当斩？"

老百姓们山呼海啸一般应道："当斩！"

判官摇头晃脑，两侧的帽翅"突突"乱颤，"哇呀呀"几声怪叫，两旁的大鬼小鬼无常鬼随着单皮鼓的板眼齐喝："杀！杀！杀！"带动得老百姓也跟着一起喊，台上台下杀声一片。判官一脚踢开那个大肚子武丑，闪身站到一旁，方才那一众冤魂踩着锣鼓点上得台来，团团围定武丑打转，越转越快，台底下看戏的目不暇接。再看武丑脑袋如同拨浪鼓一般左右摇晃，发髻披散下来挡住面门，一转眼人头滚落在地，滴溜溜乱转。众冤魂发声呐喊跳开，没头的大肚子武丑在台上提胯抖身，挣扎了一番，方才四仰八叉摔倒在地。这头砍得跟真的一样，台下的军民人等都吓得不轻，胆小的都把眼闭上不敢看了，一时间鸦雀无声，不知是谁喝了个头彩，随即人声鼎沸，掌声雷动。

纪大肚子坐在太师椅上越看越别扭，脸上红一阵儿白一阵儿。台上那个人头落地的武丑，扮得分明就是他纪大肚子，心下说不出的惊恐，又气得眼前发昏，如同着了魔障，脑袋里一阵儿一阵儿地迷糊，仿佛也被砍了头，心口发闷，透不过气。他只得立即吩咐一干人等偃旗息鼓，臊眉耷眼仓皇而归。老百姓见纪大肚子走得狼狈，都说济南城要归阚三刀了。

纪大肚子连惊带吓，回到山下驻地，身上还一个劲儿地哆嗦，坐在椅子上呼哧呼哧喘粗气，半晌才稳住了心神，问崔老道："阚三刀那是什么戏？咱们明天备了什么戏码？"崔老道不提戏码，告诉纪大肚子："你别多问，今天夜里点上一队精兵，带上灯笼火把，大帅可随贫道再去一趟天齐庙。"

纪大肚子对崔老道自是言听计从，见他要亲自出马，心里有了底，这才缓过劲儿来。等到子时前后，一队人马悄无声息出了客栈，又来到天齐庙门前。此时看热闹的老百姓已经走没了，夜半更深，月朗星稀，一个往来的行人也没有，空地上一片狼藉。崔老道引兵转到黄老太太搭的戏台后头，搭台唱戏的不比在戏园子，后台就是个大棚，可是里边桌椅板凳、镜子脸盆，该有的全有。纪大肚子不知崔老道的用意，唱戏的早走了，后台还有什么可看的？可是一到后台棚子门口，还没等进去呢，纪大肚子提鼻子一闻，怎么这么臭啊？崔老道往地上一指："你们瞧瞧，这是什么？"众人低头看去，东一摊西一坨的全是青屎，熏得直捂鼻子，心下更是奇怪，这大半夜的不睡觉，就带我们来看这个？崔老道说："大帅请想，这些个秽物从何而来？"

原来别人在台下，看台上的戏热闹，崔老道却是有道眼的人，他早看出黄老太太摆的这出戏不比寻常，台子上被一片妖气罩住，上来下去的戏子没一个是人！

先前斗戏之时，崔老道趁着没人注意，起身离座溜到戏台侧面，四下里一看，瞧见有七八个手拎食盒的小伙计，身边还放了两个酒坛子。当时眼珠子一转计上心来，溜过去跟那几个伙计搭话。不出他所料，戏班子讲究饱吹饿唱，戏子上台之前很少吃东西，散了戏才开饭。黄老太太特地吩咐山下的饭庄子，备下好酒好菜，让小伙计送到后台，犒劳这一众"戏精"。崔老道有心登台降妖，又不敢用身上的道法，想起还带了一件"法宝"。提起这个东西可厉害了，天津卫"七绝八怪"当中有个卖野药的金麻子，祖传秘方配出的灵药，可以打鬼胎、戒大烟，俗名叫"铁刷子"，比泻药还刚猛，可以说缺德到家了。崔老道是行走江湖的火居道，做生意从不挑三拣四，挣钱的活儿全应，算卦相面、抽签解梦、降妖捉怪、开坛作法、上梁动土、画符念咒，没有他不行的。打鬼胎也是一门生意，哪家的闺女与人私通搞大了肚子，家中为了顾全脸面，就说这是怀了鬼胎，找个走江湖的二老道作法，外带来两包打胎的野药。双方心照不宣，谁也不会说破。因此，崔老道身上常年揣着一包"铁刷子"。他自己不会配药，也是在金麻子手上买的，趁小伙计抻脖子瞪眼往台上看的当口儿，偷偷将一整包药粉倒入了两个酒坛子，不论多大的道行，一口酒下去就得打回原形。

崔老道并不多言，只叫纪大肚子带上军卒，高举灯笼火把，一路追踪地上的青屎，找到后山一座荒废的破祠堂，离得老远就觉得臭气熏天。崔老道点了点头，看来这就是那个戏班子落脚之处。纪大肚子也明白了，怪不得刚才那出戏光怪陆离，要多邪乎有多邪乎，合着台上的不是人！

纪大肚子从来不怕妖邪，又有崔老道在身边壮胆，更是如虎添翼，立即传下军令，架起火来给我烧！

一众当兵的奉命，四处捡拾干柴，把破祠堂围了个严严实实、密密匝匝，又拿过火把引燃，霎时间火光冲天，惨叫之声不绝于耳，却又不似人声。众军卒听得汗毛直竖，枪杆子都攥出了汗。赶等烧得差不多了，纪大肚子命军卒扒开瓦砾查看，里边全是烧焦的黄鼠狼。

纪大肚子哈哈大笑，好不得意，鞭敲金镫响，高奏凯歌还。

转过天的戏也不用比了，阙三刀的东面戏台上空空如也。崔老道这边好歹还有几个跑江湖的杂耍艺人撑场子，朱砂没有红土为贵，这叫聊胜于无，因此不战而胜。阙三刀则是咬败的鹌鹑斗败的鸡，自知无力回天，蔫儿不出溜地下了山。纪大肚子点齐兵马，准备一鼓作气将阙三刀赶出济南城。崔老道望见一道黄烟奔东去了，想来黄老太太没被烧死在古祠之中，发觉大势已去，就来了个逃之夭夭。这个祸根不除，迟早是心腹之患，他决定一个人尾随在后，瞧瞧黄老太太躲在何处，再让纪大肚子调兵捉妖。

这一天行至临淄地界，前不着村后不着店，放眼望去，暮色苍茫中尽是荒山野岭。崔老道犯了嘀咕，怕遇上响马贼寇，纵然没有剪径的强人，豺狼虎豹出来一个半个，他也对付不了。他越走越毛，拖着条瘸腿紧捯几步，转过一个山坳，居然见到一座大宅子，且与寻常的宅邸不同，不分前后左右，造成了一个圆形，东西南北皆有广亮大门。

崔老道心里"咯噔"一声，走南闯北这么多年，可没见过这么奇怪的宅子，况且哪个大户人家会住在荒山野岭之中？看来绝非善地，他宁肯在山里让狼掏了，也不敢到那宅子里借宿，想当作没看见绕道而行。转身抬腿刚要走，却听"吱呀咣当"一声大门双启，从里边出来七八个穿青挂皂的仆役，为首的一位老者，慈眉善目，须发皆白，开口叫道："崔道长，还请留步。"

崔老道心说完了，怕什么来什么，跑又跑不掉，只得敷衍说："天色已晚，贫道不便叨扰，再会再会。"

老头儿说："道长不必客气，请到宅中叙话。"说着话走上前来，一把攥住了崔老道的手腕子。崔老道无力挣脱，身不由己，硬着头皮进了大宅。只见宅中屋宇连绵，一进接着一进，雕梁画栋，气派非凡。正厅之内摆设华丽，以明珠为灯。二人分宾主落座，下人奉上冷茶。老者开门见山，自称姓张，相识的尊他一声张三太爷，曾与黄老太太同在关外打火山修炼。

崔老道暗道不妙：我这是唐三藏掉进盘丝洞——凶多吉少了！

张三太爷似已看穿崔老道的心思，对他说："崔道长不必多心，昔时因今日果，冤冤相报何时了，还望道长看在老朽的薄面上，饶过黄老太太一命。"又告诉崔老道，他张三太爷确非凡人，本身也是胡家门儿的一路地仙，和黄老太太并非同宗，拜的却是同一位祖师爷。提起这位祖师爷，那可大有来头。关外的深山古洞人迹罕见，聚拢了许多灵物，无外乎飞禽走兽、鱼鼋龟蛇、苍松古柏、孤魂野鬼。此辈采天地之灵气，汲日月之精华，外修人形，内炼金丹，只盼有朝一日能够得成正果。俗话说"人分三六九等，木分花梨紫檀"。人上一百，那叫形形色色，山中修灵之物又何止千百，所以这里边就分出好坏来了，有的是一心向道，修炼的同时也愿意帮助世人；有的则不然，得了些个风云气候，便兴妖作怪、肆意妄为，闹得越来越厉害，惹得天帝震怒，命雷部正神下界伏妖。您想，这些东西道行再高，也是披毛戴角之物，入不了正神的法眼，因此伏妖怎么伏？就是不管善恶，全用天雷地火劈死。当时有个老狐狸，跪在天门为山中的生灵求情，自愿度化这些东西，让它们走正道。上天毕竟有好生之德，便封老狐狸为关外地仙之首，并定下律条约束。这个统领一众地仙的老狐，就是张三太爷和黄老太太的祖师爷。

据说这位祖师爷在深山古洞中修炼了几千年，直到康熙年间，圣主到关外龙兴之地出巡，夜感风寒，染了三灾，随行的太医束手无策。祖师爷下山托梦，使得皇上老爷子不药而愈。因此，康熙爷在山中造庙宇、供金身，敕封祖师爷，赏赐黄马褂。祖师爷讨了皇封，这才得成正果，了却一世之愿。

按照地仙的规矩，修灵之物活过一百年，便有了道行，但是此时不可下山，因为道行仍浅，约束不住本性，恐会为害一方，道行够了五百年方可出世。当年打火山"胡黄常蟒鬼"五路地仙入关，为的是救苦救难、积攒功德，以求早成正果。没承想黄老太太下山之后，辗转到了天津卫小南河，下山之前想得挺好，到了尘世可就不是它了。为什么呢？说起来也是本性难移，黄鼠狼多做跑腿学舌的差事，尤其愿意挑事，到处招惹是非，还经常吹牛说大话，不怕风大闪了舌头。黄老太太来到小南河，住到一大片坟地中，跟周周围围这些东西好一通吹嘘。正所谓外来的和尚会念经，地仙也一样，如同跑江湖卖艺的，见面先盘道，比比谁话茬子厉害。关内田间地头的东西，怎比得了关外深山古洞中来的？就好比天津卫说相声的到了河南陕西地界，行内人没有不高看一眼的，人家那是名门正派。所以黄老太太一到此地，方圆附近的老耗子、大刺猬，皆奉其为首，以至于收敛不住心性，经常捉弄周围的住户，虽没去东家偷鸡、西家摸狗，可也没少给老百姓找麻烦，这才遭了报应，被崔老道擒住，打去了五百年的道行。它逃往关外的途中，偶得了一根千年棒槌，正待以此恢复元气，怎知又撞上纪大肚子，不由分说抢走了宝棒槌。

黄老太太对这二人怀恨在心，一路回到打火山，跪在祖师爷神位前托灯百日。要知道祖师爷的这盏神灯可不是这么好托的，托一天长一千斤，一百天下来，黄老太太半截身子都被压进了地里，再加上神火炼心死去活来，受的罪就甭提了。好不容易换来祖师爷恩典，得了百年道行，这才二次出世，招下顶仙的婆子入关寻仇，想借阚三刀的势力收拾两个冤家对头，却因心术不正，反害了黄家门儿一窟子孙。张三太爷求崔老道网开一面，不要赶尽杀绝，让黄老太太痛改前非。

崔老道听张三太爷说明前因后果，等于吃下了一颗定心丸，起身行礼告辞。

张三太爷却道："老朽今日里还有个不情之请，是如此这般、这般如此……"只这一番话，崔老道吓得面如土色，鼻洼鬓角冷汗齐流。

3

那么说张三太爷把崔老道请至宅中，一不为寻仇，二不为闲谈，而是求崔老道搭救。崔老道纳闷儿啊，张三太爷的道行可比黄老太太大得多，论着是拜一个祖师爷，真要说比道行，八百个黄老太太绑一块儿，顶不上张三太爷一个小脚指头。因为张三太爷话里话外说得很明白，他本身也是一方地仙，长生往世，得天地之半，能变出这么大的宅子，绝非等闲之辈；再一个就是这个姓，深山古洞中的东西没有姓氏，没听说过这个刺猬姓赵、那条长虫姓刘的。有了道行的往往取自身一个字，狐狸通常以"胡"姓或"李"姓自居，刺猬自称姓"魏"或者姓"白"，长虫说自己是"老常"或是"老柳"，可哪一个又敢姓张？皆因玉皇大帝姓张，戏文中称之为"张玉皇"，这个姓可不是飞禽走兽敢往脑袋上顶的，此乃大逆不道。玉皇大帝他老人家苦修一千七百五十劫，一劫十二万九千六百年，这总共是多少年？所以说道行浅了可不行；此外还有一节，崔老道进门就瞅见了，张三太爷这屋的墙上什么中堂字画、挑山对联一概没有，却挂了七道乌金令牌，上书"天风、天火、天水、天雷、浩然、玄阴、玄阳"。别人不懂其中奥妙，崔老道可明白，墙上的七道乌金令牌，暗指张三太爷已经渡了七重天劫。

所谓的天劫，也叫"寂灭仙劫"，凡是修仙的灵物必破此关，否则成不了正果。天劫一共十重，全渡过去便可白昼飞升。而天劫又不同于雷劫，雷劫是指什么东西作妖作到头儿了，"咔嚓"一道雷下来给劈死。雷劫相对容易应付，可以躲入深山古刹，或者借达官显贵遮挡。以前净听人说有大耗子、大蜈蚣趴在佛像下边，再不就是古庙里、道观里住着狐狸、刺猬、长虫，这些东西就是在躲天雷。还有四处寻访得道的高人，陪伴左右，摇尾乞怜，等雷劫到来，躲在高人身后也是一个办法。天劫可没这么好躲，能渡过一重那就了不得了，呼风唤雨、撒豆成兵就不在话下。而且这十重天劫当中一重比一重厉害，一次比一次凶险。张三太爷已经躲过了七重天劫，那得是多大的道行，能有什么为难着窄之事，拜求一个卖卦的老道帮忙？

原来张三太爷自打修行以来，可以说是循规蹈矩，早早忌了血食，在深山古洞中吸霞饮露、清修打坐，率子孙下山入世，来至山东地界，不敢说恩泽四方，也没少给老百姓办好事。但天下事本就如此，好人恨坏人、坏人恨好人。岳飞岳武穆精忠报国，一等一的忠良，到头来被仇家害死在风波亭；秦桧满肚子坏水儿，还有仨好朋友。张三太爷在此地不招灾不惹祸，一门心思行善精修，不承想闭门家中坐、祸从天上来，惹上了一个冤家对头。对方生前是个擅使邪法的术士，明争暗斗没能把张三太爷如何，死了埋进荒坟野冢，仍旧潜灵作怪。其实说起来，与张三太爷这路"正仙"相比，那也没什么大不了的。怎知这个对头坟中有一件厉害的镇物，魇住了张三太爷全族，有道是"靛蓝染白布，一物降一物"。张三太爷的道行虽深，也只能任凭这个对头摆布，召之即来、挥之即去，比奴才还不如，因此想借崔老道之手，取出坟中的镇物。

　　崔老道听完这番话，吓得手脚冰凉，这是他敢插手的事吗？任凭张三太爷许下千般富、万般贵，搬来六万八紫金子，他也不敢应允，却又心存忌惮，恐怕张三太爷翻脸，兔子急了还咬人呢，何况是深山古洞中的千年老狐狸？崔老道也不敢说个"不"字，只得摇头晃脑、掐指巡纹，随后将手中拂尘一摆，对张三太爷说道："无量天尊，贫道虽有能为，不过天时未到，不可急在一时。适才贫道捏了一卦，将来会有一人从此路过，此人盖世英豪，手段了得，九河下梢'七绝八怪'中有他一号。姓孙没有大号，因为是个吃臭的，别人都叫他孙小臭儿，长得獐头鼠目、口歪眼斜，掐吧掐吧不够一碟子，攒吧攒吧不够一小碗儿，浑身上下没有二两肉，赶上个大点儿的耗子都能给叼了去。然而常言道得好，凡人不可貌相，海水难以斗量，取坟中镇物非他不可，这叫什么呢？这叫一货找一主，盐碱地专出蜊蜊蛄。"

张三太爷也知道崔老道的底，据说在龙虎山五雷殿上看过两行半天书，身上道法通玄，前知八百年，后知五百载，而今言之凿凿，说得有鼻子有眼有眉毛的，自是一百二十分的信服，当下款待了崔老道一番，又送了许多路费盘缠。崔老道足吃足喝了一通，钱财却无论如何也不敢要。张三太爷见崔老道不收钱财，心下又多了几分佩服。崔老道在宅中住了一宿，转天别过张三太爷，取道返回济南府。

书中暗表，崔老道说得准不准呢？他这一卦浮皮潦草来了个王八排队——大概齐，可坑苦了张三太爷。后来孙小臭儿下山东路过此地，给张三太爷取出了坟中镇物，但这小子心术不正，为了蝇头小利恩将仇报，错害了张三太爷的性命。张三太爷异灵不泯，辗转到了天津城找孙小臭儿寻仇，连同黄老太太、乾坤楼黑蛟、四方坑白三姐等一众地仙，在九河下梢兴妖作怪。此乃后话，按下不提。

咱再说崔老道，一路回到济南城，却见城头上已经换了旗号。找人一打听才知道，前几天纪大肚子摆戏斗败了阚三刀，本想点齐军马，趁阚三刀铩羽而归的机会，一举将之赶出山东地界。怎知螳螂捕蝉，黄雀在后，没等纪大肚子把阚三刀赶走，地盘就被另一路更大的军阀抢了。济南府是富庶之地，周围各路军阀早就对这块肥肉虎视眈眈，奈何纪大肚子与阚三刀实力不凡，更担心他二人联起手来一致对外，如今两人翻脸，自然有人乘虚而入。那个年头就是如此，大鱼吃小鱼，小鱼吃虾米，没有讲理的，全凭枪杆子说话。

阚三刀死于乱军之中；纪大肚子兵败如山倒，一个人逃去了西北，在甘凉道上盗贩马匹为生。正应了崔老道先前所言，"赶上八字有马骑"。只不过不是骑马的上将军，而是盗马贼。

如此一来，崔老道的靠山又倒了，济南城虽大，却没有崔老道的立锥之地。适逢多事之秋，天灾人祸不断，到处都在打仗，思来想去，也只有回老家了，一路上感慨万千。前些天纪大肚子还是手握重兵，说一不二，转眼就丢盔弃甲，变成了光杆儿司令，能保住一条命就得说烧了高香。那些个枪、那些个钱，连同那座气派无比的督军府，全都改了名换了姓。想来广厦万间卧眠三尺，千顷良田不过一天两顿饭，纵有满屋子的绫罗绸缎，出门也就是那一套衣衫，看来没钱没势也未见得是件坏事。正所谓枪打出头鸟、刀砍地头蛇，自己还是老老实实在南门口卖卦吧，别再妄想天上掉馅儿饼、醋碟、酸辣汤的美事了。

济南府距天津城可不近，崔老道来的时候车接马送，一左一右两个挎着盒子炮的卫兵伺候着，派头那叫一个足，如今只得撵着步子在路上行走。本来腿脚就不利索，别人走一天他得走三天，又不敢走大路，大路上动不动就过兵，万一赶上两军交战，枪子儿没有长眼的。所以这一走工夫可就大了，只能估摸着东南西北的方向，翻山越岭专走小路，逢村过店到了有人烟的地方，靠着老本行摇铃卖卦，对付着挣口吃喝。就这么饥一顿饱一顿的，头没梳脸没洗，身上道袍千疮百孔，脚底板磨出好几个大血泡，赶等到了家，人都卷了边了。他这一趟出来的时间可不短，不知道天津城出了多大的乱子。欲知后事如何，且听下回分解。

第七章　枪打肖长安（上）

1

　　崔老道从山东济南府，辗转回到天津城，顾不上一路风尘仆仆，别的全放一边，他得先解解馋。毕竟故土难离，这九河下梢土生土长的人，喝惯了一方水，吃惯了一方饭，离家日久，免不了惦记这口吃喝，尤其是路边大棚中的早点。

　　过去有句话"吃尽穿绝天津卫"。天津城遍地的大饭庄子、小饭馆子，好吃的东西数不胜数，路边的早点也是五花八门，换着样地吃，十天八天都不带反头的。其中大致分为干、稀两类，烧饼、馃子、大饼、卷圈、炸糕、包子、蒸饼、两掺馒头、棒子面窝头、茄夹藕夹、煎饼馃子，这是干的；稀的有豆腐脑、锅巴菜、豆浆、馄饨、面茶、羊汤等等。吃的时候相互搭配，酸甜苦辣咸的味道变化无穷。大饭庄的南北大菜、满汉全席到哪儿都能吃到，而这些个小吃只在天津城这一方水土才有。夸张点儿说，离开天津这座算盘城，抬腿到了近在咫尺的洋人租界地，您也吃不到地道的。

　　崔老道钱少嘴馋，吃东西还爱穷讲究，咽了一晚上的唾沫，天不亮就来到南门口，不是急着摆卦摊，而是为了这顿早点。卖早点的小贩无非赚个辛苦钱，都得后半夜起床忙活，到开张时棚子里还挑着灯。炉子上并排放着三口大铁锅，两锅卤子、一锅豆浆刚刚熬好，压成小火儿，"咕嘟咕嘟"滚在锅中。两锅卤子一锅是豆腐脑的，一锅是锅巴菜的，看上去相似，用的料则不同。豆腐脑卤子用鸡汤鸡油，配黄花菜、木耳熬成荤卤；锅巴菜卤看上去更黏糊，得先把香菜梗炸熟放进锅里，这是提味儿的秘诀，再加羊骨头汤和各种小料，开锅后用团粉勾芡。两者滋味、口感不尽相同，可无论哪种，都是头一锅卤子味道最浓。崔老道顶门来吃早点，奔的就是头锅卤子，要不怎么说穷讲究呢！进来一看两锅卤子都熬得了，呼呼往外冒热气，告诉老板先不忙着盛，到旁边炸馃子摊儿上要两根刚出锅的馃子，也就是油条，一根根外脆里酥、焦黄干香。崔老道脸皮厚，让炸馃子的给炸老点儿，生面抻好了下在油锅里，翻四个滚儿才捞，炸出来一尺多长又红又脆，拿在手中直棱棱的，跟小号擀面杖相仿，绝不蔫头耷脑，看着就提气。热大饼从中间揭开了，馃子撅折往里一卷，拿在手中一把掐不过来。又一瘸一拐跑回早点铺，让老板给他盛一碗锅巴菜，大勺的卤子浇足了，还得放上韭菜花、酱豆腐、辣椒油、麻酱汁，多搁香菜，坐下来一手攥着大饼卷馃子，一手抄

149

起筷子，倒转了往桌子上一磕，将筷子头儿对齐，脑袋往左边一探，猛咬一口大饼馃子，三嚼两嚼吞咽进肚。紧接着又往右边碗口一凑，扒拉一口锅巴菜，左右开弓这就吃上了。锅巴菜的"锅巴"，是绿豆面煎饼切成的小块，满满当当一大碗这就够解饱的，何况还有大饼馃子，也全是面做的。他这顿早点面裹着面、面夹着面、面就着面，除非扛包拉车的苦大力，平常人可没有这么吃的。要问这面裹面好吃不好吃？这可是千百年来穷苦人的生活智慧，真是研究到家了，能不好吃吗？穷老百姓卖苦力，一年干到头也挣不了仨瓜俩枣，别说山珍海味、燕窝鱼翅，就是最常见的鸡鸭鱼肉，等闲也难得吃上一回，只能在最廉价的食材上下功夫琢磨，想方设法鼓捣出各种风味，花不了几个钱，又能改改口味、解解馋。所谓"巧妇难为无米之炊"，这句话倒过来想，巧妇只要有米，就能做出人间美食。

且说崔老道甩开腮帮子刚吃上，打外边又进来个赶早的——三十多岁一位"副爷"，也就是巡警。人长得又矮又胖，肚大腰粗、八字眉、单眼皮、蒜头鼻、大嘴岔、大耳朝怀，两条罗圈腿走路外八字，穿一身黑制服，头顶大壳帽，腰扎牛皮带，铜扣擦得锃亮，下边裹白绑腿。民国初年，天津城设立了五河八乡巡警总局，下设各个分局，还有缉拿队、夜巡队、治安队、警察所等机构。巡警就是负责弹压地面儿往来巡逻的警察，这一行中没几个老实规矩的，凭一身官衣吃拿卡要、瞪眼讹人。做小买卖的遇上这些"副爷"，卖水果的得送给他几斤水果，卖白菜的得送给他几棵白菜，卖酸梅汤的得送给他两碗酸梅汤解解渴。这么说吧，除了卖棺材的他不要，推车大粪从跟前过他也得尝尝，否则找你点儿麻烦那是轻的，重则哨子一吹，劈头盖脸先打上一棒子，然后把你往局子里一送，不扒层皮甭想出来。老百姓当面尊他们一声"副爷"，或者"巡警老爷"，背地里却叫他们"穿狗皮的"。

刚进来的这个巡警，比崔老道还没出息，攥着一捋冒热气儿的油条，足有七八根，两只小胖手左右来回倒，太烫了，那也舍不得撒手往桌子上放。让老板给盛上一大碗豆腐脑，不浇卤子，只舀上一勺豆浆，天津卫管这个叫"白豆腐"。这也是一路吃法，就为了尝这股子豆香味。巡警端着碗找座，一眼瞅见了崔老道，忙过去打招呼："哎哟！这不崔道爷吗？可有阵子没见您了，您上哪儿去了？"

怎么这么客气呢？只因他们二位相识已久，此人姓费名通，在家行二，人称"费二爷"，在天津城外西南角的蓄水池警察所当巡警。穿着官衣，吃着官饭，大贼、小贼、飞贼、蟊贼可没见他抓过半个，只会溜须拍马，冒滥居功。旧社会警察讹人的那一套他比谁都门儿清，逮个耗子也能攥出二钱香油来。不过说不上多坏，至少不祸害老百姓，搁在那个年头这就不简单。费通费二爷在天津卫有一号，是因为出了名的怕老婆，说句文言叫"惧内"，天津卫叫"怕婆儿"。他老婆费二奶奶那可是位"女中豪杰"，长得狮鼻阔口、大脑袋、大屁股蛋子，粗胳膊、粗腿、皮糙肉厚，说起话来嗓门儿又粗又亮，在家里成天吆五喝六，让他往东他不敢往西，让他打狗他不敢撵鸡。费二奶奶一瞪眼，吓得他如同蝎虎子吃了烟袋油子——净剩下哆嗦了，所以得了个绰号叫"窝囊废"，又叫"废物点心"。

就这么一个主儿，却是世家出身。从族谱上论，他是费家胡同费胜的远房侄孙。老费家在天津卫那是数得着的名门望族，二道街子往南的大费家胡同、小费家胡同，那全是他们家的。费通可没沾光，别看一笔写不出两个"费"字，但是离得太远，出了五服了。按过去的话讲，出了五服没法论，沾亲容易沾光难。老费家再有钱有势，也和他费通没关系，只能在蓄水池警察所当个臭脚巡。

蓄水池就是后来的南开公园，又称"贮水池"，民国年间还是个臭水坑，俗称"四方坑"，到了炎热的三伏天，一坑的臭水蚊蝇滋生，离老远就能闻见呛人的臭味。光绪年间赶上发大水，天津城中的污水全往这儿灌。污水漫上周围住户的坑沿儿，癞蛤蟆满处乱爬，都找不着一条给人走的道。夜里蚊子扑脸，白天成群结队的苍蝇"嗡嗡嗡"围着脑袋乱转，说话不敢张嘴，一张嘴保不齐吃进去一个俩的，那还不得恶心死？到了寒冬腊月，扬风搅雪，滴水成冰，冻得地面拔裂。这一带更为荒凉，遍地的枯枝衰草，西北刺子刮过来，能把人刮一跟头。水坑周围一个个破旧残败的坟头，几只乌鸦在上空盘旋，不时发出阵阵哀号。还有很多被野狗刨出来的"狗碰头"棺材，白骨散落在蒿草丛中，入夜后磷光闪烁，变成了忽明忽暗的鬼火，看着都让人瘆得慌。

虽说地方不怎么样，可再怎么说也是个穿官衣的巡警，月入三块大洋。别小看这三块钱，小门小户养家糊口绰绰有余，更可以吃拿卡要，来点儿"外快"，不敢说丰衣足食，至少吃喝不愁。他和崔老道相识并不奇怪，一来住得不远，平日里低头不见抬头见；二来这两人都馋，费通也中意早点铺的头锅卤，经常顶门来吃这口儿。两人都是吃货，还都是穷吃，也算趣味相投，坐一桌吃早点少不了评头论足，为什么老豆腐里面不能放香菜，锅巴菜就必须放香菜？

餜子到底用多大火炸才最酥脆？里里外外就这点儿事，不够他们走脑子的。

崔老道见来人是费通，赶紧把筷子放下，抻脖子瞪眼咽下口中的吃食，攥着半套大饼餜子抱拳寒暄："二爷，承您惦记，贫道闲云野鹤，一向踪迹不定。前些时受元始天尊相邀，上玉虚宫听他开坛说法去了。"

明摆着瞪眼说瞎话，费通也不往心里去，坐在崔老道对面一晃脑袋，放下碗筷说："哎哟！我的崔道爷，元始天尊相邀啊？那一定是得了真传法力无边了。您出门在外有所不知，天津城出了一件大事，说起来多多少少跟费某人有些干系，我正要请道爷您给拿个主意！"

崔老道闻言双眉一挑："无量天尊，贫道愿闻其详。"

费通却道："此处并非说话之所，咱先趁热吃了这口早点，然后上我那儿说去。"

崔老道刚回天津城，他也是愿意凑热闹，正想听听到底有什么出奇的事。两个馋鬼互道了一个"请"字，便低下头谁也不理谁了，"稀里呼噜"吃完早点，撑得直打嗝儿。崔老道又喝了一碗豆浆溜溜缝儿，两人方才双双站起身来，离了早点铺，挺胸叠肚来到费通当差的蓄水池警察所。蓄水池地处偏僻，治安却比繁华地段乱上好几倍。只因此地零零散散分布着混混儿锅伙，也住着许多游手好闲的嘎杂子琉璃球儿，再加上从乡下逃荒到天津卫的贫苦百姓，绝对称得上鱼龙混杂。站岗巡夜的警察足有百十来号，除去站岗、巡街的，屋里也有二三十人，挤挤插插坐得挺满当。窝囊废费通一进门，屋里的大小警察"呼啦"一下全站起来了，齐刷刷立正敬礼。崔老道纳上闷儿了，窝囊废不过是个臭脚巡，天天在一张桌子上吃锅巴菜，还不知道他有几斤几两吗？怎么有这么大面子？

再朝费通脸上看，一点儿表情也没有，分寸拿捏十分到位，朝众人摆了摆手，示意大伙儿坐下接着忙乎，带上崔老道进了里屋。分宾主坐定，又命人沏来一壶茶，这才告诉崔老道，他窝囊废不比从前，癞蛤蟆上金殿——一步登天，已然当上了蓄水池警察所的巡官。

崔老道嘴上给费通道喜，心下却不以为然：真是不知道哪块云彩有雨，就窝囊废这样的货色也能当巡官？甭问，准是他给官厅大老爷拍美了，撞大运混了这一官半职。

费通客气了几句，把他这阵子遇上的怪事，从头到尾给崔老道说了一遍。早在十几年前，崔老道就给费通相过面，费二爷相貌不错，鼻子、眼睛平平，耳垂儿却不小，按相书上说，这叫大耳朝怀，绝对的福相，定会财源广进，飞黄腾达。却也不假，这么多年一步一个台阶，走得挺顺当。当上巡警以来，有了正经的事由，也娶了一房媳妇儿，娘家是上边的。老年间，天津卫出北门过南运河这一带叫上边。为什么呢？康熙年间，北门外南运河浮桥设了"天津钞关"，南来北往的货船都要在这儿缴关税，老百姓给它起了个别名叫"北大关"，又分出"关上""关下"。"关上"就是"上边"，绝对是财源滚滚的一方宝地。费通的媳妇儿家里姓陈，嫁过门来就叫费陈氏，左邻右舍相熟的都叫她"费二奶奶"，在家里嘴一份手一份，炕上一把剪子，地下一把铲子，干家务活是把好手，还不像别的家庭妇女，只知道低头干活儿。费二奶奶性情彪悍，里里外外全拿得起来，把费通收拾得服服帖帖。

这两口子的日子过得还可以，家里有一个小三合的院子，三间正房，一明两暗，西边还有两间厢房，一间当厨房，一间堆杂物。院子不大，却是自家的房子，不用按月给房租。天津城的巡警一个月领三块钱薪俸，在当时来说，一块银元能换四百八十个大子儿。民国初年物价稳定，东西也不贵，一个大子儿可以买个烧饼，挣这些钱足够过日子的。可是费二奶奶总觉得费通没成色，不思进取，小富即安，成天混吃等死，不知图个升腾。在外边讹也讹不出多少，因为蓄水池不比城里，没有什么坐贾行商，来来往往的以穷老百姓居多，顶多讹上两个土豆、半棵白菜，带回家够炒一碟子素菜，那能顶多大事儿？费通胆子又小，碰见那横眉立目的他先吓跑了。费二奶奶原以为嫁给巡警可以过上好日子，老百姓见了巡警必定尊称一声"巡警老爷"，自己都嫁了"姥爷"了，怎么不得是个"姥姥"？过了门来才知道，满不是那么回事儿，爷们儿在外边净装孙子，把自己连累成"孙媳妇儿"了。费二奶奶心里边有了怨气，嘴上就不闲着了，整天在费通耳边"瓜地里读书——念秧"，劲儿一上来，鼻子不是鼻子脸不是脸，把费通挤对得没处躲没处藏，上吊的心都有。

男子汉大丈夫活到费通这个地步，确实也是少有。不过费通这个人也有一点好处，那就是自知之明，知道自己是废物点心一个，积功晋职无异于痴人说梦，折腰掉胯的贼他也逮不着一个，只得在家忍气吞声。常言道得好——老天爷饿不死瞎家雀儿，头些日子等来个机会，五河八乡巡警总局为了增强警备，办了一次科室会考，考上便能有个提拔。费通知道这是条出路，机会实属难得，他跃跃欲试，回到家不干别的，一门心思苦背律条，虽不比过去的秀才、举子，羊毡坐透，铁砚磨穿，倒也铆上劲儿了。费二奶奶见爷们儿知道上进了，心里头挺高兴，别的忙她也帮不上，为了让他安心备考，就把家里收拾得井井有条，什么簸箕歪了、笤帚倒了，绝对没有，洗洗涮涮、收拾屋子，再想方设法给费通做点儿顺口的饭吃，不敢说无微不至，也够得上法外施恩了。话虽如此，可就凭着费通这一脑袋大米粥，当天晚上背下来的律条，睡一宿觉第二天一睁眼就全忘了，通过会考难于登天。可是官运一来，谁也挡不住，就合该他做这个巡官！

那些日子备考归备考，警察所的差事不能耽误。蓄水池警察所辖区不小，费通平时下了差事已是半夜，回到家先奔灶间，也就是厨房。费二奶奶提前给他预备好饭菜，他一个人坐在饭桌前，一边吃饭一边背民国律条。过去普通老百姓家里吃得很简单，应时当令，赶上什么菜便宜吃什么。好比到了初冬，萝卜、白菜下来了，上肉铺买两大枚的肉馅儿，也就这么一小疙瘩，多放葱花儿、姜末儿，攒几个丸子，加上萝卜、细粉条氽一大锅。高兴了滴上一滴小磨香油，外带蒸几个两掺面的馒头，舍不得蒸全白面的，一顿饭有干的有稀的，有荤的有素的，这就相当不错了。费二奶奶也知道费通在外边巡了一天街，累得够呛，因此每天打上二两散酒，让他喝几口解乏，额外再抓一把五香花生米，天津卫叫果仁儿，用这个下酒。费通喝一口酒，吃俩花生米，看一页律条，心下感恩戴德，冲这二两散酒也得把律条啃下来，谋个一官半职，多挣几块大洋，让费二奶奶跟着享享福。怎知好景不长，一来二去的酒没了，花生米也不给了，费通干啃窝头没滋没味，心里头挺别扭，却不敢跟费二奶奶明说。直到这一天，费通比往常回来得早了半个时辰，饥肠辘辘直奔灶间，听屋里头有响动，还以为进了贼，心里来气却不敢高声。为什么呢？万一是个狠心贼呢，一喊一闹扔出块砖头来，把他脑袋开了怎么办？因此没作声，轻手轻脚扒在门上，借着月光往屋里看，不看不要紧，一看看明白了，可把他吓了一大跳。有个一尺多高的小胖小子，两个小眼珠子贼光烁烁，正在饭桌上喝酒吃花生米，吃得不亦乐乎，嘴里还直吧唧，这小子是人吗？

2

费二爷顿时惊出了一身冷汗，心下思量合着费二奶奶没少预备吃的，全让贼给吃了！吃惊是一方面，另一方面也气炸了连肝肺，锉碎了口中牙。他平时就嘴馋，费二奶奶家法又严，不是为了考个巡官，哪有这一把花生米、二两散酒的章程？结果可倒好，全便宜这个贼了！费通胆子不大，换平时他早吓尿了裤，不过眼前这个小胖小子肉嘟嘟、圆滚滚，长得还挺白净，头上一条冲天杵的小辫儿，扎着红头绳，如同杨柳青年画上抱大鱼的胖娃娃，似乎没什么可怕的。费通仗着穿了官衣，腰里别着警棍，加之一时气恼，心说一声："我倒看看你是人是鬼！"当即推门而入，箭步蹿至近前，不由分说一把攥住小胖小子头顶的冲天杵小辫儿，不论什么人，一旦被攥住了头发，再想挣扎可就难了，有多大的劲儿也使不上。费通又拽过一

157

条绳子，三下五除二把这小胖小子捆了个结结实实。

过去的老巡警讲起捆人，三天三夜也讲不完，简单来说这里面分为小绑和大绑。小绑就是专绑两手，其余部位不着绳索；大绑则是双臂、手腕、胸背脖颈均以绳索捆牢，所谓五花大绑，被绑之人极难挣脱，但双腿又能行动自如。另有一种捆绑方式叫"穿小麻衫"，将大臂向后缚紧，从颈到肩捆个严丝合缝，唯独小臂与双手不绑。窝囊废当巡警这么多年，捆人这两下子还是有的。那个小胖小子没等明白过来，已然被捆成了一个粽子，只好眼泪汪汪地不住告饶："我一时糊涂偷了您的吃喝，求爷放了我，我连夜去别人家偷东西还您。"

费通是个遇强则弱、遇弱则强的货色，见这小子开口求饶，看来道行不过如此，心里踏实了不少，点手斥道："一时糊涂？少来这套，我盯你好几天了！甭跟我狗掀门帘子——拿嘴对付。偷别人家东西还我？你把我当成什么人了？你费二爷我行得正坐得端，岂同于鸡鸣狗盗之徒？况且我本身就是巡警，怎么可能知法犯法收你的贼赃？"小胖小子挨了费通没头没脸一通数落，脸憋得泛起青光，连连点头哈腰，头顶的小辫摇晃个不停："二爷二爷，我说错话了，您饶了我吧！您是秉公执法的青天大老爷，我下次再也不敢了！"费通这时候一点儿也不害怕了，围着小胖小子转了三圈，嘴里叨咕："你个小兔崽子能耐还挺大啊，去别人家偷东西，不怕让人拍死？"小胖小子见费通态度有所缓和，也长舒了一口气，脸上露出讪笑："嘿嘿，您老人家有所不知，我偷东西，一般人可抓不着我，只求您饶了我的命，想要什么只需开口，小的保证规规整整放在您屋里。"费通听它这么说，忽然眼珠子一转冒出一个念头，说道："若你真有本事，不妨上巡警总局把会考的题目给我盗来。只要我能考上巡官，将来好吃好喝供养你，否则就把你喂了猫！"

书要简言，费通可就把它放了。真格来说，不放他也不敢，不知道小胖小子什么来路，家里捆着这么一个玩意儿，还让人睡觉吗？您说怎么这么灵，转过天来，费通下了差事回家，一进灶间，嘿！几张会考的纲目果不其然摆在饭桌上了，果仁儿、散酒也稳稳当当摆在旁边。费通如获至宝，塌下心来挑灯夜读，有多大劲儿使多大劲儿，真可以说是头悬梁、锥刺股、凿壁偷光的劲头儿都使出来了。等到了发榜的那天一看，果然高榜得中。那位说这窝囊废不简单啊，其实也不尽然。虽说天津卫早在清朝末年就开设了北洋巡警学堂，但是那个年头，好男不当兵，好铁不打钉，万般皆下品，唯有读书高。在老百姓看来，巡警学堂并非学堂，而是兵营，能混上三顿饱饭，谁也不去当兵。所以说，真正上过巡警学堂科班出身的巡警少之又少。就拿蓄水池警察所这百十口子人来说，绝大多数都是平头老百姓出身，识文断字的屈指可数，斗大的字认识不了一箩筐。费通能当上巡官也是矬子里拔将军，加上他提前知道考题，下死功夫拼了命，再考不上也真说不过去了。不管怎么说，费二爷从此摇身一变，当上了蓄水池警察所的巡官，薪俸变成了一个月六块钱。费二奶奶出来进去脸上也有个笑模样了，拿她的话讲："我们家窝囊废土箱子改棺材——成人了！"

费通当上巡官的消息，在左邻右舍中不胫而走，有替他高兴的，有眼馋骂街的，还有没憋好屁的。谁呀？远了不说，他们家街坊之中就有这么一位。这个主儿人称"三梆子"，住费通隔壁那院儿，脑袋长得前梆子后勺子、六棱子八瓣，没那么寒碜的了。身子跟牙签似的，要多瘦有多瘦，没骨头挡着还能往里瘦，脸上没肉，耷拉嘴角、塌鼻子、死羊眼。媳妇儿也是天津人，长得比三梆子还寒碜，白眼球多黑眼球少，两只扇风耳朵，鞋拔子脸，一口地包天的大黄牙，就这样儿还爱天天涂脂抹粉，足够十五个人看半个月的。两口子没孩子，也没个正当的营生，逮什么干什么。那么说是打八岔的吗？也不是，人家正经打八岔的，春天卖花盆儿，夏天蹬三轮儿，秋天养金鱼儿，冬天炒果仁儿。舍得下功夫，认头出力气，为了养家糊口，有什么活儿干什么活儿，绝不挑三拣四。三梆子不一样，成天好吃懒做，横草不知道拿成竖的，总恨不得唾沫粘家雀儿、空手套白狼、天上掉馅儿饼、地长酸辣汤，净琢磨怎么不劳而获了。每天一睁眼什么也不干，先奔茶馆。那儿的人最杂，天南海北一通瞎聊，赶上有机会的话拉个房签、配个阴婚，不干正经事儿，轻易开不了张，但凡扎上一个，就得逮着蛤蟆攥出尿来。他媳妇儿也不是好东西，在家开门纳客，倒是没做皮肉生意，不是不愿意，实在是长得太对不起人，若有半分姿色，三梆子头上的绿帽子早就顶到南天门了。所以只能设个小赌局，来的都是街坊四邻的婶子大娘，从中挣几个小钱。

三梆子近半年时运不济，没挣着什么钱，天天饥一顿饱一顿的，自打听说费通当了巡官，心里可就算计上了，往后能沾多大光不说，眼下先得狠扎一顿蛤蟆。这是天津卫的方言土语，说白了就是吃你一顿。过去单有这么一种人，说老话叫"白吃猴儿"，听说谁升了官发了财，或者碰上什么好事，甭管熟不熟，有没有交情，准得死皮赖脸讹你一顿。三梆子就是这路人，他还不单是讹顿吃喝，干什么事都得想法子占便宜，这就叫占便宜没够，吃亏难受。咱拿两个朋友去看电影来说，这里边的便宜就不够他占的。天津卫1906年开设了第一家电影院，到民国初年看电影已经比较普及了。天津卫老百姓好面子又爱凑热闹，市面上有什么出奇的玩意儿，别人都知道，就自己不知道，那等于说是没法混了。所以借钱也得去电影院，看看电影里演的到底是什么，看完回来才有得聊。另外过去的电影院里也有"花活儿"，单有一路女人在里边做生意，打扮得花枝招展，旗袍开气儿开到胳肢窝，专陪客人看电影。您想，那能光看电影吗？招一把撩一把让人占点儿便宜，天津卫管这行人叫"玻璃杯"。经常有那些逛窑子逛腻了的，上电影院换换口儿。三梆子是挣一个花俩的主儿，平时挣点儿钱吃了上顿没下顿，哪有闲钱看电影？可他有办法——蹭票。有新电影上映了，他就想办法约上个朋友一起去看，但是谁跟三梆子约着去看电影算谁倒霉。三梆子也不是不带钱，兜里先揣好一块现大洋，说起这一块钱可有年头了，自打到手那天就在兜里揣着，没事儿就拿手捻，盘得光可鉴人。这个钱绝不能花，为什么呢，他这一天全靠这一块现大洋了。两人见了面，雇两辆胶皮车奔电影院。要说哥儿俩有交情，到地方一般都得抢着给车钱，比如这趟五个大子儿，两辆车是十个，你掏十个不就结了吗？这时候他把那一块现大洋掏出来了，让拉车的找，这一块现大洋能换四百八十个大子儿，那找得开吗？他那位朋友见状，就把身上带的零钱掏出来了，他的车钱先省了。

到了电影院门口得买票，人家刚给了车钱，按理说电影票应该三梆子买。他又把那一块现大洋拿出来了，电影院当然是找得开了，可是这小子有办法，他不排队，使劲儿往票房门口挤，当时的电影院不多，看的人可多，尤其演头轮电影，队伍排成一条长龙。三梆子一边往前挤一边喊："来两场，来两场！"甭等那位朋友拦他，电影院的人就说话了："别夹个儿，排队买票去。"他也不急，因为要的就是这句话，听完这话他是回来了，可那位朋友已经排在他前头了。他又有话说："既然您排队了，我就甭排了，等会儿买票的时候我给您钱。"说完这个话，站在旁边跟朋友聊天儿，没话搭个话，天地玄黄、宇宙洪荒、慈禧太后、英国女王，没有他不知道的，侃得嘴角直飞白沫。等排到地方了，他一伸手不就把这个票买了吗？那怎么可能呢？他一扭头，隔老远招呼卖糖的："我说，你这水果糖多少钱一包？"卖糖的赶紧挎着箱子跑过来："这位爷，跟您老说，五个大子儿一包。"三梆子说："哎呀，怎么这么贵？合着糖又涨价了，光涨不跌，你倒是合适了，便宜点儿行吗？"卖糖的说："行啊，漫天要价，就地还钱，别看不大，咱这也是买卖儿，是买卖就没有不让还价的，您看您给多少？"三梆子说："给你五个小子儿吧。"您琢磨琢磨，一个大子儿换两个小子儿，他这不乱还价吗？那人家能卖吗？扭头就走了。他还紧对付："别走别走，我给六个小子儿行吗？"这就叫成心，这么一捣乱，朋友那边已经把票买完了，他这糖也没买成。他不是买不成，根本就没想买。

等看完了电影出来，三梆子又得说："哎呀，这天是真热，身上都汗透了。"这个朋友吃了两次亏，仍碍于面子拉不下脸，客气道："要不咱洗个澡去？"这句话一出口，等于又给他搬了架梯子，那

162

能不去吗？到了澡堂子里边洗澡、搓澡、敲背、刮脸、修脚、拔火罐子，有什么要什么。全拾掇利索了，往板床上一躺，点手叫过两盘干货，花生瓜子、杏干果脯，再沏上一壶茉莉花茶，跟你谈笑风生、胡吹海侃。赶等差不多要走了，他开始磨洋工，穿衣服不紧不慢，小褂往腿上蹬，裤子往脑袋上套，两只袜子翻过来调过去，非得分出左右脚来。人家那儿都穿戴整齐了，在澡堂子里热得一身汗，只能出去等他，到了门口儿又把账结了。三梆子这时候才慢慢悠悠地溜达出来，叫过伙计装模作样地要结账，又把那一块现大洋掏出来了。伙计赶忙回话，告诉三梆子那位爷已经结完了。三梆子反而嘴里不依不饶："你看你，怎么又把钱给了？没你这样的啊，成心栽我？照这样我得罚你，那什么，咱晚上哪儿吃？"给这位朋友吓得，撒腿就跑了。三梆子一个大子儿没花，白玩儿了一整天。那么说人家下次有防备了怎么办？不要紧，他交际面儿广，脸皮又厚，甭管大马路小胡同，随便拉住一位就称兄道弟，跟谁都见面熟，张三、李四、王二麻子，一个人扎一顿，扎完了这个，还能再扎别人。小车不倒，细水长流。

就这么个财迷转向的主儿，邻居窝囊废升官涨工资，能躲得过去吗？这三梆子早就憋着心思让窝囊废请客，不过费通是干巡警的，出去得早，回来得晚，三天两头值班，总也碰不上。并且来说，费二爷家法厉害，挣多少钱都得交给二奶奶，自己兜里一个大子儿也留不下，他又是个财迷转向的主儿，不是脑子进水让驴踢了，怎肯平白无故请三梆子这么个泼皮无赖？三梆子可就留意了，也真是下了狠心，起了执念，搬梯子上墙头儿天天盯着那院的动静。这个劲头儿放在别处，干什么不能成事？无奈三梆子不走那个脑子，只要能占上便宜，从墙头摔下来也值。真是应了那句老话——功夫不负有心人，一来二去发觉费通有个习惯，回到家不进屋，先奔灶间，要说也不奇怪，谁回来不得先吃饭？可费通一头扎进去，至少一个时辰才出来，三梆子心说：这可不对，吃饭可用不了这么半天，这里头肯定有事儿啊！窝囊废在灶间干什么呢？

3

过了几天，三梆子实在憋不住了。这几个月一直没找着请客的人，肚子里一点儿油水也没了，恨不得赶紧揪住窝囊废的小辫，狠狠讹他一把。当天夜里，月朗星稀，他听见旁边院门一响，知道是费通回来了，匆匆忙忙从自己这院出来，蹑手蹑脚来到费通他们家门口，只见院门虚掩，此时不算太晚，院门还没上闩。三梆子寻思也甭打招呼了，偷摸儿进去瞅一眼，万一让费通撞见了，就说是来串门儿，老街旧邻的也没那么多避讳。

三梆子进了院子，毕竟还是心里发虚，高抬腿轻落足直奔灶间，蹲在窗根儿下边，没敢直接往里看，支着耳朵这么一听，除了费通似乎还有个人，你一言我一语地在屋里说话，却听不清说什么。三梆子心想："窝囊废跟谁说话呢？有相好的了？不能够啊，吓死他也不敢把相好的带回来，费二奶奶还不活吃了他？这个人是谁呢？"想到此处，三梆子悄悄站起身来，睁一目眇一目单眼吊线往窗户里头一瞧，吓得他倒吸一口冷气："妈的妈、我的姥姥哟！这是个什么东西？"

这灶间开间不大，墙根儿砌着灶台，灶台上摆着锅碗瓢盆之类做饭的家什，墙角堆着柴火，灶间中摆了一张油桌。什么叫油桌？就是比八仙桌小一号的硬木桌子，也是方方正正的，边上配四把椅子，桌子上竖着一盏油灯。书中代言，天津城那时候已经通了电灯，不过很多老百姓家里还是舍不得拉灯泡，因为电费太贵。借着油灯的火苗，三梆子看清了桌上的饭菜。今天预备得还真不错，费二奶奶给烙的白面饼，买的天宝楼酱肉，一小盘水萝卜，一碗甜面酱，炒了一个醋熘白菜丝，额外还给切了俩咸鸭子儿，烫了一壶酒。三梆子吞了吞口水，心生嫉妒，窝囊废自打当了巡官，这小日子过得够熨帖的，桌上全是顺口的东西。定睛再看，费通对面坐了个一尺来高的小胖小子，可没坐在椅子上，个儿太小，坐椅子上够不着桌上的东西，就这么坐在桌子上，头顶梳了个小抓髻，一对小黑眼珠子滴溜乱转。费通一边说话，一边撕了块饼，夹好了酱肉，递到小胖小子手里。小胖小子接过来，咬一口饼喝一口酒，喝完了费通还给他倒上。两个人你有来言，我有去语，说得还真热闹。说的什么呢？无非张家长李家短，三街四邻闲七杂八的事，谁家两口子吵架，谁家新媳妇儿漂亮，哪个女的搞破鞋靠人，哪个男的在外边有了姘头，真可谓一双眼看百家事，方圆左右的新鲜事没他不知道的。再看费通，一会儿哈哈大笑，一会儿皱起眉头，脸上的表情就跟听评书差不多。三梆子心说："还真没看出来，窝囊废这是要成精啊！"

边吃边聊，这工夫眼儿可就大了。屋里的二位挺尽兴，却苦了听窗户根儿的三梆子，撅着腚猫着腰好不容易等他们吃饱喝足了，费通灭了灶间的油灯，迷迷糊糊回屋睡觉，小胖小子也喝了不少，趴在桌子上呼呼大睡，谁也没注意外边有人。三梆子没回去，他得看明白了，不为别的，就为逮个把柄讹费通一次。他在灶间墙根儿底下又蹲了大半个时辰，看时候不早了，估摸窝囊废两口子和街坊邻居都睡着了，悄没声儿站起身来活动活动。蹲得时间太长，腿脚全麻了，等活动开了，他猫着胆子，踮起脚，吱扭扭推开屋门，摸进小屋，来到油桌前。借屋外的月光这么一看，哪有什么小胖小子，分明是一只一尺多长的大耗子趴在桌子上。一身灰皮油光瓦亮，尾巴一直耷拉到地，满嘴的酒气，竟然还打着呼噜，嘴头子上的几根胡须随着呼噜一起一伏地颤动。三梆子之前躲在门外偷看，那叫胆战心惊，到了这会儿，这四个字不足以形容了，换个词儿叫肝胆俱裂，真把他吓得够呛，心说："刚才看还是个小胖小子，这会儿怎么变样了？耗子见得多了，哪有这么大个儿的？"当时腿肚子转筋，膝盖打不了弯，直着两腿往门口蹭。怎知那大耗子发觉有人进来，突然睁开了眼，眼神迷迷瞪瞪带着酒劲儿，晃晃悠悠就要起身。三梆子以为这东西会起来咬人，吓得两只手四下里一划拉，抄起立在灶台边上的擀面杖，来了个先下手为强，搂头盖顶往下打。这根擀面杖是费二奶奶烙饼用的，足有三尺长、鸭蛋粗细，抡起来挂动风声，只听"砰"的一声闷响，也不怎么那么准，正砸在大耗子的脑袋顶上，登时血了呼啦的脑浆子四下迸溅。三梆子也一屁股坐在了地上，裤裆里屎尿齐流，魂儿都吓飞了。

费通两口子睡梦中听得灶间一阵"噼里啪啦"的响动，以为进来贼了。自从当上巡官，费通的脾气也长了三分，嘴里嘀咕，这真叫太岁头上动土，什么人贼胆包天，敢来巡官家偷东西？费通披上外衣穿上鞋，抄起挂在墙上的警棍，三步并作两步跑到灶间。进屋一看一抖搂手——但见那只大耗子四脚朝天躺在地上，脑袋被砸得稀巴烂，已然气绝身亡。在费通看来，这可不是耗子，这是他的富贵财神、哥们儿弟兄！虽然相处时间不长，但这大耗子不但帮他升了官，还给他提供了不少拿贼办案的线索。费通捶胸顿足，心似油烹，可还不能明说，万一传讲出去，他这个巡官怕是当不成了，这真叫哑巴吃黄连——有苦说不出。

费通见三梆子坐在地上一头白毛汗，还没缓过神儿来，就知道是这个泼皮干的好事。他一手揪住三梆子的脖领子，一手在灶台上划拉，想觅摸个称手的家伙揍三梆子一顿，嘴里也不依不饶："我说三梆子，大半夜你跑我们家来想干什么？黉夜入宅非奸即盗，若不说实话，别怪我把你拘起来！"三梆子这人平时就没说过实话，你想让他说句实话，无异于要他的命。他喘了口气，定了定神，瞎话张嘴就来："我半夜出来解手，看一大耗子蹿过来吓我一跳，我一想爷们儿得为民除害啊！赶紧追，也是咱两家离得太近，没想到它三蹿两蹿跑进了你们家灶间，我就把它堵屋里了……"费通一听就知道三梆子是胡说八道，心里更气了，连推带搡把三梆子轰出院门，又补上一脚："别放屁了，快滚快滚！"

打这儿开始，费通恨透了三梆子，后来抓了个茬口，把三梆子家的赌局连锅端，罚了个底儿掉，又把两口子关了多半年，方才吐了胸中一口恶气。三梆子也是偷鸡不成蚀把米，贪小便宜反吃大亏。

甭管怎么说，费通当上了天津城蓄水池警察所的所长、一个月领六块薪俸的巡官。前文提到过，蓄水池一带治安混乱，辖区又大。天津城西头白骨塔、南头窑、砖瓦场、墙子河、吕祖堂、如意庵、韦陀庙，直到小西关这一大片，全归蓄水池警察所管。两班巡警不下百十来号，多为混吃等死的酒囊饭袋，缺须短尾少根筋的也不在少数。

这其中有两个巡警，善会欺上瞒下、溜须拍马，整天跟在费通屁股后边转，花言巧语、端茶点烟把费二爷哄得挺美。费通本就是这路货色，也愿意吃这套，一来二去将此二人当成了心腹爱将，经常带在身边。这两人一个姓夏，人送绰号"虾没头"；另一个姓解，绰号"蟹掉爪"。列位看官圣明，光听这俩名字，也该知道什么成色了。虾没头生就一张大长脸，细高挑，水蛇腰，平时就是弓腰驼背，站直了三道弯；蟹掉爪是个矬胖子，秃脑袋，走起路来赛过皮球，两只小胖手一左一右摆来晃去。捕盗拿贼甭指望这二位，吃拿卡要、假公济私、煽风点火、起哄架秧子，一个比一个能耐大。这两个虾兵蟹将，还一个"没头"一个"掉爪"，再加上个巡官"窝囊废"，这仨凑一块儿，干得成什么事？

费通可不这么认为，蓄水池警察所没多少油水可捞，他还想往上爬，升不升官不说，至少调去城里当差，来个平级调动就行。城中尽是大商号，穿官衣的倒背手往里边一溜达，做买卖的立马沏茶倒水拿烟卷儿，赛梨不辣的沙窝萝卜随便吃，临走还得给一份孝敬。费通想得挺好，但是当上巡官以来，整天围着蓄水池转，出不了这一亩三分地，并无尺寸之功，免不了闷闷不乐。这一日，虾没头和蟹掉爪趁机拍马屁，摇头晃尾巴哄他开心。虾没头说："二哥，我们俩陪您看场戏去？"蟹掉爪也说："对呀，新明大戏院来了个好角儿，长得别提多漂亮了，要身段儿有身段儿，要扮相有扮相。前天我听了一出，生旦的对儿戏，那边是个武生，手使一杆银枪，这边的小角儿唱刀马旦，手舞双钩，两个人插招换式、上下翻飞，在台上打得那个热闹啊！台底下那好儿喊的，恨不得把房盖震塌了！"虾没头问道："什么戏这么热闹？"蟹掉爪一抖搂手："光顾热闹了，没看出来是什么戏！"虾没头"喊"了一声："生书熟戏啊，看了半天愣不知道什么戏，你整个一棒槌！您说呢二哥？"费通也一皱眉头："我说老解，以后少出去给我丢人现眼。内行听门道，外行才看热闹呢，别说那没用的了，今天我带队巡夜，你俩跟我走一趟。"

警察所的夜巡队看着挺辛苦，其实也是一桩肥差，抓到贩烟土的、行窃的、拍花拐小孩的、收赃贩脏的、小偷小摸的、庇赌包娼的，可以罚没赃款，外带领一份犒赏。再逮住个小媳妇儿偷汉子什么的，趁机捏两把小媳妇儿的屁股，不仅占便宜解闷儿，弄好了还能狠敲一笔竹杠。虽说蓄水池警察所辖区偏僻，可是俗话说拉锯就掉末儿，出摊就开张，只要出去巡夜，多少也能捞点儿油水，总好过闷在所里大门不出二门不迈。

当天夜里，窝囊废在警察所里点齐了巡夜的人手。虾没头、蟹掉爪过来献殷勤："二哥，先别忙着走，巡夜是个力气活儿，哥儿几个得垫垫肚子。那什么，你们几个陪二哥等会儿，我们俩去给大伙儿弄点儿犒劳。"说罢出了警察所，工夫不大，两人找来一个推车卖煎饼馃子的小贩。煎饼馃子从清末到民国通常被当作夜宵，比如说夜里听书看戏，无论艺人还是观众，散场后都觉得肚子里空落落的，煎饼馃子咸辣适口，既能解饱又不油腻，再合适不过。警察巡夜得十几个人，把小贩叫过来摊煎饼是为了趁热吃。那个小贩垂头丧气推着小车，跟在虾、蟹二人身后进了蓄水池警察所，心里头暗暗叫苦。为什么呢？这些个"穿狗皮的"吃煎饼馃子就是白吃，不再讹上一份钱已是法外开恩，哪敢开口找他们要钱啊？到头来只怕一分钱也挣不着，还得把本钱赔光，一晚上白忙活。

巡官窝囊废带上虾没头、蟹掉爪，又喊上手下十来个巡警围成一圈，一人要了一套煎饼馃子。这个要馃子的、那个要馃蓖儿的，生葱的熟葱的、放辣子的不放辣子的，还有面皮儿不要面，只拿鸡蛋摊的。小贩忙乎得晕头转向，手脚不停闲。等一众人等狼吞虎咽吃完了，不知道窝囊废心里打的什么主意，居然抓了两个大子儿扔给小贩。小贩可不敢要巡警老爷的钱，一再推托，心里暗骂："俩大子儿还不如不给，这还落个你没明抢。"窝囊废一瞪眼："二爷给你钱，你敢不要？"小贩嘴中连说："小的不敢，小的不敢……"双手接过钱连连作揖，推上车跑了。

费通带着一众巡警，一个个吃饱喝足，提上马灯在天津城外巡夜。您别看西门外萧条，西门里可热闹，有的是通宵达旦做买卖的，一眼望去灯火通明。无奈蓄水池的夜巡队不能进城，就跟狗撒尿似的，各有各的片儿，费通等人顺墙子河转了半天也没开张，净剩下费鞋了。后半夜才撞上两个贩烟土的，可算见着带缝的蛋了。费通带手下弟兄穷追不舍，直追到北城的大刘家胡同一带，两个贩烟土的逃了个无影无踪。这些巡警平日里好吃懒做，走路都恨不得让人背着，贩烟土的一跑，他们就追不上了，一个个累得气喘吁吁，上气不接下气，骂骂咧咧收队往回走。北城多为深宅大院，大刘家胡同是个死胡同，深处没有路灯漆黑一片。这也是合该出事，费通带队经过的时候，无意中往胡同里边看了一眼，怎么这么巧，但见朦胧的月光之下，从高墙上跃下一个青衣人，快似猿猴，轻如狸猫，落地悄然无声。

当巡警的一看就明白了，黉夜翻墙，非奸即盗。费通赶忙吩咐手下人等堵住胡同口，与这贼人打了个照面。但见此贼没穿夜行衣，也没蒙面，短衣襟小打扮，二十七八的年岁，身手矫捷至极，薄嘴片子、高鼻梁、准头端正，两个瞳仁漆黑晶亮，戏台上的旦角也没他长得俊，怎奈不走运，行窃得手了越墙而出，正撞上夜巡队。不过青衣人一不慌二不忙，没等十来个巡警冲上来，他先开了口："把圈的挑帘子，老盖儿溜边！"

费通等人一愣，这是警察的暗语。贼道上说黑话，当差的一样有切口，意思是"缉拿队办案，你们当巡警的躲开"。众巡警见是缉拿队的，那可是大水冲了龙王庙，忙把枪放下了，扭头就要走。费通天生的奴才命，见了比自己强的就往上贴，恨不得灯泡上抹糨子——沾沾光，当下讨好地问道："拿大鱼拿虾米？"青衣人应了句："一桩浑天入窑的，网大眼小，全把着呢！"费通一听这话，心说不对，什么叫"浑天入窑"啊？这是贼道上的黑话，暗指趁天黑入宅行窃，当差的可不会这么说！那个穿青衣的也意识到说走了嘴，不等费通做出反应，身形一晃，三蹿两纵直上墙头。一众巡警全看呆了，三丈多高的大墙，怎么上去的？

费通见对方一跑，就知道是飞贼了，捉拿蹿房越脊的飞贼可是头等功劳，急忙喝令手下开枪。几声枪响划破了夜空，大半夜的黑灯瞎火，也不知打没打中，却引来几声狗吠。众人追到墙底下借着月光才看出来，大墙砖缝中插了两枚铜钱，飞贼借此攀壁而上，正是飞檐走壁的功夫，巡警们可没这两下子。费通让手下兵分两路，一路守在胡同尽头，另一路绕至大门前，砸了半天也没人应门，几个巡警搭了人梯，翻墙进去打开门。费通立功心切，晃着小胖身子带队冲进去，飞贼已然踪迹全无。

院子里进来这么多人，里面却没动静，费通觉得不太对劲儿，冲虾没头努努嘴。虾没头心领神会，走到迎面正房大门前拍了拍门，喊了句："巡警办案，府上有人吗？"屋里还是没有回应，这一拍却把门拍开了，原来门是虚掩的。虾没头掏出枪，一脚踹开大门，只觉一股血腥之气扑鼻而来，再定睛一看，屋里地上横躺竖卧着两具尸体，血水流了一大摊。虾没头倒吸一口凉气，没敢再往里走，战战兢兢退了出来。

周围异常安静，夜色狰狞得让人只觉手脚冰凉、脊梁沟发麻。屋门打开后，远处的费通也感觉到了血腥之气，一挥手说了声："搜！"众巡警往各屋搜查，可了不得了。这户人家满门男女老幼全被抹了脖子，一个活口也没留，到处是血，惨不忍睹。费通走进正房大门，借着月光找到灯绳拉了一下，"咔嗒"一声，吊在房梁上的电灯亮了。费通再看，正厅壁上用鲜血画了一条张牙舞爪的大蜈蚣，此时血迹未干，顺墙壁往下淌，看得费通身后一众巡警头发根子直往上竖！一股子凉气从费通天灵盖直透脚底板儿。要搁以前赶上这样的血案，窝囊废早撒丫子溜了，不过他当上巡官以来，或许是官威加身，遇到事可比以前稳当多了。费通理了理思路，定了定心神，派人跑去官厅上报。

常言道"没有不透风的墙"，官厅再怎么掩盖，也架不住有那嘴快的，事情一传十十传百，这件灭门惨案很快轰动了天津卫。原来这户人家姓刘，家境殷实，贼人趁夜入宅，奸淫了刘家的女眷，又一刀一个杀了全家一十二口，卷走金银珠宝不计其数。高墙上有几滴鲜血，夜巡队那一阵乱枪打中了飞贼，却没伤到要害，贼人中枪而逃。不过巡警总局派出缉拿队搜遍了城里城外，也没找到蛛丝马迹。这件惨案先是在大刘家胡同邻里之间风传，很快被消息灵通的小报记者得知，又添油加醋登在报纸上。这么一来，整个天津卫上至官府下至百姓，几乎没有人不知道这件事了，而且越传越神，越传越闹不明白真相。各路小报的记者更是根据传闻和想象一通胡编乱造，虽然报纸上印出来的只是两三百字一小段消息，可是一家比一家编得邪乎，说得有鼻子有眼儿。不为别的，就为吸引人买报纸。有一家《醒世快报》甚至刊出了连载小说，以这桩灭门惨案为引子，讲出了一段江湖侠客替天行道、匡扶正义的传奇故事。一时间全城百姓但凡有点儿家底儿的人人自危，天一黑就早早地关门闭户不敢出屋，睡觉也睡不踏实。

不管案子传了多少个版本，却有一点一致——从作案手段和壁上的血蜈蚣可以断定，行凶的贼人非同小可，正是全国悬赏通缉的巨盗——飞天蜈蚣肖长安。当时来说，提起飞天蜈蚣肖长安，在官私两面、黑白两道，绝对是有名有号。据说他没有半分贼相，唇若涂朱、睛如点漆，往来倏忽如风，但见其影，不见其形，一双猫眼，夜行从不点灯，脊背上刺了条大蜈蚣，因此得了"飞天蜈蚣"的绰号。此贼贪淫好色，而且心狠手辣，杀人不眨眼，作案向来不留活口，出道以来纵横大江南北、黄河两岸。作案之后定会在壁上画一条血蜈蚣，从未失过手。各地官府开出重赏，却也拿他不住，连照面都没打过，皆因这飞天蜈蚣忽南忽北、行踪不定，在一个地方只作一次案。比如在济南府作了案，得了手立即远走高飞，躲到太原府销赃，就地将贼赃挥霍一空。再找出当地最有钱的一户人家下手，得了手再换地方，从不拖泥带水。这一次流窜到天津城，踩盘子盯上了老刘家，作下这么大的案子。费通身为刚提拔上来的巡官，带了十几个巡警，个个持枪带棒，在一条死胡同中撞上了飞贼肖长安，居然还让这个贼从眼皮子底下翻墙跑了，官厅大老爷能不生气吗？拍桌子瞪眼，骂了费通一个狗血淋头、体无完肤，又扔给他一件差事，干得好将功补过，干不好一竿子插到底，扒了他这身官衣，甭说巡官，连巡警也别想干了！

4

在蓄水池警察所的里间屋，费通将他如何当上蓄水池警察所的巡官、如何在大刘家胡同枪打肖长安的前因后果，添油加醋讲了一遍，唾沫星子溅了崔老道一脸。崔老道一边听一边往后躲，费通却越说越刹不住车，还一个劲儿往前凑合，可把崔老道腻歪得够呛。崔老道久走江湖，本事不行，见识却不浅，多次听过"飞天蜈蚣肖长安"

的名号。此人要贼心有贼心，要贼胆有贼胆，作案的手段高明，来时无影，去时无踪，那是出了名的"鬼难拿"。

崔老道的买卖属于"金"字门，肖长安这类做贼的是"容"字门，虽不同门，但皆属江湖中人，多少也有些了解。据崔老道所知，天底下的贼人分为三路，门道各不相同：在江河湖海上杀人越货、抽帮打劫的称为"水贼"，陆地上高来高去、蹿房越脊的称为"飞贼"，挖坟盗墓、发死人财的称为"土贼"。过去三百六十行都有祖师爷，有人说贼偷的祖师爷是《水浒传》里鼎鼎大名的"鼓上蚤"时迁，人称梁上君子。其实不对，这一行真正的祖师爷应该是东方朔。时迁再厉害偷的也是人，东方朔三盗王母仙桃，偷的可是神仙，旧时给老人贺寿，常挂《东方朔偷桃》图，说的就是这个事迹。各行各业之所以供奉祖师爷，一来往脸上贴金，二来借此立规矩。俗话说"没有规矩，不成方圆"。做贼的也是一样，经常说"盗亦有道"，有人偷东西是为财，有人偷东西是为义，越是干这一行的，越是讲究道义。肖长安属于钻天的飞贼，却向来不守贼道上的规矩，作多大的案子也是一个人，从来不拜山头。一个地方干只干一票，专找当地最大的财主下手，翻墙越脊进去，把值钱的东西一卷而空，不分良贱，有一个杀一个，身上不知背了多少条人命。如果这家有女眷，必定先奸后杀，手段残忍至极。江湖上盛传，飞天蜈蚣肖长安从不失手，有这么几个原因：首先来说，此人心思缜密，贼智出众，通晓七十二行，擅长易容改扮，还会各地的方言，真可以说学什么有什么、装什么像什么。作案之前先踩盘子，盘子不踩严实了绝不下手。踩盘子是句黑话，也叫踩点儿或踩道儿，就是说贼人在行窃之前，探明下手目标的地形、格局、人口，以及私库在什么地方，作案时从哪儿进、从哪儿出。除此之外，还要摸清附近巡警往来的路线。

论起肖长安踩盘子的手法，别的飞贼可真比不了。要想摸透一个大户人家里里外外的情况，来一次两次可不够，可你总在门口转悠，说不定就会让人发觉。所以说想不被怀疑，最好扮成走街串巷做买卖的小贩，但是又不能扎眼。什么行当扎眼呢？这里头的门道可深了去了。比如挑挑子剃头的，剃头匠之间有规矩，一个人固定走这一片，来往的都是熟脸常客，生人来此扎眼；扮成卖针头线脑、胭脂水粉的货郎也不行，干这些小买卖的，不可能在一个地方一待住了，也不会半夜出来做买卖。

上一次飞天蜈蚣肖长安在济南府作案之前，就扮成了一个卖炸蚂蚱的小贩。山东地广粮多，蝗灾频繁。到了秋后，成群的蚂蚱铺天盖地，如同片片黑云，所过之处，庄稼颗粒无存，全给啃光了。没了粮食，庄稼人吃什么呢？其中有心眼儿活泛的，下网扣箩逮蚂蚱，挨个儿揪掉大腿、翅膀，用盐水泡了再下油锅，炸熟了放在大盆里，拿小车推到城中叫卖。油炸蚂蚱肥美，公的一兜油，母的一兜子，色泽金黄，外酥里嫩，又下酒又下饭，夹在刚刚烙熟的热饼里，咬一口真是满口余香。两个大子儿一碗，吃的人从来不少，一天能卖一大笸箩。不单是好吃，还能为民除害。可老天爷总不能年年跟庄稼人过不去，赶上风调雨顺的年景没有蝗灾，种地的农民高兴了，卖炸蚂蚱的也有办法，就在庄稼地中点起一溜儿马灯，后面支起粘网。这些"神虫"趋光，夜间见到光亮，大批大批地往灯前飞，一只只撞在粘网上，天一亮就下了油锅。卖这个的全是乡下老赶，做买卖没有固定的地点，东西南北四乡八县到处乱窜。肖长安找了一个卖炸蚂蚱的老赶，出钱买下全套家什，又吩咐他隔三岔五给自己送蚂蚱，活的、熟的各一半。老赶巴不得如此，不用推车叫卖了，挣的钱还多，这不天上掉馅儿饼吗？打那以后，肖长安推上独轮车，三天两头到大户人家门口叫卖。明着是卖炸蚂蚱，暗地里却是踩道儿。

这个飞贼学得好一口山东话，站在路口吆喝："吃咧！香咧！油炸蚂蚱下酒解馋去咧！"有钱有势的财主老爷吃腻了大鱼大肉，也等这口儿解馋。下人听见叫卖的就出去买，有买炸好的，也有买活的回去自己炸。肖长安认准了下手的人家，借卖炸蚂蚱跟这家的下人搭话，套问宅中情形。这家宅院几进几出，哪屋住人、哪屋放钱，多少下人、几条狗，看家护院的练的是八极还是少林，没他打听不出来的。那么说，凭一个卖炸蚂蚱的几句话，就能套出人家深宅大院的底细吗？其实不难，这就是江湖道儿。一般人要是直来直去问人家，对方立马就会起疑心，弄不好还得把你送交官府。但肖长安贼智出众，先给来买蚂蚱的下人来点儿实惠，多抓一把蚂蚱少要几个大子儿，一来二去混熟了称兄道弟。探问这大户人家房子的结构布局之时，还得讲究策略，得先说自己在乡下时进过大户人家的宅子，那可是宽宽绰绰，一个大院子一联排整整五间一砖到顶的大瓦房，院子里黄土垫地，鸡鸭成群。那个下人一听就知道了，这整个一乡下老赶没见过世面，必然得吹嘘自家主人这宅院如何如何阔气。肖长安再来个顺水推舟，对方自然而然就把整个宅院的布局和盘托出，说得一清二楚。

这是白天，到了夜里，他又扮成沿街乞讨的叫花子，缩在那户人家门洞子下边，看打更巡夜的几点来几点走。就这么反复踩点、观望，够十成的把握他才下手。

飞天蜈蚣肖长安作案，百宝囊中还少不了几件称手的家伙、贴身的法宝：头一件是紫铜仙鹤，仅仅巴掌大小，造得栩栩如生、巧夺天工，拉动鹤尾可从鹤嘴中喷出迷香，迷倒室中之人。这迷香本是用曼陀罗花煎煮浓缩挥干水分，再兑上黄杜鹃（又叫八里麻）碾成的粉末，两者相溶药力倍增，闻一下立即昏迷，一两个时辰也醒不了。另一件是条收纳贼赃的锦囊丝袋，既轻薄又绵软，攥成一团不过核桃般大，展开了可达七八尺，遇火不燃、入水不沉。作案之时一圈一圈缠在脑袋上，既方便携带，而且万一有人用刀劈过来，这东西柔中带刚，还可以抵挡一阵。过去常听说书的先生说贼人作案之时"青绢帕缠头"，就类似这个东西。还有一件是把攮子，古书有云"刀不盈尺谓之攮子"，说白了就是不足一尺长的匕首。这可是肖长安寻觅良久得来的一柄利刃，不敢说削铁如泥，吹毛断发可不在话下，这是贼人的胆，出去作案从不离身。

此外还有几件物什，也是作案时必不可少的，比如肖长安行窃总带个油壶，大肚儿、长脖儿、小尖嘴儿，有什么用呢？穿宅入室，用攮子拨开门闩之后，不能直接推门进屋，因为门合页上的铜轴用久了，里头会长锈，乍一推必定发出声响。他得先把油壶嘴儿插入门边的缝隙，对准合页一捏壶肚儿，点进几滴油去，再推门便是悄无声息。还有掺过药的肉包子，用来打发宅中狗子，狗见着肉包子一准儿是一口吞下肚，来不及出声便倒了。再一个是三角钻、铁线之类拧门撬锁的家伙。库房上挂的大铜锁，三两下就能捅开，捅不开再上三角钻。

飞天蜈蚣肖长安胆大包天，从不穿夜行衣，仅以青衣罩身。青衣虽也是黑的，可跟夜行衣不一样。夜行衣除了颜色以外，用料和做法也有讲究，以绸缎的居多，因为绸缎细滑，被人攥住了容易挣脱；再一个，夜行衣的胳膊肘、腿掖子，这些关节之处要多出一块，为了活动不受阻碍；而且夜行衣从头上到脚下是一整身，手背上有护手，脸上有面罩，穿戴整齐了就露两只眼睛，别的地方全遮上。肖长安不用，就这么一身粗布衣裤，他也不蒙面，凭借手快刀快，向来不留活口。此贼的名号"飞天蜈蚣"中占了一个"飞"字，可见善于蹿房越脊、高来高去。城里大户人家的宅子，高墙磨砖对缝，灰砖之间缝隙极小，且以糯米浆灌注，砖与砖之间严丝合缝。肖长安用攮子抠出一点儿灌浆，再将一枚铜钱插入砖缝，脚尖点在铜钱边沿，借力往上一蹿直上墙头，形如一条大壁虎。有这么三五枚铜钱，几丈高的大墙也挡不住他。进了深宅大院之后如何行窃？这其中也有许多名堂。就拿进屋作案来说吧，他得用攮子拨开门闩，往门合页上点两滴油，推开门也不能直接往里走，因为当贼的不知道屋中有没有埋伏，倘若有人拿着刀枪棍棒躲在门后，等着贼进来搂头就打，那可要吃大亏。所以得背冲屋门，先将一条腿倒伸进去，因为腿肚子上肉多，挨上一棍也不打紧。您再想想他这个姿势，背冲门、脸朝外、前腿弓、后腿绷，劲儿攒在门外这条腿上，一旦发觉不对，顺势往外一蹿就跑了。进了屋没让人发觉，也不能急于下手，得先把门关上，防备外边突然进来人，再搬个凳子挡在门口。万一把屋里人惊醒了起来追贼，当贼的知道门口有凳子，可以从上边一跃而过，追的人却不知道，屋子里又黑，非让凳子绊个大跟头不可。这就等于说，在人家的地盘上轻而易举就给人家下了埋伏，绝对的心思缜密。飞天蜈蚣肖长安凭这一身本领，走千家过百户，穿宅入室，糟蹋完女眷，挨屋把人一杀，气定神闲地在墙上留下条血蜈蚣，卷了贼赃就走。那位问这贼人犯案为什么要留下记号？让官差不明所以岂不更好？其实不然，人在江湖挣的就是个名号，所谓"人过留名，雁过留声"，"豪杰名满天下，恶人遗臭万年"。再者说来，你案子做得越狠，官差就越怵你。肖长安杀人越货作下案子，画上血蜈蚣一走了之。等到案发，官府派人追凶，他已经到了几百里之外了，那还上哪儿追去？因此这么多年过来，各地官厅悬赏缉拿，却都奈何他不得，江湖上更是将此贼的手段传得神乎其神，称得上神龙见首不见尾。

崔老道听罢费通枪打肖长安的经过，也替费通捏了一把冷汗。满天神佛你不惹，非要在孙猴子身上薅把毛！不过捉拿飞天蜈蚣肖长安乃官厅的公案，他一个画符念咒、降妖捉怪的老道，又能帮得上什么忙？窝囊废找他相助，那可是进错了庙，拜错了神。

第八章　枪打肖长安（中）

1

　　蓄水池警察所的所长费通找来崔老道，将自己头些日子的"奇遇"从头这么一说，说得要多细致有多细致。崔老道也听出来了，事儿大概是这么个事儿，可里边没少添油加醋、掺沙子兑水，什么大耗子精偷考卷，无非张开嘴就说，打死崔老道也不信，多半是找行窃的贼偷，给他把考题顺了出来。

　　费通口沫横飞，从一早说到晌午，眼看着一壶茶都喝没了色儿，饿劲儿也上来了，就吩咐人出去南大寺附近的小吃铺买来几个牛肉回头。这东西类似馅儿饼，用花椒水调牛肉馅儿，多放大葱、清酱，隔老远光闻肉馅儿就觉得浓香扑鼻，却不是烙出来的，而是用油煎成，吃起来越发咸香酥脆，就是有点儿油腻。崔老道穷鬼一个，肚子里油水少，来的时候本就打定了混吃混喝的主意，有回头解馋，也甭去南门口摆摊儿算卦了，纵然风吹日晒折腾一整天，也未必挣得出这几个回头的钱。如今费通当上了巡官，一个月六块银元的薪俸，这是官的，私底下吃拿卡要，更有不少额外的进项，就拿这牛肉回头来说，还指不定给没给钱呢，吃他一顿不为过。当下一手抓起一个，左右开弓吃得顺嘴角流油。吃完了以后，费通重新给崔老道沏了一壶酽茶。过去京津两地喝茶都讲究喝茉莉花茶，又叫香片，特别是天津人喝海河水，想遮住水中的那股咸涩味，必须得是茉莉花茶。有家大茶叶庄叫"正兴德"，茉莉花茶最地道，当地人没有不知道的。抓半把茶叶扔进茶壶，沏开了闷一会儿，倒出来的茶呈暗褐色，花香四溢，香中带苦。费通见崔老道连喝了三杯茶，又用手背抹抹嘴角的油腻，知道他已吃得心满意足，便接着之前的话头往下说——

窝囊废带队巡夜，在大刘家胡同枪打肖长安，眼皮子底下放走了飞贼，惹怒了官厅大老爷，把他叫去当面没鼻子没脸地骂了一溜够。费通站在那儿就像个裤衩儿似的，任什么屁也得接着。等官厅大老爷骂够了，又派给他一桩差事，干得好将功补过，干不好二罪并罚，扒了他这身官衣。那么说，官厅到底让费通干什么呢？说起来简单——迁坟。在以往那个年头，迁坟动土没什么大不了的，无非从这边刨出来，再埋到那边去，顶多请几个和尚老道念念经、作个法，那有什么出奇的？话是不假，可得看迁谁家的坟。穷老百姓的坟好迁，不用费通出面，随便派两个巡警，上门连哄带吓唬，给个三块两块的补偿，限定时日迁走即可。那么说，是嘎杂子琉璃球儿、耍胳膊根儿的浑星子家里的坟地难迁？还真不是，但凡出来开逛当混混儿的，都是一个人吃饱了全家不饿的穷光棍儿，上没老下没小，无家无业，死后混卜一领草席子裹身就不错了，哪儿来的祖坟？再说过去天津卫的混混儿向来是天老大我老二，讲究有里儿有面儿，不可能为了讹钱乱认祖宗，传出去岂不让人笑掉大牙？而官厅让费通迁的这片坟地却棘手，位于蓄水池西南角，当地人称"韦家大坟"，乃天津卫八大家之一、前朝大盐商韦家的祖坟。四周设立石头界桩，上刻"韦家茔地"。南边有两间砖房，以前有看坟的人住，后因兵荒马乱，看坟的跑了。周围的老百姓听说这是块风水宝地，死了人就往这儿埋，本家也顾不过来，久而久之成了很大一片乱葬岗子。

而今官厅下令征地，要平掉乱葬岗子上的坟头。那阵子天津城刚刚开始搞房地产开发，洋人开了股份制的房地产公司，不远万里运来菲律宾的木材、法国的浴缸水盆、德国的铜配件、意大利的釉面瓷砖、西班牙的五彩玻璃，在租界盖起了一幢幢漂亮的洋楼别墅。大清国的遗老遗少、下野和在职的军阀政客、这个督军那个总长、争相来此买房置地。此番官厅平出这块坟地正是为了待价而沽，如果说坟地不好卖，还可以改造成公园，带动周边地价，是一笔相当可观的进项。真要是干好了，官厅大老爷必然财源广进，狠捞一笔。这一带又是蓄水池警察所的辖区，无论从哪方面来说，让费通处置无可厚非，您总不能让火神庙警察所的巡官来西南角拆迁吧？不过这个事确实麻烦，且不说挨家挨户上门打招呼、给补偿，原本的主家你就惹不起。想当初在天津城一提八大家，那可了不得。民间习惯以"八"归纳事物，占卜有八卦、医学有八纲、饮食有八珍、乐器有八音、神仙有八仙、文章有八股、位置有八方、吃饭有八大碗、清代贵胄有八大铁帽子王。天津八大家只是一个合称，实际上的豪门巨富不止八家。韦家在其中数一数二，祖上干盐运发的家，家里不仅出买卖人，做官为宦的也大有人在，要钱有钱，要势有势，跺一跺脚四城乱颤，在北大关咳嗽一声，南门外都听得见响。

到后来大清国倒了，韦家也开始败落，可别忘了有这么句话——瘦死的骆驼比马大。韦家在天津卫传了八辈半，手眼通天，根底极深，从来也不会把区区一个巡官放在眼中。虽说官厅会给一份补偿，给多给少可得让费通上门商量。给少了人家不干，三块五块不够人家麻烦的；给多了官厅拿不出，你说一个坟头要一千块洋钱，把官厅大老爷抄了家可也不够，就这么一个骑虎难下、里外不是人的差事，落到他窝囊废的头上了。

窝囊废升任巡官以来，费二奶奶心气挺高，对这位二爷也有了笑模样，说话声调儿都见低，一直是好吃好喝好伺候。每天晚上有酒有菜，虽然只是花生米、老白干，顶多再买上二两粉肠，可对平民百姓来说这也叫好的了。当天应了差事，窝囊废回到家唉声叹气，这真叫上天无路、入地无门。一个人闷坐在灶间，"滋溜"一口酒，"吧嗒"一口菜，挖空了心思，绞尽了脑汁，大脸憋得通红，急得抓耳挠腮，愣是没个主张。费二奶奶不明所以，就在一旁问他。费通正好一吐为快，把来龙去脉跟费二奶奶念叨了几句。费二奶奶越发纳闷儿了："迁坟动土又不用咱掏钱，干成了这桩事，一进一出的怎么说也是一笔进项，你应该高兴才对，发哪门子愁啊？"

费通叹道："这你就不知道了，那可不是一般的坟地，八大家的韦家，有钱放一边，人家还有势，皱皱眉头就够我喝一壶的，拔根汗毛都比我腰粗。人家那坟地传了八辈半，那得埋了多少姓韦的？要不是风水宝地，老韦家也发不了财，你让我怎么去跟人家开这个口？"

费二奶奶把嘴一撇："真是个窝囊废，让我说你什么好呢，你还当巡官呢？这有什么难的？"

费通正自心烦意乱，听费二奶奶这么一说，他可不愿意了："得得得，咸的淡的不够你说的，不难你去平坟去！"

费二奶奶啐道："废话！我一个老娘们儿惹得起老韦家吗？你整个的木头疙瘩脑袋，事儿是死的，人是活的，办法不是人想的吗？"

费通愁眉苦脸地说："我想了，真他妈没辙！"

费二奶奶说："我点拨点拨你，你姓什么？"

费通心说两口子过了这么多年，你不知道我姓什么？这不成心吗？他又不敢发作，赌气道："你说我姓什么？免贵姓费。"

费二奶奶从鼻子里哼了一声："亏了你还记得姓费，听我给你出个主意。你不是老费家的人吗？你那个远房祖父费胜，跟老韦家那是通家之好！"什么叫通家之好？过去的大户人家讲究这个，娶媳妇儿聘闺女门当户对，身份、背景、条件接近的两家人才做亲。军机大臣的千金要嫁就得嫁皇亲国戚，总督家的公子娶的怎么说也得是巡抚的女儿，这家姑奶奶聘给那家表少爷，那家的少东家娶这家的老闺女，不仅小两口之间对得上路数，两大家子人无论生意上还是官场上，也可以彼此照应、相互攀附，说句文词儿这叫"裙带关系"，费、韦两家正是如此。

费通听了一拍脑门子，要不说当事者迷呢，遇上难处还得二奶奶拿主意，这还真是个法子。转念一想也不好办，他只是费胜的一个远房侄孙，八竿子未必打得着，并且来说，他混得也不怎么样，在小老百姓之中是出头鸟，可到了韦家门前，连个屁也不是。自个儿去打着费胜的旗号办事，人家上外面一打听，只是个出五服没来往的亲戚，说他王八上树——巴结高枝，实在丢不起这个人，这个门槛怎么进呢?

费二奶奶说："别看你脑袋挺大，可你那个脑仁儿呀，抠出来上戥子没个花生米重。你去老韦家干什么?不会求费胜老爷子出面吗?"

费通眼前一亮，对了，我只想着求姓韦的，倒不如去求姓费的，成与不成我也没把脸丢到外边去。当时好悬没从板凳上蹦起来给费二奶奶来个脆的、磕个响的："贤良淑德的费二奶奶，你真把我的命给救了!"

当天无话，转过天一早，费通去找远房祖父费胜。人家虽然不缺吃不缺穿，但费通深知大户人家最讲究礼数，他这次舍出血本，买了不少鲜货、点心，拎上大包小裹登门造访。到地方一叫门，有管家开门，见是费二少爷来了，赶紧往里请。您甭看是出了五服的亲戚，怎么说一笔也写不出两个"费"字，即使是托钵要饭的花子，只要你沾了宗亲，人家心里再瞧不上你，论着也得叫二少爷。

老爷子费胜接到通禀出来会客，派头儿那叫一个足：身穿宝蓝缎子长衫，纯金的怀表链儿耷拉在胸前，重眉毛、大眼睛、八字眉、四方大脸、大耳朝怀，长得甚是威武，大背头一丝不乱，油亮油亮的，腰不弯，背不驼。从楼梯上往下一走，风度翩翩，气宇轩昂，家里有钱保养得又好，打老远一看，仿佛是五十多岁，实则七十有四了。那位说在家里不能穿得随便点儿吗？不能，要的就是这个谱儿，除了吃饭睡觉，一天到晚走到哪儿都得端着。费通见费胜出来，忙迎上去下拜，拜完了又要磕头。费胜乐了，摆手说道："行了行了，别磕了，别磕了，不年不节的，哪用得着行大礼。我说小通子，你最近挺好的？"

费通毕恭毕敬地回道："让爷爷您老惦记，我挺好的。"说话将费胜搀到太师椅上坐好，规规矩矩地退后几步，在一旁垂手而立。

费胜指着旁边一把椅子让费通坐着说话，问道："听说当官了？"

费通诚惶诚恐欠身坐下，屁股挨着一点儿椅子边儿，还没坐稳当，听见费胜问话，立马又站了起来，回道："托您的福，这不是嘛，当了蓄水池警察所的小小巡官。"

费胜点点头，摆摆手示意费通坐下："好好干，将来混个厅官没问题。咱们老费家的人，错不了。"

费通赶紧赔笑，说道："还得您老多栽培。"

三问三答说过了场面话，费胜就开门见山了："有日子没见你了，怎么着？有事儿？"为什么这么问？就知道无事不登三宝殿。费胜是干什么的？驰骋天津卫、官商两界几十年，这点儿小心思还看不透吗？又是自己家的人，懒得拐弯抹角，直截了当把话递了过去。

费通正不知道该如何开口求费胜，借着问话就坡下驴，说道："爷爷，我来没别的，有这么个事……"如此这般、这般如此，将以往经过一说："我愣头磕脑地去韦府，怕人家不见我，所以来求您打个招呼，或者下个条子。"

费胜用手把油亮的大背头朝后面捋了一把，慢吞吞端起桌上的盖碗茶抿了抿，说道："就这事？行！这么着，你甭管了，回去听信，过两天我让小五子你五叔通知你，不管成与不成，准给你个回话。"那意思就是你先回去，我办着看，眼下不能满应满许，如果当时把弓拉满了，大包大揽应承下来，万一韦家那边不同意怎么办？这就是为人处世之道。

书要简言，费通辞别了远房爷爷费胜，回到家等候消息。真不含糊，三天之后，他这五叔来了。论着叫五叔，其实比费通大不了多少。有钱人家的少爷不一样，身穿洋装，脚下黑皮鞋，鼻梁子上架着墨镜，紫水晶的镜片、黄铜的镜架，三七开的分头跟狗舔的一样，而且是骑自行车来的。一进他们这条胡同，真叫军队里放鞭炮——炸了营了。那个年头骑自行车的人太少了，引得街坊四邻全出来瞧热闹。费五这辆"凤头"是他托在怡和洋行做事的洋人朋友专门从英国漂洋过海带过来的，整个天津卫也没几辆，车标上全是洋文。这个车刚买来的第二天，费五就骑上它在鼓楼门洞子里来来回回遛了三趟，可让天津卫的老百姓开了眼。大闺女、小小子跟在费五屁股后头，一边跑一边琢磨，怎么这两个轮子一转起来就能立着不倒呢？费家少爷也是爱显摆的主儿，车把上的转铃丁零零一响，嘴里唱起了刘宝全的《活捉三郎》。从此他没事也得骑出去转一圈，家里有点儿什么事他都抢着跑腿儿，就为显摆一下自己这辆自行车。费五到了费通家门口没进去，一只脚踩在台阶上，那只脚蹬着自行车的脚蹬子，按一声车铃，叫了一声"费通"。赶上这会儿费通没在家，还在警察所当差呢！费二奶奶闻声迎了出来，脸上乐开了花："哎哟，五叔您来了，快进，快进，快进。我这就上水铺叫水去，给您沏茶。"

五叔一摆手："不用了，我说侄媳妇儿，回头告诉小通子，他那事办好了，明天让他上韦家去一趟，老爷子已经递过话了，回头你叫他宽宽手。"那意思就是尽费通所能，给韦家多争取一点儿补偿，说完话一按车铃，抬把掉转车头，扬长而去。费二奶奶见五叔走了，站在门口扯着脖子高喊了一声："五叔您慢走！"主要也是为了让街坊四邻听听，看看我们老费家可是有阔亲戚。

等晚上费通回到家，还没等他坐下，美了一下午的费二奶奶可就憋不住了，跟他一学舌，怎么来怎么去。窝囊废高兴坏了，原地蹦了三圈儿。不单麻烦迎刃而解，过去有这么一句话叫"经手三分肥"，办这档子事，上头得出钱，再经过他的手，能不克扣点儿吗？简直时来运转，因祸得福！费二奶奶也高兴，别的不论，白花花的银元是真格的，炒了俩顺口儿的菜，下午出去买的小河虾下油锅炸得酥脆，外加一碟韭菜炒鸡蛋，烫了一壶酒，两口子吃饱喝足，痛痛快快"热闹"了一晚上。

转过天来一大早，费通特意把自己收拾得干干净净，拿胰子洗了三回脸，也仿着费胜那意思，在头发上抹了费二奶奶的梳头油，拎了两个点心匣子，前去拜访韦家后人。韦家住老城厢北门里，一所大"四合套"的房子。天津这"四合套"与北京的"四合院"还不太一样。北京"四合院"门前有一小块空场，门口是八字形大照壁、石狮、拴马桩、宫灯一应俱全；天津城地势有限，宅门前就是里巷胡同，没有空场，从外边看不出排场。那些个富贵人家为了摆谱儿显阔，大多在门楼子上做文章，讲究"虎座门楼一字墙"，门前有石雕石墩，门楼子不施彩绘，而是用砖雕石刻，越有钱的人家，砖雕的图案越精美。韦家大院门口最显眼的还不是砖雕，而是大门顶部的四个大门簪，刻成了四个金钱眼，寓意"财源滚滚，日进斗金"。

有费胜的面子撑着，费通与老韦家的人谈得挺顺利，最后商定好了，给老韦家按坟头补偿，一个坟头十六块银元。那位说也不太多，不多？韦家大坟好几百座坟头呢，加一起那是多少钱？那么说，费通就找上边要十六块？不能够！他早想好了，往上报二十三块一个坟头，每个坟头给官厅大老爷留出四块钱，余下这三块钱他自己捞一块，另外两块钱分给警察所的弟兄们。商定了价格，韦家给了费通一份祖传的《坟茔葬穴图》，他们家谁的坟安置在哪儿、坟里有什么陪葬，图中均有详细记载。有了《坟茔葬穴图》，活儿就好干了，只等雇好了干活的民夫，就选良辰、择吉日，迁坟动土。按理说办得顺顺当当的事，想不到当天又出了一场大乱子！

2

韦家那边说平整了，官厅大老爷这边也没意见，迁坟动土之前还得有一番准备。窝囊废回到警察所，先找虾没头和蟹掉爪两位得力干将商量。蓄水池警察所人多嘴杂，说话不方便，费通自掏腰包，请他们哥儿俩到小酒铺中叙话，自己有什么地方想不周全，也好让他们俩出出主意、想想办法。俗话怎么说的？三个臭皮匠还顶个诸葛亮呢！

　　虾、蟹二人见巡官大人自掏腰包请客，也觉心里高兴、脸上有光。三人大摇大摆直奔小酒铺。说去哪家？没字号！就在把着西关大街路南，有这么一处外明里暗的小门脸儿，归拢包堆三四张油渍斑斑的桌子，围几条长板凳有高有矮。酒无好酒，菜无好菜，全是又便宜又简单的东西。凉菜像什么炸花生、拌豆腐、姜末松花、麻酱黄瓜，都提前装好盘子在柜台后头摆着，谁买谁端走；热炒无非是烧茄子、烩白菜、炒土豆丝，最多来个辣子鸡丁，这就到头儿了。你说我要个软炸虾仁儿、糖醋活鱼、清蒸蛤什蟆、江米酿鸭子、脱了骨的扒肘子，对不起您哪，不预备，想吃这些东西，上城里找大饭庄子去。来此喝酒的全是穷老百姓，睁眼就欠着一天的饭钱，花上十个八个大子儿，还得喝美了、吃饱了。您还别嫌次，这就算好的。有的小酒铺连菜都不预备，也没有桌椅板凳，一进屋迎门儿就是柜台。喝酒的来了，在柜台跟前站着喝，掌柜的身后一排酒坛子，上面挂着酒提，喝多少打多少。没有好酒，全是小烧锅、小作坊里自酿的烧刀子，打在杯里浑汤子相仿，又辣又烈，喝下去当时就烧心。酒量小的来上一口，一脑袋能栽那儿，不是因为酒本身的劲儿大，里边加了砒霜。别看砒霜是毒药，也得分怎么加，加多了是谋财害命，加少了可以给酒增加力道。酒铺老板每次到烧锅打酒之前，用毛笔蘸砒霜在酒坛子里边横竖画一个十字，再把酒倒进去，劲头儿就翻倍了，也分不出是酒劲儿还是药劲儿，反正能过瘾就行。下酒的东西无非是花生、豆腐干、老虎豆儿，其余的一概没有。来这儿喝酒的全是穷得叮当山响的苦大力，拉了一天胶皮，或者扛了一天大包，过来解解馋。其中还不乏卖浆吃饭的，在过去来讲叫"卖浆"，说白了就是卖血。这些人虽然穷，酒瘾可不小，好不容易攒了俩大子儿，够买酒可不够买菜的。他们也有主意，有的随身带一个木头楔子，喝酒的时候嗍一口楔子，喝一口酒。他这木头楔子不是家具上拆下来的，而是酱菜园里用来封酱菜缸的楔子，上面多少蘸了点儿酱菜味儿。还有的酒鬼，从家里带面酱来下酒，就捧在手心儿里，打家出来一路举着手来到酒铺，看见熟人都不打招呼，怕酱撒了，到时候舔一口面酱，喝一口酒，酒喝光了，手也舔干净了。另外，还有的人常年兜儿里揣着块水果糖，平时舍不得吃，喝酒的时候拿出来，舌头尖儿舔着糖就酒，喝完了再用糖纸包好，下次喝酒再用，这一块糖够舔半年的。

咱再说费通三人进了这家小酒铺，挨墙角找了张桌子，俩凉俩热要了四碟儿菜，一人面前一个白瓷杯，二两老白干正好倒满，三个人一起捏咕迁坟这件事。这虾没头和蟹掉爪一向狐假虎威，自打费通当上巡官，他们俩靠着溜须拍马的本事成了费通的左右手，那可真是十冬腊月穿裤衩——抖起来了。没等费通说话，虾没头先捧上了："二哥，咱不说别的，那老韦家多大势力，动人家的祖坟，整个天津卫除了您，谁还有这么大面了？"蟹掉爪不能让虾没头抢了风头："我说老虾米，你这话说得我不爱听，老韦家的坟算什么？我实话告诉你，就是皇上老爷子的坟挡了咱的路，那也就是费二哥一句话的事！"

这俩你一言我一语、一逗一捧，跟说相声似的，把个窝囊废捧得如同腾云驾雾一般飘飘忽忽。费通端起白瓷杯喝了一口酒，酒劲儿往脑袋上撞，忽然想起找这俩货来还真有正事要商量，当即定了定神："得了，你们俩先别聊这个，咱得说说正事，看看这迁坟的活儿怎么干。"虾没头一拍胸脯："二哥，怎么干还不得听您吩咐吗？您指东我们不朝西，您让我们打狗我们不能撵鸡啊！"蟹掉爪也不闲着，夹了一筷子松花塞进嘴里："没错，我们这叫唯马首是瞻，听天由命！"费通心想："这他妈哪儿跟哪儿啊，真要听了他们的，什么事也干不成，看来大主意还是得自己拿。"

当下在酒桌上部署了一番，他让虾没头出去找干活儿的民夫，别一个一个找，直接上公所找那些帮闲打八岔的。再让蟹掉爪去南门口找崔老道，找老道干什么呢？先选黄道吉日，定下起坟的时辰，当天动土之前，烧黄纸、洒净水、焚香念咒，这一整套过场必须有道门中人来做，没他们坐镇，总是差点儿意思。崔老道对此了如指掌，找他再合适不过。蟹掉爪却把脑袋一摇，告诉费通，甭去了，崔老道不在天津城，听说他头些日子在人家大宅门儿里作法，一不留神犯了口讳，让人打成烂酸梨了，后来躲到外地避风头去了。不过不要紧，天津卫不止他一个老道，没有崔老道这个臭鸡蛋，照样做得了槽子糕。费通让蟹掉爪上吕祖堂找一个道士，定下黄道吉日。吕祖堂里供奉的是吕洞宾，虽然说庚子年闹义和团，把这座道观当成了总坛口，折腾了一溜够，香火已大不如前，但老韦家是天津八大家，吕洞宾可是八仙，请八仙来办八大家的事，必定马到成功。想到此处，费通暗自得意，觉得自己太高明了。他又拉了个单子，办齐一切应用之物。话说回来，买东西、雇民夫、请老道的钱，可不能从那二十三块银元中出，这得找上边另要，自然少不了又是一番克扣。

有书则长，无书则短，转眼到了正日子，费通一早带领手下一众巡警来到韦家大坟。这一天响晴白日，万里无云，坟地边上看热闹的百姓里三层外三层，围了个风不透雨不漏。天津卫闲人多，有事没事都爱凑热闹，马路上出点儿大事小情，看热闹的人不动地方就能围观几个时辰，完事后还得议论半天，这一天算是有交代了。蓄水池一带住的绝大多数是穷苦人，赶上这么个节骨眼儿，谁不想看看大户人家祖坟里埋的是什么？头一天费通已经派人在坟地边上搭好了一座棚子，门口设一张供桌，上摆香蜡纸码、净水铜铃。棚中还有几张八仙桌子，围着条凳，桌上几盘水果点心，这是给韦家人准备的，吃不吃也得摆上，这叫热汤面不上桌——端着。棚子旁边另有一张长桌，桌子后头坐了几位穿长袍、戴眼镜的老先生。这是从附近学馆请来的，各带笔墨纸砚，由他们负责登记。从坟地中起出棺材，得按照《坟茔葬穴图》逐一对上号，缺一件短一样也不行。棚外还站了三十个人高马大、精强力壮的民夫，全是虾没头从公所找来干活儿的。众人面前有一排大水缸，这可不是喝的。韦家有钱有势，《坟茔葬穴图》上标得清清楚楚，埋在坟中的大棺材全是上等木料，历年虽久，却完好无损。但是后来成了乱葬岗子，什么人都往里边埋，棺材多为一寸来厚的薄皮匣子，或用破席子卷了，其中的死人侥幸没让野狗掏了，至今也仅余骸骨，倘若有家主来认领，这边给挖出来，自行抬走掩埋。还有很多没主儿的坟包子，挖出的尸骨也不能乱扔，装进水缸集中掩埋。干活儿的民夫身后是几位婶子大娘，费二奶奶也在其中，带着大笸箩，上边盖了棉被。笸箩里是从馒头铺定来的馒头，一个个又大又圆小皮球相仿，还有酱牛肉和咸菜条。等一众挖坟的民夫干累了，拿这些当晌午饭。另有一口大锅，锅里是提前熬好的小米绿豆粥，旁边支着个炭炉，炉子上烧着开水，干活儿的渴了，边上有大海碗，往碗里抓一把茶叶沏上开水，这就能喝茶。费通真是肥水不流外人田，把费二奶奶从家里叫来管民夫的伙食，赚点儿小钱不说，主要是还能克扣几斤酱牛肉，够自己回家吃十天半个月的。

费通还真是当巡官的料儿，的确想得周到，上上下下布置得有条不紊，谁来看得挑大拇指，称赞一声"得体"。一干人等各归各位，严阵以待，如今真可以说是"万事俱备，只欠东风"。谁是东风？窝囊废？他充其量是一么鸡，东风说的是韦家后人，主家不来，这坟不能动。到了约定好的时辰，韦家一众人等到了。当家的老爷子不能亲自出面，儿子、孙子里选这么几个精明能干的，穿着西服革履，坐着汽车来到坟地边上。费通赶忙迎上前去，亲手拉开车门，点头哈腰，做足了礼数，引入棚中落座看茶。简单客气了几句，主家一点头，棚子外边马上开始放鞭炮，这边的二踢脚"叮当五六"也点上了，从吕祖堂请来的老道开始作法。常言道"穷不改门，富不迁坟"，说的就是迁坟之事不可随意而为。无奈官厅有令，"韦家大坟"不动不行，胳膊拧不过大腿，反正迟早得迁，还不如给个顺水人情，但是必须得有面子，不能让外人觉得韦家的势力不比从前了。既然要迁坟，那就得按老祖宗的规矩，摆案上香，烧黄裱、洒净水、摇铜铃，祷告先祖动迁原因，迁往何处，祈求老祖宗保佑世代平安。话说老道走完了过场高喊一声："吉时已到，起坟！"韦家后人虽然穿着西装革履，可这种事还得依着老祖宗的规矩，面冲大坟齐刷刷跪成一排，磕上四个头，得给在场的老百姓瞧瞧，别看祖坟已然无人打理，但我们韦家全是孝子贤孙，礼数绝不能少。磕完头站起来扭身就走，其余的事人家就不管了。

这时候可就看费通的了，只见他一声令下，三十个大小伙子把身上的小褂脱下来，亮出一身的疙瘩肉，手心里吐了两口唾沫，抄家伙这就准备干活儿。前文书咱说了，韦家大坟的坟头不下几百座，可不能逮哪个挖哪个，必须按照葬穴图上的顺序来，有长有幼、有先有后。韦家抬过旗，在大清朝的身份地位比汉人高，科举考试有优待，打官司有偏向，就连坟穴也是大有讲究。汉人多为平排式，正中为祖先，后代则往两侧平排延伸。旗人通常是三穴连珠，前头一个后头俩，构成"品"字形。或者五穴连珠，中间是祖坟，两边各埋妻妾儿女，这叫燕别翅。如果说再往后埋，就要顺着"翅尾"打坑，讲究"男靠明堂女把边"，左穴位为明堂，右穴位为边。可也不是绝对的，比方说原配夫人没有子嗣，偏房夫人倒是生了个儿子，偏房死后就可以埋在明堂的位置，原配夫人则埋在右边，把丈夫夹在中间，这叫"夹葬"，民间也有个俗称叫"挡风"。过去常有妇女跟孩子说，"将来我去给你爹多挡挡风"，这个话就是这么来的。

闲言少叙，只说众人按葬穴图先找到韦家先祖的穴位。这个大坟头在坟地尽里边，如同一座小山，因为长时间无人打理，坟上的荒草老高，石碑也倒在一旁。据《坟茔葬穴图》记载，这座大坟中陪葬的珍宝最多。当初商议的时候，韦家提出过条件，别的坟无所谓，单单这座坟，起出棺材之后，必须把虫蛀、渗水的地方补上，刷一遍大漆，再换一条陀罗尼经被。他们家之所以发迹，全凭这位老祖宗保佑，如今动土起棺，顺带让老祖宗舒坦舒坦。

此时此刻，窝囊废的相儿可大了，坟地里里外外这么多人，全听他一人调遣，众多百姓面前，这可是露脸的机会。他指手画脚命令一众民夫，先将坟前倒掉的石碑抬到推车上，铲平了坟头再往下挖。众民夫甩开膀子一通猛干，九河下梢的地皮浅，挖不多久，坟里的水就渗出来了。这些个壮劳力赤着脚、蹚着浑水挥镐抡锨。费通站在坟坑外边看着，心说："这些小伙子真不白给，干活儿不惜力气，照这个意思，用不了几天即可完工，只等到时候点票子、数洋钱了。"正得意间，只听挖土的小伙子里有人叫了一声："哎哟！碰上硬茬儿了！"

3

在场的众人一阵骚动，看热闹的不嫌事大，全把目光投了过去，但是挖开的坟坑里积满了黑水，什么也看不见。费通问刚才喊话的那位："碰上什么硬茬儿了？"那位也说不出什么，铁锨碰到个东西，说是棺材又不太像，因为格外巨大。当时还没有抽水泵，只得从坟坑侧面挖开一道土沟，将没过腿肚子的泥水引出去。众人这才看明白，坟中是一尊漆黑的巨椁，看那个头儿足能装下两三具大号棺材。

费通直嘬牙花子，《坟茔葬穴图》上有记载，坟中有一套棺椁，外椁内棺，没想到是这么个庞然大物，这得有多沉？他不能显得手足无措，高声招呼一众民夫："哥儿几个哥儿几个，受累多卖卖力气，完事儿咱白面馒头、酱牛肉敞开了吃，管够！"

　　找来这些干活儿的民夫，个儿顶个儿的棒小伙子，全是帮闲的，又叫打八岔的，什么手艺也不会，凭身上的力气挣饭吃。平时挣不出仨瓜俩枣儿来，轻易吃不上细粮，一听说有白面馒头、酱牛肉，那简直是过年了，一个个直咽口水，铆足了力气手底下紧忙活，恨不得赶快干完了开饭。不出费通所料，仅凭这几十个人，纵使用上了吃奶的力气，甭说把那棺椁抬上来，挪动一下都不可能。众人一齐望向费通，等他拿主意。

　　费通也是耗子拿花椒——麻爪了，棺椁抬不上来，后边的活儿就没法干，只得求在场看热闹的闲人帮帮忙。可他求告了半天，谁也不愿意伸手，怕沾上晦气。费通见求爷爷告奶奶这套没用，把心一横，瞪起小眼睛，看见谁喊谁："我告诉你小二子，你要不过来，哪天你犯了事，别说我不保你。还有挑水的大老李，别你妈揣手看热闹，头些日子你干了什么你自己心里明白，没找你是给你留面子，赶紧下来搭把手。姓袁的你也下来，你要不下来，往后你在园子里说相声，有人闹场我可不管。"那位问了，说相声的不去卖艺赚钱，怎么也跑来看热闹？一般来讲，说相声的都是下午开始演出，一直演到半夜。再者说，过去艺人也讲究体验生活，遇上什么新鲜事，别人看完了顶多当成谈资，艺人可是入了脑子走了心思，当天演出时就能把这个事加几个"包袱"编排成"现挂"，没准儿就从"倒二"改"攒底"了。费通这一通吓唬还真顶用，您想啊，大白天什么也不干，专门来坟地看热闹的人，大多是游手好闲之辈，谁能没点儿短处？有几位亏着心的，立马跳下坟坑帮忙，一个拽俩，俩拽四个，帮忙的人把坑都占满了。众人俯下身来，两只手抠住棺椁底帮，费通在旁边喊号子，"一、二、三，三、二、一"地喊了半天，众人一起铆足了劲儿，却似蚍蜉撼树，棺椁一动也不见动，费通急得原地直蹿蹦。

这一下窝囊废真没主意了，正当他一筹莫展之际，虾没头凑过来给费通出主意："费头儿，韦家大坟南边不是有个冰窖吗？"

费通把话一拦："这又不是运死尸，还得拿冰镇上？"

虾没头说："嗨！您没听明白，镇着干什么？冰窖里不有绞盘吗？咱把那玩意儿借来不就行了？"

费通茅塞顿开："对对对，还是你脑袋瓜子好使，别愣着了，赶紧去吧！"

旧时天津卫大大小小的冰窖不少，有官办的也有民办的，寒冬腊月在河中采冰，运回来窖穴而贮，其余三季拿出来卖。伏天销路最好，像什么鲜货行、渔行这样的买卖，常年离不开冰；小生意也有用冰的，比方说卖酸梅汤的、卖雪花酪的，这些消渴解暑的东西，非得冰冰凉凉的才有销路；老百姓家里也买，镇个西瓜、冰点儿凉茶，又方便还不贵。富贵人家那时候就有冰箱，其实就是一个木头柜子，里面分两层，上层放食物，下层放冰块。冰窖里都有绞盘，因为冬天从河里采上来的大冰坨子足有上千斤，靠人力根本弄不上来，就得在河边架设绞盘，用牲口往上拉。虾没头领命直奔冰窖，去得快回来得也快。开冰窖的可惹不起巡警，眼下这又是官厅大老爷亲自派下来的差事，找你借东西是瞧得起你，不光绞盘，连骡子带牲口把式全借来了。众民夫七手八脚过来帮忙，在坟坑边布置了绞盘，有人跳进去用粗大的麻绳捆住棺椁。那边把骡子也套上了，牲口把式一扬鞭子"驾驾驾，喔喔喔"，两头大骡子原地打转拉动绞盘，麻绳一圈一圈越转越多，发出"咯吱咯吱"的声响，缓缓将金丝楠木的大棺椁往上抬升，泥水顺椁盖"沥沥啦啦"淌落。有人找来脚手板子搭在大坑两侧，铺设一层原木，再把棺椁放在原木上，用绞盘平行拖动，稳稳当当挪到地面上。从近处看，棺椁更为巨大，大漆脱落的地方露出木料，也是乌黑锃亮的，道道金丝隐在其中。正经的金丝楠阴沉，又叫乌木，埋在坟土泥水中一两百年，如今出了土，见了天，大漆依旧光亮如新，可以照见人影，在场之人无不惊叹。

周围看热闹的人群交头接耳，纷纷议论。其中有个木匠师傅，一眼就看出门道了，嘴里不停叨咕："真开了眼了，我干了这么多年木匠活儿，这还是大闺女上轿——头一回，头一次看见这么阔气的套棺。您看看，料多讲究咱先不提，您就看这工，没用一根钉子，独拼独面、榫卯相连，这玩意儿可太少见了！"

而今把棺椁抬上来了，下一步得按照韦家的吩咐，开棺整理。换一条陀罗尼经被，也就是裹尸的锦被，再重上一道大漆。费通让人用杉篙搭起脚手架子，上边按了滑轮，点手唤过十几个膀大腰圆的小伙子，手持鸭嘴撬棍，顺椁盖下方插进去，费了九牛二虎之力，裤腰带崩断了三四条，才撬开一点儿缝隙，用绳子穿过去将椁盖捆上，经过滑轮再与绞盘连接。牲口把式赶着两头大骡子再次转动轮轴，升起椁盖吊到半空。棺椁中满是黄褐色的尸水，这些浑汤子不仅是死人身上出的，还有从缝隙里渗进来的，按说该当腥臭难闻才对，围观之人却嗅到一股子异香。

费通顾不得香臭，只想把活儿干完赶紧分钱。他命人拿来大海碗，也叫和尚碗，一碗一碗将棺椁里的水淘出去。瞧见里边的内棺，众人恍然大悟，怪不得刚才香气扑鼻，原来金丝楠的木椁中装着一具黑檀木棺材，深埋多年还发出檀木的清香，这得是多好的木头？

外椁中的尸水见了底，看热闹的又是一片哗然。但见棺与椁之间的空隙中，依次摆放了十八盏莲花灯，连灯架带灯托足有一尺多高，皆为赤金打造，在阳光下熠熠生辉。围观的人们全看红了眼，咂着舌头在暗暗盘算，一盏赤金灯至少二斤多，十八盏得多少钱哪？

众目睽睽之下，费通不敢打歪主意，忙让先生登录在册，亲自拿来一条大口袋，小心翼翼将这十八盏莲花灯装进去，交给手下收好，等到再下葬的时候，还得给人家摆上。在此之前务必严加看管，磕掉一个花瓣儿也赔不起。接下来该起内棺了，此时此刻，围观民众全盯着那具黑檀木的棺材，仅在外椁中就这么多金子，棺材里头指不定还有多少陪葬的珍宝呢！

旧时迁坟老例儿多，死人不能见天。费二爷想得周全，早就准备好了杉篙、苫布，几个干活儿的民夫手脚麻利，没一会儿便搭起一座天棚。再次转动绞盘，将黑檀木的棺材抬出，稳稳当当停在金丝楠木椁旁边，檀香气味越发浓烈。看热闹的全瞪大了眼，想在开棺的那一刻，瞧瞧棺中这位达官显贵的尊荣。怎知黑檀木的棺材浑然天成一般，看不出任何缝隙，连根绣花针都插不进去，鸭嘴撬棍也派不上用场，又不可能大刀阔斧地劈棺。在当时来说，这样一具檀木棺材，怎么也得千八百块银元，劈了谁赔得起？费通急中生智，叫来虾没头和蟹掉爪，让他们前去搬请一位高人！

4

费通让虾没头和蟹掉爪带上他的片子，赶紧搬兵请将，找个懂行的来。找谁呢？宝和桅厂的老当家——鼎鼎大名的老木匠田宝和。宝和桅厂又叫宝和寿厂，说白了就是棺材铺。老天津卫将干这一行的人叫"大木匠"，也有叫"斜木行"的，因为棺材前头大、后头小，前头高、后头矮，木匠干活儿时放的都是斜线。开棺材铺看上去不显山不露水，但在过去可是属于暴利行业。世上从无不死之人，没钱的主儿倒头了，好歹也得买口薄皮匣子；有钱人家的棺材则贵到离谱，大小、样式、木料、做工全有说道，多少钱的都有。田宝和技艺精湛，开设了宝和桅厂，买卖干得不小。家里头五儿二女，五个少东家子承父业，大小连号开了十几家，在南方包了一座山头，专供他们家的木料。这么说吧，天津卫九河下梢十里八乡，凡是坟地里埋的，得有一半是宝和桅厂的棺材。

当年的手艺人以地方分派别，称为某某把，北京帮的工匠称为京把，天津帮的工匠称为直隶把，手艺上各有特点。京把打出来的棺材体统大方，格局端正，严丝合缝。直隶把做活不太注重外观，只管结实，真材实料，因为天津卫水多地皮浅，棺材埋在地里很容易被泡烂了。田宝和打的棺材集两地之所长，又气派又结实，堪称一绝。手艺好只是其一，打完了棺材还得会卖，这个更不容易。天底下三百六十行，或有幌子，或能吆喝，唯独棺材铺不行。咱就拿幌子来说，幌子也叫"布招"，酒铺有酒幌子，鞋铺有鞋幌子，店里卖什么，幌子上画着什么，但谁见过棺材幌子？门前挑起一根竹竿，幌子上面画一具大棺材，再写上三个大字"棺材铺"，那还不把人都吓跑了？再说吆喝，九腔十八调、棕绳撬扁担，吆喝买卖讲究"上下有句、高矮分音"，为了合辙押韵，听着也好听。棺材铺没法吆喝，横不能站在门口嚷嚷："走过路过不要错过，买不买的不要紧，躺里边试试也行……闲了置忙了用，有大有小哟，买回家预备着吧，早晚用得上！"这可不是人话。不挂幌子也不吆喝，上门拉主顾行吗？让小伙计上药铺门口等着，瞧见愁眉苦脸出来一位，抢步上前请个安，嘴里还得客气："这位爷，您甭发愁，病治不好没关系，我们桅厂有上等的寿材，货真价实，童叟无欺，买口大的还能搭您一口小的，买一送一，万一家里小少爷死了，不用再买了。"照这么做生意，还不让人打死？因此说干这一行买卖，最主要的是手艺，其次是路子广、走动宽。上至官商富户，下至贩夫走卒，各行各业都得交朋友，不为别的，就为让人家知道有你这么个人，真到事上就想起来了。除此之外，田宝和还立下几条规矩：首先，主顾不分大小，必须一视同仁，不能狗眼看人低。卖给有钱人一具金丝楠的大材，一把挣上千的银元，这你得点头哈腰招待好了；卖给穷主儿一具狗碰头的薄皮匣子，连本带利不足两块钱，你也得毕恭毕敬，不能光图眼前利，还得赚一个名声，在外的名声好了，这买卖才好干。再有一条规矩，即便身穿重孝的客人来了，也不能问人家是否买棺材，得问："您今天给谁管点儿闲事儿？"转着腰子说，免得人家不愿意听。还有就是不能"转空"，客人选中了棺材，人家不说什么时候送，绝对不能往丧家抬空棺材，万一家里那位还没倒头，不也是讨打吗？

回过头来再说虾没头和蟹掉爪，两人从韦家大坟出来直奔御河边。"御河"指天津卫的南运河，因为走过龙船得了这个别名。二巡警步履匆匆，顺御河边来至宝和桄厂，离老远就望见各种木材堆得跟小山相仿，锯木头的香味扑鼻而来。当家的田宝和已经八十多了，老爷子头发、眉毛、胡子全白了，手上、脸上全是寿斑，在门口支了张躺椅，旁边小桌上摆着茶壶、烟袋，正在这儿眯缝着眼睛晒太阳，见有两个巡警上门，忙起身相迎。虾没头和蟹掉爪一贯见人下菜碟，知道这老爷子家大业大，又有些个威望，当下有事相求，不敢造次，客客气气说明来意，双手递上费通的片子。本以为田宝和这么大的身价不容易搬请，没想到老爷子一口应承了。他们不知道田宝和的心思：这桩差事不大，却是官派的，宝和桄厂的买卖再大也是平头百姓，这叫"穷不与富斗，富不与官斗"，不论蓄水池警察所的巡官，还是官厅大老爷，哪个他也不想得罪。再一个，虾没头和蟹掉爪见了面一顿胡吹海侃，说那具黑檀木的棺材怎么怎么出奇，田宝和干这行一辈子了，也想长长见识、开开眼界。当下让二巡警头前带路，出了宝和桄厂，在道旁等了半天也没等来拉胶皮的。虾没头和蟹掉爪心急如焚，四下里一踅摸，瞧见桄厂门口有一辆独轮的小木头车。他们俩也真有主意，把老爷子放在车上，推上车一路往回走。

放下路上那爷儿仨不提，再说韦家大坟这边。费通心里明白，他们这一去一回，再快也得半个多时辰，这已经快到晌午了，就让干活儿的人赶紧洗手、洗脸，坐下来吃饭。三十个大小伙子干活儿麻利，吃饭更快，挺大的馒头一手抓起三个，几口就吞下肚，你一个我一个比着来，谁也不肯示弱。等到笸箩里的馒头、酱牛肉见了底，众人望见虾没头和蟹掉爪推着小车过来了，车上端端正正坐定一人，正是桅厂的老当家田宝和田师傅。就见这个老爷子发似十冬白雪，面赛三秋古月，善目清亮、精神矍铄，三山得配、五岳均匀，一捧银髯胸前飘洒，小衣襟短打扮、白袜青鞋，打扮得还跟个小木匠一样，全然没有大东家的架子。下得车来当场一站，腰不塌膀不晃。虾没头和蟹掉爪献殷勤，上前要去搀扶。田宝和一摆手："不必！"脚步如飞来至韦家大坟中央。众人暗挑大指，嘿，老爷子是真精神！

旧社会当巡警的绝不会给老百姓敬礼，但是田宝和在九河下梢德高望重，年岁又长，费通请人家来帮忙，也不能失了礼数，一时手足无措，实不知如何是好，想给敬个礼，来人却不是官厅大老爷，没这个规矩，只得过去冲老爷子一抱拳。大伙儿一看这叫什么礼节？警察给平头百姓抱拳拱手？

三言五语说过了场面话，费通道了一个"请"字。田宝和倒背双手围着黑檀木棺材转了三圈，这么讲究的棺材，他也很少见过，因为从关内到关外，找不出这种木料，仅在南洋才有，防潮耐腐，质地坚硬，乃棺木中的上选。另外这还不是素棺，大盖上描金绘彩的八仙贺寿，左有金童捧镜，右有玉女提灯，棺材头上画了一头猛虎，埋在坟中这么多年，轮廓仍清晰可辨。这叫"虎头棺"，说明有功名，平民百姓再有钱也不能用，底头的撑子上画麒麟送子，保佑多子多福。在场的众人屏气凝神，等着看老爷子亮绝活儿，没承想田宝和上下左右看罢多时，走到费通面前把脑袋一摇——这棺材他开不了！

费通一听泄了气，问田师傅为何开不了？田宝和告诉费通，榫卯相连的木匠活儿，一个师傅一个传授，除非找来当年造棺材的人，否则谁也打不开。退一万步说，打得开也别开，因为棺中晦气久积，万一冲撞了周围的人，说不定会出什么事。

田宝和的这番话，如同给围观之人泼了一盆冰水，浇了一个透心凉，等了大半天，谁不想看看虎头棺中有多少陪葬的奇珍异宝，这下彻底没戏了。费通也着急了，答应韦家的事办不到，他就得吃不了兜着走，赶紧打躬作揖地说好话。田宝和无奈，只得叫他附耳过来，轻声说道："实不相瞒，这具寿材我没见过，耳朵里却没少听闻。当年韦家先祖下葬之时，为了防贼，在棺中下了镇物，谁开这具棺材，谁准得倒霉！"

费通恍然大悟，怪不得这个差事派到自己头上，巡警总局上上下下这么多人，又不是他费通一个人有爷爷，谁没点儿关系没点儿路子？谁不知道迁坟动土是个肥差，定是别人忌讳棺中镇物，不愿意捞这份儿晦气钱，敢情是这个原因！当时在心里头把官厅大老爷的祖宗八辈骂了一个遍。话又说回来，开弓没有回头箭，事到如今，坟也刨了，椁也开了，总不能原样再给人家放回去。真要如此，甭管是官厅还是韦家，谁也不会轻饶了他，在场看热闹的也少不了一番取笑，眼下咬碎了牙也得往肚子里咽。再者说，这都什么年头儿了？还有人信这份邪吗？他赶忙把田宝和请到一旁，死说活劝央求再三，您老无论如何也得帮这个忙，有什么报应、倒多大霉，全归在我费通头上。好说歹说终于把老爷子说点了头，可以试上一试，挽起袖口来到虎头棺材前。看热闹的老百姓顿时鸦雀无声，知道田宝和老爷子要亮绝活儿了！

田宝和又围着虎头棺转了一圈，走到棺材头前，伸手从怀中取出一小木头匣子。打开匣子是个小木俑，四肢全是活的，面目诡异，衣冠悉如古人，左手抱一令牌，上写"一宗财门"四字，右手里拿着一面三角小旗，当中一个"姬"字。他将木俑摆在棺材头的顶盖上，眼也不眨地盯着。说来怪了，四下里连点儿风也没有，木俑却打起转来，一直顺一个方向，好像有人用嘴在吹气。这钟点儿刚过晌午，日头正足，可在场的有一个算一个，全觉得后脊梁沟冒凉气，脚底板发凉，这不邪门儿了？

片刻之后，田宝和拿起木俑收入匣中，随即蹲下身来，伸出双手在虎头棺上摸索，按之前木俑转动的方向，依次找出七星孔，一个一个按下去，皆有寸许深，只听得"咔嚓"一声响，棺盖就松动了。田宝和叫过几个帮闲的民夫："来呀，开棺！"

那几个人听得吩咐，忙过去抬下大盖，放在棺材旁边。围观的人全踮起脚，抻长了脖子往棺材里看。棺中的死尸身覆陀罗尼经被，头顶官帽，脸上的皮肉未枯，就像头一天刚埋进来，只不过脸色如同白纸，双目紧闭，嘴唇黑紫，没有半点儿生气。再往死尸四周看，陪葬的珍宝极为丰厚，黄的是金子、白的是银子、红的是珊瑚、绿的是翡翠，和田的羊脂玉、湖北的绿松石、抚顺的净水珀、保山的南红玛瑙应有尽有，精雕细琢成各种各样的祥花瑞兽，堆得满满当当。天津卫讲话，海螃蟹值钱——顶盖儿肥！随便抄起一件，买房置地娶媳妇儿不在话下。

蓄水池一带住的全是穷人，几时开过这个眼？后边看不见的拼命往前挤，你推我搡，仿佛少看一眼就能掉块肉似的，周围乱成了一团。有不少无赖见财起意，趁着乱连推带挤凑到近前，还真不客气，伸手去抓抢棺材中陪葬的金玉。什么事儿就怕带头，周围的老百姓本就看着流口水，见有人抢夺棺中之物，都怕自己吃了亏，人人奋勇，个个当先，眼珠子都蓝了，"呼啦"一下齐往上冲。你一把我一把，抓起来就跑，却又被后边冲上来的人挡了回来，坟地里人仰马翻，当场乱作一团。以费通为首的巡警立即喝止："谁敢抢东西，统统按律惩处！"可是抢东西的红了眼，只怕错失了发邪财的机会，谁还顾及什么律条，从四面八方一哄而上。巡警们挥动警棍乱打，却是无济于事。挨一棍子得个金元宝这买卖儿干得过，也知道巡警们不敢真下黑手，一棍子把人打死，他们不得吃人命官司吗？费通扯着脖子叫道："各位老少爷们儿，你们全是这周围常来常往的，在场的我一概认识。三德子，你个老小子是不是又想进去吃牢饭？小四儿，我看见你了！老朱，你也别抢，别他妈净图眼前快活，这阵儿手黏，日后可惹祸！还有小乇子，你给我撂下，迁坟的犒劳一分不少你的，你敢拿东西，死鬼逮了死鬼办，官面儿逮了官面儿办，谁也跑不了！"

一众巡警连打带吓唬，仍是拦挡不住。费通见事态紧急，只得豁出去了，奋力往棺材中一扑，脸对脸趴在死人身上，手脚并用护住陪葬的珍宝。正当此时，"咔嚓嚓"一声惊雷在人们耳旁炸响，刚才还是响晴白日，刹那间乌云压顶，瓢泼大雨倾盆而下，天地间雾气蒙蒙，浇得人们猝不及防。棺中死尸脸色突变，青紫色的双唇张开，隐约吐出一道黑气，面颊随即塌陷，形同朽木。争抢陪葬珍宝的人吓得魂飞魄散，扔下东西抹头就跑，可也有胆大心硬的，揣上抢来的金玉溜了。后来还真有几个附近的穷鬼摇身一变，买房置地娶媳妇儿，左邻右舍当面不说，背地里可都知道，这是发了死人财，将来必有报应。

费通当时也吓得够呛，又被尸气熏得晕头转向，手刨脚蹬挣扎不起，他这身子又胖，在棺材里跟个刚下锅的活王八相仿。周围看热闹的一个个直嘬牙花子，心说窝囊废可真够玩儿命的，居然往死人身上趴，惹了一身的晦气，他也不怕倒霉走背字儿！

虾没头和蟹掉爪抡起警棍，赶开哄抢明器的人，过去把费通拽出来。但见窝囊废一身上下又脏又湿，满头满脸的臭水，鞋也掉了，帽子也飞了，要多狼狈有多狼狈，让死人嘴里的臭气熏得七荤八素，不住地干呕，中午刚吃的酱牛肉、大馒头吐了个一干二净。眼下可也顾不上别的，他先命手下用起坟的大麻绳围住棺材，四周围设岗，不准闲杂人等踏入一步，又找来了一条破被里子，将棺材中的珍宝全装进去，兜起四角裹成一大包。他龇牙咧嘴、拧眉瞪眼一屁股坐在上边，如同恶狗护食似的，嗓子眼儿里直"呜呜"，瞧这意思谁敢近前一步，他就一口咬死谁！

等到这阵大雨过去，围观人等也散得差不多了，众民夫继续干活儿。费通让巡警们全员出动，持枪带棒日夜坚守，倒是没再闹出什么乱子，足足用了三天，终于把韦家大坟彻底迁完，又挨家挨户地搜查，丢失的陪葬之物大多得以追缴。韦家得知费通舍命护棺，又看在费胜的面子上也没深究，这桩差事好歹办成了。费通从中捞了一票，请手下这些弟兄上大饭庄子吃了一顿，喝得颠三倒四。这时候天已经黑透了，他没敢回家，想跟警察所对付一夜，晕头转向往蓄水池走。正应了看热闹的那句话，费通趴在死人身上，惹了一身的晦气，合该他走背字儿，半路可就撞邪了！

第九章 枪打肖长安（下）

1

就在前几天，费通办妥了韦家迁坟的一切后续事宜，从中捞了不少好处，犄角旮旯不说，单是他这一个坟头一块钱的好处，大大小小几百座坟头，这就得多少钱？之所以找个大饭庄子摆设酒宴，犒劳手下这些兄弟，并非他仗义疏财。只因旧社会这些当巡警的，好人不多，坏人不少，他借迁坟动土发了横财，大伙儿当面不说什么，却在背地里眼红，说不定哪天有意无意地秃噜出来，他就得吃不了兜着走，倒不如摆一桌好酒好菜，堵住众人之口。

窝囊废向来胆小怕事，心眼儿又窄，为了让别人觉得吃了他的嘴短，这一次下了狠心，带上手下的巡警，来到北大关头一号大饭庄子——会仙楼，能做南北大菜、满汉全席。当年北大关一带是天津卫首屈一指的繁华地界，商贾云集，舟车往来，附近有几家落子馆、两三处大戏园子、饭庄浴池、茶楼酒肆、商家铺户一家挨一家。在当时来说，能到会仙楼吃上一顿饭，绝对有面子。费通以前也没来过，同样是猪八戒吃人参果——头一遭，正好趁此机会见见世面。进去一看，会仙楼当真气派，门前车来车往，出来进去的穿绸裹缎，挺着胸脯，全是有钱人。进了前厅，满堂红木家具擦得锃光瓦亮。墙上挂着挑山对联、文人字画，唐伯虎的美人儿、米元章的山水、铁保的对子、板桥的竹子、松中堂一笔虎字，不管真的假的，看着那叫一个体面、风雅。迎面正当中高挂闹龙金匾，旁边多宝槅里摆放着古玩瓷器。跑堂的看见费通一干人等吃五喝六闯进来，赶紧过来招呼。要说认识费通吗？不认识，蓄水池在西关外，会仙楼在北大关，离得太远，天津城大大小小的警察足有几千人，哪能都认识？不过费通手下这么多兄弟，不乏在北大关当过差的巡警，与跑堂的相识。干买卖的见了穿官衣的，免不了高看一眼，迎上来点头哈腰道辛苦："各位副爷楼上请？"

费通摆摆手故作沉着："不必，楼下热闹，我们在楼下吃。"倒不是为了热闹，纵然没进过会仙楼，可也有过耳闻。听说一楼散座吃什么点什么；二楼全是单间雅座，不用点菜，春夏秋冬各有一席，其中又分为满、汉两种，还有什么雁翅席、烧尾席、全羊席，不单点、论桌上。费通有个合计，上楼吃包桌价钱太贵，无异于拿刀子从身上拉肉。干脆就在楼下，大碟子大碗、鸡鸭鱼肉来点儿实惠的，东西也好，台面也够，主要是人家大厨的手艺别家没有，同样是一道素烧茄子，人家做出来的那个味儿能下三碗干饭，豁出去让哥儿几个敞开了吃。

众人在楼底下找了张大桌子坐定了，跑堂的一边沏茶倒水，一边唱出菜牌："田鸡腿炒竹笋、鸡丝虾仁、糖醋鸡块、荷叶包肉……"费通跷着二郎腿正听得带劲儿，这时走过来一个人，赔着笑脸对费通一拱手："这位是费通费二爷？"

费通见来人的举止打扮，颇有几分派头，倒也不敢小觑，站起来还了礼："不敢不敢，未请教……"还没等来人作答，跑堂的把话接过来了："副爷，这是我们会仙楼的掌柜！"

搁到过去来说，在会仙楼这么大的饭庄子当掌柜，那也了不得，虽说买卖是东家的，可是前堂后灶、里里外外的事全由掌柜的做主，为人处世必须八面玲珑。因为上会仙楼吃饭的多为达官显贵，结交的尽是官商富户。按说费通只是蓄水池警察所的一个巡官，在人家眼中屁也不是，却主动过来问候，真让费通受宠若惊，又有点儿丈二和尚摸不着头脑。掌柜的说："费二爷，我可听说了，前几天您在韦家大坟舍命护宝，真是好样的！实话告诉您，想当初我们会仙楼本金不足，开这个饭庄子多亏韦家帮衬。东家说过，不论人家要与不要，我们会仙楼永远有人韦家一半。您是韦家的恩人，那就是会仙楼的恩人，也甭请示东家了，这个主小的我还做得了，您几位今天的账算柜上的！"

费通好悬没把嘴咧到后脑勺去，这可行了，穿在肋条上的银元不用往下摘了，真得说是人走时气马走膘，时运一来挡不住。但是费通面子上可不能让自己太寒碜，嘴皮子得跟上劲儿："哟，掌柜的，瞧您说的，老韦家和我们老费家父一辈子一辈的交情，我又是管这事的巡官，当官就得为民做主，这可是我应当应分的！"掌柜的哈哈一笑："您老能这么说，那我更敬重您了，这顿必须算我的！"

掌柜的又说了几句客套话，吩咐跑堂的一定伺候好了，就扭头忙去了。跑堂的一脸堆笑，讨好地问费通："二爷，小的有眼不识泰山，您大人大量可别见怪，您看您几位今天想用点儿什么？"

费通的脸皮比城墙拐角还厚上半尺，马上改了口："吃什么不忙，这楼底下太吵，我们还是上楼吧。"反正掌柜的吩咐过了，又不用跑堂的掏腰包，顺水人情何乐不为。当即请一众巡警上至二楼，找了个雅间落座，上好的香茶沏了一壶。跑堂的又问费通吃什么，这句话问了好几次，窝囊废倒不是故作深沉，只是真把他给问住了，他一脑袋锅巴菜，哪知道整桌的酒席有什么，只得觍着脸问跑堂的什么解馋。跑堂的说："您不如尝尝咱会仙楼的八珍席，总共八八六十四道菜，山珍海味应有尽有，煎炒烹炸样样齐全，酒也给您配好了，烧黄二酒论坛子上。"费通赶紧咽了咽口水，一拍大腿说："得嘞，就它了！"

天津卫与水有缘，一来靠近渤海湾，二来又是九河下梢七十二沽，所以说无论大饭庄小饭馆，都讲究吃河海两鲜、大小飞禽。这八珍席可以说是集大成者，像什么罾蹦鲤鱼、官烧目鱼、软熘黄鱼扇、桂花干贝、清炒虾仁、煎烹大虾、酸沙紫蟹、高丽银鱼、金钱雀脯、麻栗野鸭……费通这样的巡警，绞尽脑汁也想不出来这些个菜。这边跑堂的口中报着菜单子，费通身边一左一右虾没头和蟹掉爪两人听得心里馋虫乱窜，哈喇子直往下流。转眼四样甜品端到雅间，这叫"开口甜"。吃罢，跑堂的又端上茶水让众人漱漱口。这些个臭脚巡哪懂这套，抓起茶杯"咕咚咕咚"就往下灌。须臾之间，酒菜齐备，上等酒席八八六十四道菜，油爆、清炒、干炸、软熘、勺扒、拆烩、清蒸、红烧一应俱全。盛菜的器皿没有普通家什，一水儿的景德镇粉彩瓷，真正白如玉、明如镜、薄如纸，上面绘着"喜寿福禄""四季常春"的图案，瓷勺细润得跟羊脂玉一般，象牙筷子上还镶着银边儿。虾没头又跟蟹掉爪杠上了："老蟹，瞧见了吗，你要把这盘子掉地下，你可得吃不了兜着走。"蟹掉爪当然不吃亏："老虾米，你也得小心点儿，别一不留神把筷子给嚼了。"费通顾不上听这俩二货逗闷子，好家伙，这一桌子酒席少说得几十块银元，费二爷我请客，居然一分钱不用掏，这是多大的面子？真是风水轮流转，如今轮到我费某人走运，时运一到，挡也挡不住。

费通等人个儿顶个儿的酒囊饭袋，谁都顾不上管别人，瞧见酒菜上了桌，拼命往嘴里招呼，恰似长江流水、风卷残云，筷子不过瘾了用汤勺，汤勺不解恨了直接下手，吧唧嘴的响动惊天动地。跑堂的见多识广，以前可真没见过这么玩儿命吃的，不知从哪儿来的这群饿鬼？

众人连吃带喝、猜拳行令，直闹到二更时分，店里伙计都困得打瞌睡了，方才打着饱嗝、端着肚子出了会仙楼。费通平时净喝杂货铺的散酒了，何况费二奶奶不多给，一顿就二两，那玩意儿过得了瘾吗？这一次可逮着不要钱的好酒了，直喝得头昏脑涨、脚下无根。脾气也上来了，往台阶下边一走，大摇大摆，挺胸叠肚，嘴里七个不服八个不忿，除了家里的母老虎，官厅大老爷来了他也不怕。

他心里估摸这会儿费二奶奶早已歇了，那可不敢惊动，就想回警察所对付半宿。一个人溜溜达达，嘴里哼着西皮流水信马由缰，从北大关走到天津城西南角外的蓄水池四方坑。这个地方乱草丛生，臭气熏天，再往西走全是坟地，没人愿意在这儿当巡警。但对费通来说，这可成了让他飞黄腾达的一方宝地，他刚一走马上任，就赶上迁动韦家大坟，这桩差事办得挺周全，还从中捞了一票，可见时运一到，好事自来投奔。费通越想越得意，趁月色明亮，摇摇晃晃从坑边走过，无意中一抬头，瞧见一个一身缟素的女子，手提一盏白纸灯笼，直挺挺立于水面之上。他喝得颠三倒四，心说："哪儿来的大胆民女？黑天半夜地在这儿干什么？是倒脏土的还是扔死孩子的？也不看看这是谁的地盘？"

2

费通正待上前盘问，只见那个白衣女子对他下拜。他一看这还差不多，这个民女还挺识相，可又发觉下拜的方向不对，似乎不是在拜他。转头往那边一瞧，路上走来一个妇人，三十来岁的年纪，穿着打扮称不上华贵，却是擦胭脂抹粉，脸上红一块儿白一块儿的，纵然是良善人家的妇道，怕也不是省油的灯。只见她两眼直勾勾地走向大水坑，那个白衣女子拜一次，她就往前走上几步，眼看着两只脚踏进了四方坑。

一阵冷风刮过去，费通打了个寒战，酒醒了一多半，这才意识到，蓄水池这个四方坑，积水甚深，下边的淤泥更深，如何立得住人？那个穿白衣的女子，面无血色，浑身上下湿答答地淌水，莫非是死在臭水坑中的女鬼？不好，这是要拿替身！

老年间有个说法，坠河的、投缳的、自刎的，皆为横死，这种鬼和常说的孤魂野鬼还不一样。孤魂野鬼是指死后没有家人发送、祭拜，阴魂游荡在外，说白了都是可怜鬼，只是自怨自艾，轻易也不会扰人。横死的却不然，怨气太重，阴魂不散，进不了鬼门关，过不去奈何桥，喝不了孟婆汤，想再入轮回，就得找活人当替身。可这些全是茶余饭后吓唬孩子的话，谁又见过真的？

此时费通见那个要饭的妇人越走越近，两条腿已经陷入了淤泥，人命关天也没多想，借酒劲儿大喝一声："站住！"

这一嗓子比杀猪还难听，妇人却恍如不觉，仍低头往前走，转眼陷入了齐腰深的臭水。费通也不知道哪儿来的劲头，飞身抢至近前，伸手去拽投水的妇人。怎知这个妇人如同中了邪，手脚乱蹬往坑里奔，立时将费通脸上挠出七八条血痕，火辣辣的疼。窝囊废再怎么说也是个大老爷们儿，对付个妇道人家绰绰有余，拦腰抱住，硬生生把她拖回了坑边。

费通累得呼哧呼哧直喘粗气，从胸口往下全被臭水浸透了，出了一身冷汗，酒意全无，再看四方坑中，哪来的什么白衣女鬼？分明是条脸盆粗细的大蛇，头如麦斗，全身白甲，上半截身子探出水来，口中吐出一团忽明忽暗的白光，见那妇人被费通拉上了岸，恶狠狠地瞪了他一眼，将白光收入口中，没入四方坑不见了踪迹。

费通看得肝胆俱裂，臭水沟中几时出了这么大一条白蛇？怪不得当年许仙看了一眼能吓死，确实太吓人了。可许仙吓死了，白蛇还能给他去盗仙草，我要是死了，费二奶奶可没这么大能耐。窝囊废缩脖弓腰又看了半天，见四方坑中再无异状，这才稍稍放心。此时那个妇人也缓过来了，浑身湿漉漉地往下淌水，坐在地上直打哆嗦，也不知道是吓的还是冻的。费通怒气冲冲地问："你是干什么的？大半夜往这臭坑里跳，不想活了？"

那个妇人哭诉经过，她家住西门里，晚上出来关院门的时候，忽见前边不远有团白光，忽觉脑袋发沉、身子发飘，不知不觉跟着白光到了此处，多亏遇见官爷相救，否则这会儿已然填了坑。费二爷也是借着酒劲儿，再加上最近实在是太走运了，有点儿找不着北，真把自己当根葱了，肚子一挺，撂下几句大义凛然的话，迈开四方步回了警察所。他满身的臭水，脸上还有几条血痕，一进门把值班的巡警吓了一跳，来到切近才看明白，忙问他："怎么了费头儿？脸上怎么横一道竖一道的？让二奶奶挠的？要说二奶奶的把式真见长，这可比上次挠得狠多了！"

费通没心思跟他多说，脑子里还在想刚才的事，越琢磨越琢磨不透，撂下一脸愕然的值班巡警，换了身干净衣服，自己从水缸里打了点儿水，进里屋简单洗了洗，趴在桌上打盹儿。这一趴下，刚才的酒劲儿又上来了，一闭眼天旋地转，怎么也睡不着。迷迷糊糊忍了一会儿，也不知道是梦是醒，突然感觉脊背上一阵阵发冷，说不出来的难受。他以为窗子没关，转过头这么一看，吓得一蹦多高。刚才那个白衣女子就在窗户外头，一张死人脸比纸还白，再一错眼珠，却是一条张口吐芯的白蛇。费通大惊失色，缩到桌子下边抖成了一团，脑袋直往裤裆里扎，心说一声："坏了，这个主儿不记吃不记打，它可记仇！"

窝囊废紧闭双眼不住发抖，再也不敢往屋外看了，可又怕白蛇进来，只得半睁半闭拿余光去瞥，口中一个劲儿念叨，观音菩萨、太上老君、玉皇大帝、如来佛祖，满天神佛求了一个遍。他回到蓄水池警察所已经是后半夜了，经过这一番折腾，离天亮就不远了，过不多时，只听得鸡鸣声起。费通再一回头，屋外不见了白蛇。他仍躲在桌下没敢动，直到东方已白，才哆哆嗦嗦地爬出来。此时已有五六个来得早的巡警，在外屋有说有笑。费通失魂落魄地从里屋出来，众巡警忙起身敬礼，费通也顾不上许多，跌跌撞撞地直奔家中。到了家门口，"咣咣"砸门。费二奶奶开门出来，见费通一脸狼狈，立时挡在门口，张牙舞爪破口大骂："你个缺德嘎嘣儿死不了挨千刀的，三十里地没有人家——狼掏的忤逆种，一宿没回来上哪儿调戏妇道人家去了？看你这脸上让人挠的！这日子还过不过了？当了两天屁大点儿的官你就找不着北了，二奶奶我可不吃你这一套！"

费通最怕他老婆，什么事也不敢隐瞒，从二奶奶胳肢窝底下钻进院子，一五一十讲了一遍经过。费二奶奶听得脸上青一阵儿紫一阵儿的，调门儿低下来，埋怨道："你又不是孙猴儿的金箍棒，逞的什么能？你进了妖精的肚子一了百了，让我们娘们儿怎么活？到时候你可别怪我寻夫找主儿，再往前走一步！"

费通直嘬牙花子："好嘛，您想得真够长远的，我这不还没让妖怪吃了吗？咱再想想辙行吗？"

费二奶奶没好气地说："想什么辙？还找你爷爷费胜去？"

费通叹了口气："找他也没用，妖怪认得他是谁？刚才我寻思了，它不敢进警察所，因为里边全是穿官衣的，持枪带棒，煞气最重。咱这么着，你先给我做点儿吃的，我吃完了饭就睡，趁天没黑赶回警察所，你一个人在家把门看住了，明儿个一早我再回来。先对付两天，看看它什么心气儿，万一想通了，不就把我饶了吗？"费二奶奶也没遇上过这种事，不知道该怎么办，只能听男人的。费通一宿没睡又困又乏，嘱咐完了倒头就睡，又是一番乱梦，一会儿梦见四方坑白蛇，一会儿梦见韦家大坟里的死尸，什么瘆人来什么，出了好几回虚汗。等到下半晌起来，费二奶奶已经把饭做得了。蒸了一屉窝头，做了锅热汤面，面条上撒了把葱花，点上两滴香油，热气腾腾摆在桌子上，又切了一小碟咸菜丝。费通也是饿坏了，看着这一桌子饭食心里挺感动，对费二奶奶说："还是你心里头有我！"费二奶奶没理他，自顾自地说："吃吧，吃一口少一口了，吃饱了好上路……"费通刚咬了一口窝头，让这句话噎得上不来下不去，赶紧拿面汤往下顺，狼吞虎咽吃完把碗往桌上一放，也没跟费二奶奶打招呼，赌气出了家门。

当天夜里费通就住在警察所，心里七上八下惴惴不安。果不其然，到了三更时分，那条大白蛇又来了，仍不敢进门，在后窗户边上摇来晃去，吐着猩红的蛇芯。费通也不敢出去，躲在桌子底下把满天神佛求了一个遍，战战兢兢对付了一宿。打这儿开始，他是天天如此，白天在家睡觉，晚上到警察所躲着，可以说是生不如死、苦不堪言，掉了得有十来斤肉，幸亏他身上肉多。手底下的巡警不知其中缘由，一个个直挑大拇指，我们费头儿真心疼手下弟兄，把值夜的活儿全包了!

一来二去的，费通摸出一个规律，鸡鸣五鼓天还没亮，屋外的白蛇就不见了。费通睡不好觉，肚子里发空，此时抬腿直奔南门口，正好赶得上头锅卤子，今天锅巴菜、明天老豆腐换着样吃，吃完了早点再回家。这一天吃早点的时候，碰巧遇上了崔老道。久闻崔道爷五行道法，擅会捉妖拿鬼，费通终于抓住了一根救命稻草，因此把崔老道请回蓄水池警察所，好吃好喝一通款待。

说到此处，崔老道全听明白了，擦了擦满脸的唾沫星子对费通说："看费二爷的气色后禄正旺，纵然遣个天雷也打不杀你。可你不该多管闲事，那条白蛇在此修行多年，只等吃够了人，即可化龙飞升。当天晚上就该那个妇人死，此乃冥冥之中的定数，却让你给搅了，你说它能不恨你吗？"

那么说崔老道怎么知道白蛇的底细呢？前些日子他下山东，遇上胡家门的"张三太爷"，得知天津城外四方坑中的白蛇，正是打火山的"胡黄常蟒鬼"五路地仙之一。白蛇下山之前，祖师爷告诉它，你和别的地仙不一样，别人下山都是为了行善积德，你却不然，要吃九十九个恶贯满盈的人，方可得成正果，而且要在期限之内吃够了数，迟一刻前功尽弃。这可不容易，世上恶人不少，真够得上恶贯满盈的却不多，但凡这辈子做过一件好事的也不能吃。因此，它下山以来四方找寻，吃了九十八个恶人，最后一天还差一个，好不容易将那个恶贯满盈的妇人从家中引至四方坑。纵然这个妇人合该让它吃了，行善度恶的灵物也不能张口施牙，必须吐出金丹引诱，使对方心甘情愿走入它口中。眼看大功告成，却让窝囊废给搅黄了，以至于前功尽弃，再也甭想上天了。此等深仇大恨，岂有不报之理？

费通心下惊恐，恍然明白自己管了不该管的闲事，救了活人，坑了白蛇，嘴上却不肯服软："崔道爷，您这话就不对了，那个妇人是善是恶，自有王法断决。我身为蓄水池警察所的巡官，保的是一方百姓，可没有见死不救的道理啊！"

崔老道心说："你这就叫砂锅炖鸭子——肉烂嘴不烂。这年头谁还不知道谁，当个巡官不就是为了多搜刮点儿民脂民膏吗？不把老百姓挤对死已经算你有良心了，还指望你保一方平安？"不过他崔老道在江湖上有名有号，"铁嘴霸王活子牙"，牛都不够他吹的，一身道法却从不敢用，用了一准儿倒霉，可是要说连一条白蛇也对付不了，却实在张不开嘴。只得装模作样，闭上眼掐指巡纹，中午那几个牛肉回头没白吃，真让他憋出一个馊主意！

3

崔老道给费通出的这个法子，说难也不难。那条白蛇在四方坑里可不是一天两天了，想当初还有人在水坑西边给它立了一座"白蛇庙"。小庙不大，孤零零的一间小屋，里边设摆桌案，供奉"白蛇大仙"牌位，遇上久旱之年，也有老百姓过来烧香求告，不过香火并不旺盛。如今的白蛇庙，早已门穿窗颓，破败不堪，周围成了埋死人的乱葬岗子。别人不知道，他崔老道心里可清楚，庙中有一坛子黑豆，白蛇修炼一年便往坛子里衔一颗黑豆。崔老道让费通先到白蛇庙挖出那个坛子，回家给自己办一场白事，务必当成真的来办。棺材也不封钉，直接抬入义庄，剪了一黑一白两个纸人，身上各写一个"封"字，黑纸人身上写白字，白纸人身上写黑字，贴于棺材头、尾内侧。抱上坛子躲进去，天塌了也别出来，掌灯之后将黑豆一颗一颗往外拣，躲过一夜即可平安无事。

　　崔老道这一手可太损了，白蛇能把活人吞了，死鬼却没处下嘴。他让费通自己给自己出殡，全按真的来，装成一个死鬼，只要他不出棺材，白蛇便动他不得。再将黑豆散尽，相当于打去了白蛇五百年的道行，再若吃人可就不是度人了，那叫枉害生灵，定遭天打雷劈，这可是个绝户招儿。

　　当然，这些话崔老道不能明讲，只说天机不可道破。费通半信半疑，心想："只身一人躺进棺材抬进义庄，周围都是孤魂野鬼，这一宿过来还不得把我吓死？"转念一想，白蛇天天晚上来缠我，害得我有家难回，有媳妇儿难见，日夜颠倒，得熬到什么时候才是个头？要是不听崔老道的这个主意，我还能有什么招儿？想到此处，把心一横、脚一跺，是福不是祸，是祸躲不过，费二爷这回就演一出夜探鬼门关！

　　按崔老道的吩咐，费通又在蓄水池警察所躲了一夜。早上回家告诉费二奶奶，快去桅厂买具棺材，越结实越好，千万别凑合，当天就得取回来。再去杠房请执事，连同出殡的人手及一应之物，一同带过来。费二奶奶纳闷儿："家里又没死人，给谁出殡？你怎么说上胡话了？"费通只说此乃崔老道出的高招儿，生死攸关，让她别多问，速去速回。费二奶奶向来迷信，常听别人念叨崔老道如何如何了得，再加上这一次真到了生死关头，她也不敢怠慢，匆匆忙忙奔了桅厂、杠房。

费二奶奶前脚出门，窝囊废扛上一把铁锹，直奔四方坑西边的乱葬岗子。蹚着齐腰深的蒿草来到白蛇庙跟前。只见这座小庙年深日久已经破得不能再破了，庙门、窗户、屋梁、房檩，但凡是木头的，全都烂得差不多了。屋顶上破了一个大洞，瓦片子零零散散挂在四周。费通探头探脑往庙里边看，心里直犯嘀咕，生怕弄出点儿什么响动，把顶子震塌了，那可就用不着棺材了，直接就算埋了。他提着一口中气，轻手轻脚进了白蛇庙，敢情里边比外边看着还惨，香案也倒了，香炉也碎了，牌位、蜡扦散落一地，屋内尘埃久积，蛛网遍布。费通不敢弄出大动静，这儿挖挖，那儿刨刨，小心翼翼，如履薄冰，足足花了半个时辰，把白蛇庙里挖得跟筛子似的，累得顺脖子冒汗，还真挖出一个陶土坛子，里头盛了半坛子黑豆。费通心说："就是它了！"这才心满意足，将坛子小心翼翼地捧回家中。

他这一去一回，时间可也不短。费二奶奶已经把棺材和黑豆置办妥当了，杠房执事带着杠夫、阴阳先生和几个伙计全到了门口。杠房的执事又称"大了"，这棚白事上上下下、从里到外全由他主持。按天津卫以往的老例儿来说，红白二事的规矩极其烦琐，寻常百姓家里出了什么事，要么不太清楚，要么当事者迷，因此要请来一位"大了"，一切听他安排。这位"大了"一进门，迎头对面撞见费二奶奶，见她愁眉苦脸，就知道没好事，先劝她节哀顺变，又问亡人在哪儿，何时入殓。费通迎出来："几位辛苦，我就是亡人。"

"大了"莫名其妙，倒了头不挺尸，怎么还活蹦乱跳的？看这意思又不像诈尸，见费通穿着警服，也不敢造次，连鞠躬带作揖："副爷，咱这是办白事，可不带这么闹着玩儿的。"费通说："你按我说的来，其余的别多问也别多想，该给的钱只多不少。"如此一来，"大了"也没二话了，招呼杠夫、伙计进屋忙活。几个伙计在正房摆上四张高凳，把棺材支起来，所谓"离地三尺即成佛"，取这么个意思。再往棺材中放一层锯末，能起到吃水的作用，尽量别受潮。锯末上铺一块红布，依北斗七星的形状摆上七个铜钱，这叫垫背钱，暗指"后辈有财"。费通在旁边看着，心里合计："我这也是死上一次了，如若躺在里头不舒服，将来到了真倒头的那一天，我可得提前都收拾好了。"书要简言，几个伙计很快把棺材里面铺垫好了，过来就要搭费通。费通摆了摆手，自己抱上陶土坛子爬进去，往棺材中这么一躺，您还别说，宽窄大小都挺合适。伙计在旁哭笑不得，白事办得多了，头一回看见"亡人"自己往棺材里爬的。

　　按老年间的规矩，死人不能双手攥空拳，有财有势的讲究左手持金、右手握银。一般的人家没这么阔气，"大了"往费通手中塞了两枚铜钱，又在袖口中放上一个烧饼，这叫"打狗饼"，去地府经过恶狗村的时候，用于引开恶狗。接下来将五谷、生铁、大灰、小灰、木炭、桃仁、柳条、杏仁、鸡血、雀青石包成一个包，再取河水一瓶，一并放入棺中，这全是镇物。最后把崔老道剪的一黑一白两个纸人贴在棺材头尾两端。收拾得差不多了，"大了"看着棺材里的费通总觉得有点儿不对劲儿，冷不丁一拍大腿："副爷，您得穿上装裹才能躺进去啊！"旧时天津卫办白事的规矩不小，讲究穿七件寿衣，先得穿一身布质单褂单裤，套上一身绸质月色上绣小圆寿字的棉袄棉裤，棉袄外边穿一件天素色褂子，罩一件蓝色绸质寿字长袍，盖上一件绣花平金花袍。这些上衣一概没有领子，不钉扣襻。头上戴红缨子官帽，脖子上围一挂朝珠，脚穿朝靴，里面是棉袜子。费通躺在棺材里说："免了吧，赶明儿我还得回来呢，穿上装裹这么一走，还不把过路的人吓死。""大了"一想也对，拿过一床红棉被覆在费通身上，脑袋露在外面，让费二奶奶手捧一碗温水，拿棉花球蘸水给费通擦脸，并用小镜子从头到脚照一遍。与此同时，"大了"在一旁念开光词："眼观六路，耳听八方，越吃越有……"念完了告诉费二奶奶："您可别哭，这时候哭的话，一颗泪珠一颗钉，全钉在费二爷身上。"

费二奶奶说："别废话，人又没死，我哭什么？"

费通在棺材里急了："谁说我没死？崔道爷可说了，得按真死了来，你千万别给我说漏了！"

"大了"一指费通："死了还说话，闭嘴！"给他嘴里塞了一枚压口钱，费通舌头一凉，不敢再言语了。传说死人嘴里含的这枚老钱可有用，到了阴间过冥河得坐船，这钱是给摆渡的鬼差的，否则渡不了河，子孙后辈也不得安生。众人手忙脚乱走完了过场，其余的一切从简，纸人纸马、香蜡火盆都不用，门口也不贴门条，装殓入棺立即发引。杠房的伙计扣上大盖，可不能盖严实了，给费通留了一道缝儿，否则憋死在里边，假戏可就做成真的了。也甭什么四十八杠、六十四杠了，过来八个膀大腰圆的杠夫，竖三道、横两道，用大皮条子捆住棺材，搭上穿心杠子，抬起来直奔义庄。边走边摇头苦笑，干这个行当也有年头了，给活人出殡可是开天辟地头一遭。

费通想得周全，为了有个防备，棺材就搁在蓄水池警察所后头的义庄。虽说这个义庄年久破败，无人看更巡夜，但是相距警察所不远，万一崔老道这招儿不灵，他还有个退身步。

"大了"打着响尺在头前开路，费二奶奶跟在后头，肩扛引魂幡，怀抱五谷杂粮罐，这些东西杠房的不沾手，费通又没个一儿半女，只能让费二奶奶来拿。八个杠夫抬上棺材，迈门槛儿，下台阶，出了费通家的院门，阴阳先生和几个伙计殿后。一行人悄没声儿地顺胡同往外走，可把周围的邻居吓坏了。有几位婶子大娘的眼窝儿浅，哭天抹泪地追上来问："他二嫂子，这是什么时候的事啊？老街旧邻的怎么也不知会一声？让我们给您老帮帮忙也好呀！"

费二奶奶不知如何回应，怎么说好呢？说是真的，明天费通一回来准得吓死俩；说是假的，岂不成吃饱了撑的？随口支吾了两句，把头一低，催促"大了"赶紧走。留下一群街坊邻居站在胡同口犯糊涂，这费二爷到底怎么死的？怎么这么快就出殡了？怎么烧纸、搭棚、念经、送路、辞灵全免了？莫不是费二奶奶谋害亲夫？

"大了"领着众人撒了一路纸钱，将棺材抬入河龙庙义庄，撤去捆棺的皮绳。这时候天已经黑了，打发走一干人等，费二奶奶也回了家。费通一个人躺在棺材里，怀里抱着装黑豆的陶土坛子，虽说下边锯末铺得松松软软挺舒服，盖了棉被也不冷，可一想到这是死人躺得棺材，况且又摆在义庄之中，四周围孤魂怨鬼成群，便觉得汗毛直竖，心里头七上八下不住地打鼓，身上的鸡皮疙瘩起了一层又一层。可是发昏当不了死，该来的终究得来。夜至三更，但听

227

义庄门口刮起一阵阴风，破门左右分开，阵阵窸窸窣窣的声响由远而近，紧接着，一条血红的蛇芯从棺盖下伸了进来。

4

费通抱住坛子，将头缩进被子，想起崔老道的叮嘱，就哆哆嗦嗦往外拣黑豆。只听蛇鳞蹭着棺材板子，"刺啦刺啦"的声响不绝于耳，一边蹭还一边顺着棺材缝往里吹气。棺材里本来阴气就重，再加上一股子腥臭涌入，更觉阴森。费通遍体生寒，从里到外凉透了，吓得大气也不敢喘上一口，又夹紧了两条腿，生怕一口气提不住吓尿了裤子。

您还别说，崔老道的这法子真灵，白蛇的道行虽然不浅，却进不了棺材。因为棺材两头一黑一白两个纸人称为"封棺灵童"，专门给死人守棺材，以免让坟地里的鬼狐占去。费通见白蛇进不来，这才稍微松了口气，寻思躲到鸡鸣天亮，就再也不会被它纠缠，自以为有恃无恐，一直提到嗓子眼儿的心也放下了，从被子中探出头来说："大仙，我知道你修炼这么多年不容易，可我也是好死不如赖活着，别怪我心狠。要恨你就恨崔老道，主意全是他出的。他常年在南门口摆摊儿算卦，身穿道袍，一脑袋长毛，还瘸了一条腿，搁人堆儿里你一眼就能认出来。在南门口找不见没关系，他家住得也不远，南小道子胡同有个大杂院，他们家是那间朝东的屋子……"

片儿汤话不够他说的，白蛇可真急了，甩起蛇头一下接一下狠狠拍打棺盖，恨不得把棺材砸烂，把费通生吞活剥了。费通担心棺盖裂开，吓得再也不敢吱声，继续一颗一颗往外拣黑豆。白蛇费了半天劲儿也进不了棺材，竟在外边悲悲切切地哭上了，声音还真如同个女人。费通听得真切，心中暗骂："你他妈趁早打住吧，二爷我今儿个是吃了秤砣铁了心，死也不从这棺材里出去！"

如此僵持了许久，费通听得义庄中的声响已绝，外边传来鸡鸣之声，坛子中的黑豆也见了底。他抹了抹头上的冷汗，心说："这可行了，好歹躲过了这一劫，估摸着天马上就亮，白蛇是不是已经走了？"棺材里头再舒服，他也不想躺了，托住棺盖往旁边挪，刚挪开一尺宽，湿答答的蛇芯子就舔到了他的额顶。窝囊废大吃一惊，忙把棺盖合拢，口中不住咒骂："天杀的长虫，敢装鸡叫诓你费二爷！"

费通再也不敢轻举妄动，直至远处鸡鸣之声此起彼伏，坛子里的黑豆也扔尽了。费通心说："二爷我今天一不做二不休，我还就不出去了。"又足足躺了两个时辰，他才提心吊胆地挪开棺盖探出身子，见天光已亮，白蛇庙中遍地黑水，始知崔老道所言不虚。费通壮着胆子爬出棺材，手里抱着坛子踉踉跄跄离了义庄，既没回家也没回警察所，直接上南门口去找崔老道。一来为了道谢，二来问问这个坛子如何安置，横不能带回家去当摆设，是扔是埋还得让崔老道拿个主意。

费通见到崔老道，把这一天一夜的经历从头到尾说了一遍经过，活命之恩，必当有报，掏出几块洋钱递了过去："崔道长，这几个钱买饭不饱、买酒不醉，您带上买二两茶叶喝，也是我的一番心意。"

自打盘古开天地，就没有过官人儿往老百姓手里塞钱的章程，这可是天大的面子、塔大的人情。崔老道盯着费通手里的银元搓了半天手，忍住没敢收，虽未施展五行道术，馊主意可是他出的，收了这个钱，只怕会遭报应。至于这个坛子，可以送入厉坛寺。崔老道之前也说了，费通后禄正旺，四方坑白蛇奈何他不得，即使没有自己相助，也不会有什么闪失。几句话说得费通心花怒放，可是话还没说完，崔老道忽然发觉费通气色不对，双眉带惨，印堂发黑，与刚才判若两人，只差在额头上写个"死"字了！

费通听崔老道这么一说，当时就傻了，直似冷水浇头怀里抱着冰，颤颤巍巍地问道："道爷，不知祸从何来？"

崔老道也是纳闷儿，暗中起了一卦，心中恍然大悟，告诉费通："那一天你带夜巡队追贼，在大刘家胡同枪打肖长安。此贼心黑手狠，有仇必报，出道以来从没失过手，而今挨了你这一枪，岂肯善罢甘休，定会前来找你寻仇，这一次当真凶多吉少！"

费通茶呆呆愣在当场："我和肖长安一个在明、一个在暗，以飞天蜈蚣的身手，把我结果了还不容易吗？我的命也太苦了，刚打发走四方坑白蛇，又被恶贼盯上了，这便如何是好？"他"扑通"一下跪倒在地，拽住崔老道的袍袖拼命求告："崔道爷，我枪打飞贼肖长安，保的可是咱天津城的老百姓，这其中也有您不是。您老帮人帮到底，送佛送到西，千千万、万万千，搭救小人则个！"

崔老道不是见死不救，奈何有心无力，对费通说："整个天津城，只有西北角城隍庙的张瞎子对付得了飞天蜈蚣，你快去找他，是死是活全看你的造化了！"

费通匆匆别过崔老道，跑去西北角城隍庙找张瞎子，这才引出后文书一段精彩回目"三探无底洞，提拿肖长安"。预知后事如何，且听下回分解。

第十章　三探无底洞（上）

1

　　《崔老道传奇》接演前文，给您开一个全新的回目叫"三探无底洞"，回目是新的，话还得接着前边讲，前文书留下的坑得给您填上。古人云"挖坑不填如同钝刀子拉肉"，甭问是哪位古人说的，理儿可是这么个理儿，必须给您说一个小猫吃鱼——有头有尾。

　　闲言少叙，且说窝囊废费通费二爷，当上了蓄水池警察所的巡官，在辖区之内说一不二，换上一身崭新的官衣，腰里扎着牛皮带，斜挎手枪，脚底下大皮鞋擦得锃亮，低头能当镜子照。有道是"人配衣装马配鞍，狗戴铃铛跑得欢"，甭管怎么说，看上去倒是挺威风。手底下百十来号巡警，虽说一个个獐头鼠目、斜头歪脑，但毕竟干这一行的人，出来进去也都吆五喝六的，张口说话骂骂咧咧，逮着蛤蟆得攥出尿来，说句不好听的，穿上这身皮是官厅的差人，扒下来和地痞无赖没什么两样。那个年头，小老百姓看见巡警，谁不得躲得远远的？乍看之下，费二爷这是穿小绸褂儿赶上大风天——抖起来了。其实呢？咱们这九河下梢天津卫，乃潜龙伏虎之地，南来北往的交通要道，英、法列强的通商口岸，外国人都觉得咱这地方风水好，抢过来当租界盖洋房，多大的人物没有？在地方上做一个小小的警察所巡官，连个芝麻绿豆也不如。除了手底下的这群虾兵蟹将，随便见个当官的，就比他费通的官衔大、官阶高，到处都得点头哈腰赔笑脸，敬烟递茶说好话。哪怕跟他平级，同样是警察所的巡官，其中也分高低上下、贵贱尊卑。你说你西城外蓄水池的巡官，怎么跟人家火车站、天后宫、官银号这些繁华所在的巡官比？就拿东北角官银号来说吧，大清国的时候就是直隶官银号，到民国改成了直隶省银行，可以说是天津卫乃至大半个中国的金融中心，那是财神爷的姥姥家，寸土寸金的风水宝地，聚集了好几家大商号。特别是前几年刚开业的北海楼，楼上楼下两百多家店堂铺面，照相的、镶牙的、理发的、算命的、开古董店的、卖书卖报的、装裱字画的、制印刻章的……门挨门户挨户，一家挨一家。楼上还有一处北海茶社，那是万人迷、刘宝全、高五姑、秦翠红这些个大腕红角儿的园子，就算刮大风下雹子，园子里都是满坑满谷，就差卖挂票了。平日里从早到晚，这些商号铺户里里外外人头攒动、攘往熙来，哪一家不是财源滚滚、日进斗金？又有哪一家敢不给巡官老爷上供？能在这样的地方当巡官，给个皇上也不换。几十个蓄水池都顶不上一个官银号，窝囊废哪敢跟人家这些个地方的巡官拔份儿？

这还是说在外边，回到家更要命。家里这位费二奶奶，堪称百年难得一见的女中豪杰，一声河东狮子吼，敢与蟠龙争高下，喝断当阳桥的张飞见了她也不敢吭气！站在当院喊上一嗓子，当时就能净了街，大人孩子全吓跑了，胆小的夜里得做一宿噩梦。咱们说窝囊废都升官发财了，还至于那么怕媳妇儿吗？这就叫一物降一物，卤水点豆腐。慢说是他，古往今来的英雄豪杰，怕媳妇儿的也是屡见不鲜。比如大明朝开国的猛将常遇春，马上步下的能耐何等了得？想当初随着朱元璋打天下的时候，马踏贡院墙，戳枪破炮，扯天子半幅龙袍，酒泼太师，杯砸怀王，单膀力托千斤闸，摔死金头王，撞死银头王，枪挑铜头王，鞭打铁头王，二十七座连营一马踏为灰烬，人称"怀远安宁黑太岁，打虎将军常遇春"，可谓名标青史，却单单怕媳妇儿怕得要死。再搭着家里那位大奶奶确实狠了点儿，有一天就因为常遇春夸了婢女一句"好白的手"，赶等下了朝回来，媳妇儿二话没说递过来个锦盒，打开一看，里边有双血淋淋的女人手，吓得将军大人头发根子直往上竖。这便叫国有国法、家有家规。费二奶奶不用剁人手，就把窝囊废收拾得服服帖帖的。老费家平日里过得勤俭，什么东西也不糟践，吃完饭，碗底子得拿饽饽擦一遍，刷锅水都得当汤喝，只有扫床的笤帚疙瘩使得废，三天两头换新的，因为这是费二奶奶给他立的"家法"。虽说费通有枪，却不敢跟这笤帚疙瘩叫板夯翅儿，二奶奶稍微瞪瞪眼，费通就得浑身打哆嗦。整天活得谨小慎微，再怎么说也是个大老爷们儿，心里头能不憋屈吗？

费二爷好不容易当上巡官，新官上任三把火的新鲜劲儿还没过去，带着手下夜巡之时，在大刘家胡同枪打了翻墙行窃的飞贼肖长安，可是没抓住人，飞贼从他眼皮子底下跑了。官厅大老爷一气之下，派给他一个难办的差事——迁动韦家大坟。要不怎么说"人走时运马走膘，骆驼单走罗锅桥"呢？五河八乡巡警总局上上下下不乏精明之人，没一个人愿意出头给老韦家迁坟动土，知道韦家根基深厚，怕捅娄子惹祸，据说坟中还下了镇物，谁碰谁倒霉。窝囊废却因祸得福，不仅把差事办了，还从中捞了许多好处，挣了个盆满钵满，乐得合不拢嘴，在北大关会仙楼摆酒，犒劳手下一众兄弟胡吃海塞。怎知流年不利，又在四方坑搅了白蛇吃人，惹得冤魂缠腿。多亏了有个相识的——南门口摆摊儿算卦的崔老道，乃天津卫四大奇人之首，龙虎山五雷殿中偷看过两行半天书，道法在身，玄窍在顶，飞天遁地之能不敢妄言，对付一个半个的妖邪绰绰有余。紧着一通吃喝之后，他给费通出谋划策，打去了白蛇五百年的道行。费通来南门口再找崔老道，答谢救命之恩。本以为一天的云彩全散了，崔老道却告诉他，飞天蜈蚣挨了你一枪，定会上门寻仇。这个飞贼神出鬼没，来时无影去时无踪，而且城府颇深、沉得住气，没有十足的把握绝不会下手，突然从黑处闪出来给你一攘子，到死也不知道是怎么死的。明枪容易躲暗箭最难防，这一次你可是凶多吉少。三言两语把窝囊废吓了个半死，连作揖带敬礼，最后给崔老道下跪磕头，说什么也得让他想个保命的法子。崔老道可不想引火烧身，来了个一退六二五，指给费通一条路，让他去搬兵请将，找城隍庙扎纸人的张瞎子。

除了窝囊废管辖的蓄水池四方坑，天津城西北角也有个臭水坑，民间称为"鬼坑"。因为旁边就是城隍庙，实际上是紧挨着的两座城隍庙，一座是天津县城隍庙，一座是天津府城隍庙。别看是两座庙，供奉的可都是同一位城隍老爷，管辖的也都是九河下梢的孤魂野鬼。府庙门口有间小屋，别看屋子不大，倒也是红砖青瓦，前有门后有窗，盖得结结实实、规规矩矩。里面住了一个瞎老头儿，天津卫城里城外的老百姓就算不认识，也都听过他的大名。此人本名张立三，外号"张瞎子"，以扎纸人纸马为生，顺带看管庙中香火。以前有个迷信的说法，纸人不能扎得太像，否则会兴妖作怪，可也得有胳膊有腿有人形，从开始的围竹坯子，再到后来糊纸，最后还要勾绘五官，怎么说也得有三分相似。张瞎子扎纸人的手艺在天津卫堪称一绝，做活儿又快又好，瞪着俩大眼珠子的也比不了，大伙儿都说他眼瞎心不瞎。其实早在清朝末年，张立三曾是劫富济贫的侠盗，蹿高纵矮，一身飞檐走壁的本领不在肖长安以下。然而张立三行得端做得正，脑袋上虽然顶了个"贼"字，但是一向扶危救困，江湖上提起来没有不挑大指的。后来坏了一对招子，自此退出江湖，娶乡下的一个小寡妇为妻，在城隍庙扎纸人奉养老母，踏踏实实过日子，虽然瞎了双眼，倒也逍遥自在。

　　费通也知道张瞎子当过飞贼，手段非比寻常，是江湖上响当当的人物字号，绿林道上的千里眼、顺风耳，于是别过崔老道，又赶去城隍庙找张瞎子求救。提起来倒不是外人，从辈分上说，费通还得叫张瞎子一声"师叔"。旧时当巡警，均为师傅带徒弟。过去讲究天地君亲师，哪行哪业都是一样，没有规矩，不成方圆，当巡警入行后先得拜师，递门生帖，写明生辰八字、家世出身，立下字据，学徒三年。师傅传授抓差办案的门道、捕盗拿贼的手段，徒弟则要孝敬师父连带师娘，不当差的时候帮着师傅家里买菜、做饭、看孩子、干零活儿，吃苦受累在前，领赏收钱在后。费通的师傅当年经常和张瞎子打交道，因为张瞎子以前是江湖上赫赫有名的飞贼，对贼道上的事了如指掌，官差遇上破不了的案子，往往会江湖救急，去求他帮忙。张瞎子得先分辨作案的是什么贼，若是心黑手狠、丧尽天良、欺压良善、坑害百姓，坏了道上规矩，那么经他点拨，十之八九能够人赃并获。但张瞎子也讲规矩，有所为有所不为，对于替天行道的同行，张瞎子绝不会帮官府拿人，正因如此，江湖上没人敢动张瞎子半根汗毛。

想当年窝囊废刚当巡警，一样是拜师学能耐，不过捉贼拿凶的本事一点儿没学会，他也不是那块材料。正所谓"术业有专攻，得道有早晚"，三年出师之后，人情世故倒是懂得比谁都多，专门擅长溜须拍马、看人下菜碟，眼下有求于人，岂能空手上门？为了保命他也豁出去了，坐上电车来到法租界劝业场附近，找了一家最大的南货行名为"稻香村"，买上火腿、腊肉、烧鹅、酱鸭、熏鱼、熏鸡蛋、酱铁雀、南味素什锦、陈酿老酒，让伙计包了几大包，外边罩上稻香村的红纸标签。

天津卫那叫五方杂处，南方人来此或做官或做买卖，或投亲靠友安家落户，南货行应运而生，广式、苏式、闽式、宁式、绍式风味一应俱全。特别是逢年过节，正月十五的糯米汤圆个儿大糯香，口感细滑；端午节的粽子糯米黏，有嚼头，除了适应北方人口味的小枣、豆沙馅儿，更有用叉烧肉、红烧肉、腊肉做馅儿的肉粽子，甜咸兼宜；中秋节的苏式月饼松软清香，油而不腻。不用出天津卫，就能尝尽南方美味，但是价格比较贵，老百姓吃上一次就过年了，送礼绝对拿得出手，提在手里，走大街上都觉得自己高人一等。

费通大包小包拎了一堆，脚步匆忙来到城隍庙。他一向嘴甜，来在门口还没看见张瞎子，可就扯开嗓子嚷嚷上了："师叔，我小通子来看您了！"没过一会儿，庙中走出来一个干瘦老头儿，鹰钩鼻子、薄嘴片子，身上穿青挂皂，举手投足十分干练。虽说双眼紧闭，却不碍走路的事，一不拄杖，二不扶墙，只是比常人走得稍慢，不往脸上看，都不会注意这是个瞽目之人。

张瞎子站在庙门口，闻其声知其人："嚯！哪阵香风，把费大巡官吹来了？"

费通赶忙上前搀住张瞎子："师叔，您这可是骂我，怪我久不来看望您。您又不是不知道，干我们这一行的，白天站岗，晚上巡夜，一年到头忙忙叨叨，没有得闲的时候。尤其是四方坑这一带，不是什么好地方，善男信女不多，昧了良心的不少，净是为非作歹之辈、鸡鸣狗盗之徒，最让人不省心，这才耽误了咱爷儿俩走动。别看我人没来，心里可一直惦记着您，这不今天得空，专门买了点儿酒菜来孝敬您，咱爷儿俩喝两口？"

张瞎子久闯江湖，形形色色什么人没见过，准知道费通没憋好屁，却不当面戳穿，想先听听他来干什么。费通劲头儿拿得挺足，甭看张瞎子双目失明什么也瞧不见，他照样点头哈腰、恭恭敬敬搀着张瞎子进了城隍庙。二人在庙堂之中摆上桌椅板凳，窝囊废把酒菜一样一样摆在桌子上，把酒坛子拿过来打去了泥头，给张瞎子满满倒上一碗，又拿过来一双筷子递在张瞎子手中。平时费通和张瞎子来往不多，说话不过三言五语，这次可不一样，紧着套近乎，连师叔都不叫了，"师"字省了，一口一个"叔儿"。他说："叔儿啊，您老人家走南闯北吃过见过，您给品品，我掂配的这几样东西，合不合爻象，对不对卤子？"说罢夹了一块烧鹅腿，放在张瞎子眼前的布碟里。

张瞎子也不客气，夹起来放在嘴里一咬，满嘴的油香四溢，"咕咚"一口先把油咽下去，再慢慢品滋咂味儿，吃完喝了口酒，眉头舒展，慢悠悠地对费通说道："东西真是好东西，这么好的东西买来给个瞎老头子吃，是不是糟践了？"

费通听了连连摆手，脸上皮笑肉不笑："叔儿，您这是说哪儿的话？您要是这么说，我真得当着您的面儿给我自己来俩大嘴巴，不打出血来都算我对不起您。头些年我师傅他老人家还在的时候，您可没少疼我，要不是您老当初的指点，我也混不上这一官半职，买点儿酒肉孝敬您还不应该？还这么跟您说，打今儿起，隔三岔五我就过来陪您喝酒，您往外撵我我也不走，再不行我干脆把铺盖卷儿搬您这儿来得了。我这先干为敬，您老随意！"说完端起近前酒杯，"咕咚"一口一饮而尽。

张瞎子点了点头，也举杯喝了口酒："行了，你既然叫我一声师叔，那就不必拐弯抹角。我知道费大巡官你肯定是无事不登三宝殿，别藏着掖着了，有什么话照直说吧！"

费通那张脸变得够快，话赶话说到这儿了，心知时机已到，马上一肚子委屈，把筷子往桌上一摞，未曾开口先放悲声，带着哭腔说："叔儿啊，您无论如何也得救侄儿我一命……"话到眼泪到，嘴角往下撇，还真挤出两滴眼泪。张瞎子不拾这个茬儿，就给了个耳朵，听这窝囊废到底要干什么。费通把他如何惹上飞天蜈蚣肖长安一事，给张瞎子原原本本说了一遍，说完往地上一跪，磕头如同捣蒜，生怕张瞎子听不见，磕得那叫脆生，砸得脚底下青砖地面"咚咚"直响，外带鼻涕眼泪洒了一地。

窝囊废以为张瞎子当过飞贼，一笔写不出两个"贼"字，他或许知道肖长安回天津城报仇在何处落脚，那就可以通报官厅，调遣缉拿队顺藤摸瓜前去抓人，要不然崔老道怎么让他来找张瞎子呢？

他可没想到，张瞎子不仅在城隍庙扎纸人，还是个走阴差的，专拿九河下梢大庙不收、小庙不留的孤魂野鬼，否则怎么住在城隍庙呢？那位问什么叫走阴差？民间相传，阴差不同于鬼差。鬼差是死鬼，黑白无常，牛头马面，都在阴曹地府当差；阴差是活人，因为尘世相隔，很多地方鬼差进不去，必须由活人充当的阴差去勾魂，再带到阴阳路上交给鬼差。走阴差时躺在床榻之上，脱下来的两只鞋，一只鞋面朝上，一只鞋底朝上，万一让孤魂野鬼缠住还不了阳，家里人就把底朝上的那只鞋翻过来，生魂即可入窍；如果有人使坏，知道这位出去走阴差了，将两只鞋全扣过来，走阴差的这位可就回不了家了，非但拿不住亡魂，自己也成了死鬼。所以说干这一行的都是夫妻两口子，瘸子骑瞎驴——互相有个照应。张瞎子走阴差也是跟老伴儿联手，他下去走阴差，老伴儿在床榻前守着他的两只鞋。两口子这些年倒也办成了不少差事，没出过洒汤漏水的纰漏。民间众说纷纭，有害怕的，有佩服的，可没有真正见过的。

张瞎子听罢了经过，对费通说道："我一个苟活残喘的失目之人，久不与贼道往来，怎会知道这个飞贼的行踪？不过此贼作恶多端，地府已在生死簿上勾去了肖长安的名号，飞天蜈蚣大限已至，既然你托到我头上，也罢，正好借你之手销了他的案子！"

2

张瞎子一番话，费通听得目瞪口呆。他倒听别人说过走阴差的行当，可从来也没当真，听张瞎子说了捉拿飞天蜈蚣的法子，简直是匪夷所思，但是为了保命，不信也得信了，场面上的话还得跟上："我全听您老人家的，您让我往东我绝不往西，让我打狗我绝不啐鸡，您就说怎么办吧！"

张瞎子脸上不动声色，猜不透在寻思什么，撂下筷子，伸左手从条案上抻出一张黑纸，右手拿起一柄乌黑的剪刀，手剪纸转，三两下剪出一个穿官衣、戴官帽的纸人，一边剪一边问费通的生辰八字。费通照实回答，心下却称奇不已，这个张瞎子怎么闭着眼也能剪得有模有样？他到底看得见看不见？但见张瞎子拿过桌上的毛笔，饱蘸浓墨，笔走龙蛇在纸人上写出费通的名字和生辰八字，皆是蝇头小楷，又工整又漂亮。然后给了他一个瓷碗、一双筷子，又起身出了小屋，从城隍庙的后墙抠出三块青砖，一并交到费通手上，让他附耳过来，告诉他如此这般、这般如此。

费通信不过张瞎子也信得过崔老道，他将张瞎子的话在心里捯了几遍，怎么来怎么去，大小节骨眼儿全记住了，带上几样"法宝"，别过张瞎子出了城隍庙，回家安顿好了，一路赶奔蓄水池警察所后身的坟地。蓄水池位于天津城西南角外，南边比较热闹，家家都是破砖头、旧瓦块搭起的房子，见缝插针一般一户挨一户。破衣烂衫的穷苦百姓出出进进，也有些买卖铺户，卖的无非是居家过日子的二手破烂，要不就是卖包子、面条的小饭铺。西头就更惨了，人烟稀少，屋舍多为庵观寺庙、祠堂义庄。从地名上就可以知道，比如慈惠寺、海会寺、永明寺、如意庵、吕祖堂、双忠庙、白骨塔、烈女坟、韦陀庙、曾王祠等等。说白了，打根儿起就不是住人的地方，其间是一大片一大片的漫洼野地、乱葬岗子、臭水沟，处决人犯的法场也在这边。到得民国初年，才逐渐有了些住户，大多是逃难来的。不在乎这个地方阴气森森，离城近就行，捡来残砖败瓦，胡乱搭成七扭八歪的窝棚，白天拿着打狗的枣条进城要饭，晚上在破瓦寒窑中容身。身上衣衫褴褛，十天半个月吃不上一顿饱饭，冬天西北风打得人脸生疼，跟刀削似的，到了夏天又让蚊子、臭虫咬个半死，日子过得人不人鬼不鬼。咱们单说蓄水池警察所后身的这片坟地中有一间破屋子，以前是个堆房，当年看坟地的人在此处躲风避雨。后来坟茔荒了，屋子也空了不下十来年，孤零零地戳在那儿，四周全是大大小小的坟头，长满了齐腰深的蒿草，连拾荒的都不往这边走，因为没有可拾的东西。窝囊废在这一带当了这么多年巡警，知道那间破屋子，可从没往蒿草深处走过，据说里边蛇鼠成群，黄鼠狼、野猫、野狗四处乱窜，晚上还有拽人脚脖子的小鬼儿。

说话这时候天已经擦黑了，天上的星星还没出全，正是窝囊废平时在家中灶房里喝小酒、吃花生米的时候。此刻举目四望，放眼尽是荒坟野冢，心下好不凄凉。他可不敢耽搁，打起十二分的精神头，今儿个就今儿个了，就算是龙潭虎穴，也得硬着头皮往里闯。他临来的时候从警察所里拎了一盏巡夜用的气死风灯，拨开蒿草，深一脚浅一脚进了坟地。乱葬岗子里边没有路，坑坑洼洼、沟沟坎坎，此时又是夏天，海蚊子快赶上蜻蜓那么大了，一片一片往脸上撞，眼瞅着小圆脸就大了一圈。走了没几步踩在一泡野狗屎上，窝囊废脚底下打滑，摔了一个屁股蹲儿，手往地下一撑，又按了一手烂泥，多亏没把灯笼扔了，心下叫苦不迭："我这是黄鼠狼跑熟道了——净往挺尸的地方走，南天门冲哪边开都不知道！"耳听四周围风吹荒草"沙沙"作响，偶有几点绿光忽隐忽现。不知是乱草下的枯骨泛出鬼火，还是附近的野狗出来觅食，据说出没于乱葬岗子的野狗，眼珠子全是红的，饿急了连活人也吃。他吓得腿肚子转筋汗毛倒竖，想唱两句西皮二黄提提气、壮壮胆，不唱还好，张开嘴一唱荒腔走板、哆哆嗦嗦，比鬼哭还难听，只觉得嗓子眼儿往外冒苦水，险些把自己的胆吓破了，赶紧闭上嘴，心说："可千万别把野鬼招来。"

　　费通一步一步蹭到破屋门口，但见木门虚掩，没敢直接往里走，先在门口将满天神佛念叨个遍，又抬手轻轻敲了三下，那意思是告诉里边的孤魂野鬼，我要进来了，你们赶紧回避，可别吓唬我。这才伸手一推，晃晃荡荡"吱呀呀"作响，带起的尘土呛得他直咳嗽。待到尘埃落定，他提起灯笼照了照，见眼前虽是一处砖房瓦舍，却早已千疮百孔、破败不堪，墙砖都酥了。进屋里举着灯照了一圈，也没什么东西，无非是虫啃鼠咬的破草席子、烂木板子，不知道多少年没人进来过了。费通稳住了心神，将灯笼放在地上，搬来一块破木板子，端端正正摆在屋子正中。按张瞎子的吩咐，把写有自己姓名八字的纸人放在上头，找来几块砖头垫在脚底下蹬上去，把一双筷子搁到屋梁上，两边的墙下各摆一块青砖，另一块摆在门口。看看破屋里面布置得没什么疏漏，这才提上灯笼出来，小心翼翼合拢了屋门，绕至破屋后墙，把瓷碗拿出来摆在后窗户根儿。碗刚放好，费通忽然一拍脑门：坏了！张瞎子可跟他说过，这个碗中得放满了水，他却忘了打水，义地之中又没有水坑、河沟，这该如何是好？如果走回去打水，还得再进出一次坟地，打死他也不想多走这么一趟了。抓耳挠腮之余灵机一动，干脆一不做二不休，解开裤腰带，往碗里撒了一泡尿。窝囊废打枪没准头儿，撒尿还行，不敢说顶风尿三丈，好歹把瓷碗尿满了，心说："师叔，我对不住您了，不知道您这个碗是喝汤的还是盛饭的，等日后擒住了飞贼，我一定洗干刷净，拿开水烫上三遍再还给您！"他还挺会过日子，也不说给买个新的。窝囊废将一切布置妥当，战战兢兢离了坟地。按张瞎子所说，让费通布置妥了该干什么干什么去，待到十天之后再去一趟。飞天蜈蚣不来还则罢了，进了此门定然插翅难飞。

接下来这些日子，费通过得提心吊胆，度日如年，万一张瞎子这招儿不灵，被飞天蜈蚣捅上一刀，那可吃什么都不香了。他是惶惶不可终日，总觉得身后有人，躺下睡觉也是噩梦不断，待在家里觉得心口发闷，去警察所又怕路上不太平，吃什么都难以下咽，看见虾仁儿都不乐了。整个人瘦了一圈儿，红扑扑的小脸儿变得蜡渣黄，一双眼全是血丝，看人时直勾勾发愣，都走了榫子了。他手底下的"虾蟹二将"一向没心没肺，见窝囊废整天坐卧不宁，不知道有什么心事，想拍马屁无从下手，担心拍在马蹄子上再伤着自己。哥儿俩商量了半天，好不容易想出个主意，想带费二爷去南市的花街柳巷寻个乐子。刚提了半句就让费通踹了出去，不是他行得端做得正，这要是走漏了风声，传到费二奶奶耳朵里，非得给他撅吧撅吧塞夜壶里不可。二奶奶倒不是吃二爷的醋，关键是心疼钱。好不容易熬过十天，费通等到日上三竿，带上枪，穿过齐腰深的蒿草来到坟地深处那间破屋。没敢往里走，房前屋后转了三圈，屋子还是那个屋子，坟地还是那片坟地，不见任何异状，壮着胆子推开门，还没等探头往里看，但觉一股恶臭扑鼻而来，好似一缸子臭豆腐又发酵了三个月，要多臭有多臭，好悬没呛他一个跟斗，苍蝇满屋子乱飞，门一开"嗡"的一声往人脸上扑。费通赶紧捂住口鼻，抻脖子往屋中间看去，只见一个青衣小帽之人横尸在地。正是三伏里的炎天暑月，尸身上面千疮百孔，已然腐坏生蛆，不过面目尚可辨认，不是恶贼飞天蜈蚣还能是谁？而写了费通生辰八字的纸人中间明晃晃插着一把尖刀。费通倒吸一口凉气，纵然是三伏天骄阳似火，也觉得后脊梁背从下往上冒凉气，这才恍然大悟，看来这纸人做了自己的替身！

虽然说尸首已经臭了，可是窝囊废被这个飞贼吓破了胆，担心他是躺在地上装死，不敢轻易迈步上前，在门口对准死人连打了三枪。死尸身上顿时开了三个窟窿眼儿，连汤带水溅了一地，眼见死得不能再死了，悬起来的一颗心才放下。窝囊废是有便宜不占浑身难受的主儿，灾星刚退贪心又起，在肚中寻思："飞天蜈蚣肖长安不比寻常的蟊贼草寇，乃各地行文缉捕的要犯，身上背了百十条人命，各个地方都拿他不住。而今死在费二爷手上了，待我将尸首往官厅这么一送，定是大功一件，官厅大老爷一高兴，那还不得对我加以重用？二爷我从今往后高官得做骏马得骑，升官发财不在话下，时来运转平步青云，下半辈子不用愁了。"

他又一转念："飞天蜈蚣到处作案，岂能没几件值钱的东西傍身？何不趁此机会搜出贼赃，捞上一笔外财。否则充公入库，也是落入那些贪官污吏囊中，与其让那些人拾了便宜，我何不自己来个名利双收？"这叫"人不得外财不富，马不吃野草不肥"。窝囊废越想越美，险些乐出了声，顾不上阵阵恶臭，一手捏紧鼻子，一手捡起根破木条子在死尸身上来回翻找，可是一个大子儿也没找出来，更别说金银珠宝了，只好骂了声"晦气"，往地上狠狠啐口唾沫。收拾好张瞎子给他的"法宝"，想着还得还给人家，屁颠儿屁颠儿赶回蓄水池警察所。怎么那么寸，值班的正是虾没头和蟹掉爪，两人正坐在屋子里喝酒呢。费通上去端起蟹掉爪的酒杯一饮而尽，又从桌子上抓了一把炸老虎豆塞进嘴里，边嚼边发话："这都什么节骨眼儿了，你们俩还在这儿喝酒？赶紧跟我走一趟，让你们俩小子开开眼！"虾、蟹二人不明所以，大眼瞪小眼愣在当场。费通也不多说，叫这哥儿俩找来一辆小木头车，跟着他一起回到坟地，进到破屋，装上飞天蜈蚣的尸首，大张旗鼓送往五河八乡巡警总局。这一路上臭气熏天，顶风臭出二里地。行人纷纷驻足观看不敢靠近，怕给熏死，交头接耳地议论，老百姓耳朵里没少听"飞天蜈蚣"的名号，却没有见过的，见过也不认识，所以不知道死的这是什么人。

虾没头和蟹掉爪两人可就闹翻天了，故意放大嗓门儿说给围观的人群听，这个说费二爷简直是天津卫头号神探，比当年开封府的御猫展昭展雄飞本领还高，飞天蜈蚣躲到坟地里也跑不出费二爷的手掌心；那个说再大的案子搁费二爷这儿必须是小菜一碟，以后跟着费二爷肯定吃香的喝辣的，享尽富贵荣华。费通听得浑身舒坦，小圆脸也仰起来了，小肚子也挺起来了，全然不似前些天那般垂头丧气，眼瞅着又还了阳。

蓄水池警察所巡官费通击毙飞天蜈蚣肖长安，大刘家胡同灭门一案告破，一十二条人命得以昭雪，这件事很快传遍了天津城。那个年头儿已经有报纸和电台了，但咱说实话，能够识文断字，还能掏钱买张报纸看的，只是一少部分人；买得起收音机的全是大财主，更是少之又少。城里城外出了什么新鲜事，主要靠众口相传，这叫"肉告示"。另外还专门有一路念报纸挣钱的，找个茶馆弄两张报纸往桌子上一摊，跟说评书似的连批带讲。当初费通在大刘家胡同枪打肖长安，已然传得尽人皆知，这一次窝囊废在乱葬岗击毙飞贼，传得更邪乎。

虽说没拿到活的，死的也能邀功请赏。窝囊废是明白人，使出浑身解数，添油加醋地拼命往自己脸上贴金的同时，可没忘了拍长官的马屁，又用迁动韦家大坟贪来的钱上下打点，买通了顶头上司，竟然当上了缉拿队的大队长，兼任蓄水池警察所巡官。正所谓"拨云见日乾坤朗，东风扶摇上九霄"，对他窝囊废而言，这就叫一步登天了。

3

费通当上了缉拿队的大队长，美得他后脑勺都乐，心里比吃了蜂蜜还甜，睡一宿觉能乐醒三回。这可是个人人眼红的肥差，这话怎么说？只因为天津城里城外的警察所不在少数，但缉拿队只有一个，直接归五河八乡巡警总局调遣，不乏托关系找门子、削尖了脑袋想进缉拿队当差的，皆因这是块金字招牌。但凡顶上这个头衔，在天津卫那就是齐脚面的水——平蹚，走到哪儿都得被人高看一眼。正因如此，费通才舍得掏钱行贿，他比谁都明白，这是个一本万利、稳赚不赔的"买卖"，要不是借了眼下的案子，打死他也坐不上这个位子。思来想去，窝囊废还挺感谢这飞天蜈蚣。

窝囊废平步青云，越级上调，直接当上了大队长，真可谓春风得意，抬头看天都比以往蓝上三分，鼻子里吸口气，能从脚底板儿出来，浑身上下这叫一个通透。他自认是个知恩图报的人，这一次升官发财多亏了两个人，一个是摆摊儿算卦的崔老道，一个是走阴差的张瞎子，不去当面道个谢可说不过去。掂量来掂量去，还是先去城隍庙拜谢张瞎子。不过干他们这一行的，大多是用人朝前不用人朝后，窝囊废更是个中极品，倘若让他和之前那样拎了好酒好肉登门，说句实在的，他还真舍不得，可是空着手去，又多多少少觉得磨不开面子，就寻思买点儿什么既便宜又充数的东西。

费通边走边琢磨，正巧瞧见路边有个推独轮车卖糕干的小贩，看穿着打扮估摸是乡下来的。书中代言，天津卫卖糕干的都是来自武清杨村，最有名的字号叫作"万全堂杜馥之糕干老铺"。据说这种小吃自明朝永乐年间就传到了天津卫，类似于江浙一带的云片糕，经济实惠，既能当零嘴儿，又能解饱。对旧时的穷苦人家来说，有糕干吃就算不错。费通瞧见卖糕干的，眼珠子一转有了主意，却并不急于过去，因为窝囊废向来是软的欺负硬的怕，想要占便宜，得先把把色，瞧瞧来人是不是安分守己之辈。面善的他就欺负，如果说那位一脸横肉，他绝对不去招惹，这叫好汉不吃眼前亏，能屈能伸才是大丈夫。眼见卖糕干的小贩一身粗布衣裤，上面小补丁摞着大补丁，倒是洗得干干净净，腰里系条麻绳子，面带忠厚、两眼无神，遇上巡警吓得头也不敢抬。费通心里有了谱儿，倒背双手、挺胸叠肚来至近前，伸手一指那独轮车，阴阳怪气地说道："站住，你这卖的是什么？"

小贩战战兢兢地把车停稳："回副爷的话，我……卖的……卖的是糕干。"

费通从鼻子里"哼"了一声："糕干？哪儿趸来的？新鲜吗？"

小贩忙说："新鲜新鲜，小人自己家里做的，早上刚出锅，一直拿棉被盖着。您看，这不还是热乎的吗？"

费通说："凉的热的我不管，你有照吗？"

小贩最怕官差，知道来者不善，明摆着是来找碴儿，连糕干带车全卖了也不够起照的，连忙给费通连作揖带鞠躬："副爷，小人头一回进城卖糕干，不知道城里有这么多规矩。您老大人大量，放我一马吧！"

费通把脸一绷："放你一马？那可不成，你这是入口的吃食，万一把人吃死了，没有执照上哪儿找你去？得得得，甭废话了，连车带货，全没收了！"

小贩是老实巴交的乡下人，趁着农闲做点儿糕干卖，刨去本钱剩不下仨瓜俩枣，又是初来乍到，不知如何应付如狼似虎的巡警。见这位爷要连车带货全得没收，立马没了主意，"扑通"一声跪在地上一个劲儿磕头，一边磕头一边哭求，鼻涕眼泪流了一脸，引得一街两巷的老百姓全往这儿瞧，没过一会儿就围了一圈人。谁不明白这是当差的讹人？可哪个也不敢说话。费通见周围的人越聚越多，也怕一会儿没法收场，一嘬牙花子："行了行了，大庭广众的，别在这儿号丧了。这么办吧，你给我拿几块糕干，我回去尝尝，鉴定一下，我吃了没事儿你再出来卖，听明白了吗？"小贩如同接了一旨九重恩赦，赶紧打开大蒲包，满满当当给费通装了两大包糕干。

费通暗自得意，心说："想不到我也有今天，简直是要风得风要雨得雨，想吃冰还就下了雹子，指不定是哪辈子积的德，这辈子沾了光。"放走那卖糕干的小贩不表，费通拎上糕干直奔城隍庙。别看东西不值钱，架不住费通的小嘴儿会说，见了张瞎子千恩万谢连带一番吹捧。但不知张瞎子使了什么手段，居然将这个上天入地的飞贼困死在破屋之中。

走阴差的张瞎子是眼瞎心不瞎，江湖之内也还有几个过得着的朋友，城里城外什么事也瞒不过他。据他所言：费通之前带队巡夜，在大刘家胡同枪打飞天蜈蚣肖长安。这个飞贼挨了一枪，带伤而逃，凭着艺高胆大，稳稳当当躲到了一艘花船上。这个船一不打鱼，二不渡人，说白了就是漂在河上的窑子。船上顶多有一两个妇道，终日打扮得花枝招展，在舱中做皮肉生意，既省下了房钱，还能保证不犯案。一旦遇上巡警盘查，便立即摇船离岸，等巡警搭乘小艇追上来，里边的妓女、嫖客早把衣服穿好了，来个"提上裤子不认账"，愣说自己是渡河的船客，任谁也没辙。飞天蜈蚣连夜上了一艘花船，吩咐船老大将船驶入南运河，借水路逃往外省。此贼自负至极，有仇必报，心里一直琢磨到底是谁打了自己的黑枪。伤愈之后回到天津城，稍一打探，就发现自己的案子早就轰动坊间，老百姓传得神乎其神。许多人说飞天蜈蚣独来独往纵横天下，神龙见首不见尾，却在天津城大刘家胡同被蓄水池警察所巡官费通打了一枪，丢了半条命不说，更是吓破了贼胆，再也不敢回来作案了。还有人说费通放出话来，说别的地界他管不了，只要飞天蜈蚣踏进天津城，准让此贼有来无回，也让他知道知道锅是铁打的。肖长安气得火冒三丈，心中把这姓费的祖宗八代卷了几百遍。走江湖的性命可以丢，名头却不能倒，既然打听出带队巡夜的是费通，这一枪之恨就记到窝囊废头上了。肖长安发下重誓，不报此仇誓不为人。一般人意图暗算他人，必然先暗中查访，摸清对方的出入行踪，找个合适的时机下手。肖长安用不着，一来他艺高人胆大，自知对付窝囊废这路货色绰绰有余；二来他身上有旁门左道的邪法，不必按常理出牌。

话说这一天傍晚，飞天蜈蚣周身上下收拾好了，上身褂子、下身裤子，两截穿衣，靴腰子里边暗藏利刃，压低帽檐挡上半张脸。从安身之处溜达出来，先进了南市一个大饭庄子，在窗边散座找了个位子坐下，要了四个菜、半斤酒，看着窗外往来的行人自斟自饮。待到酒足饭饱，天色也已大黑，肖长安出了饭庄子去找费通，不承想恍恍惚惚着了张瞎子的道儿，也合该他数穷命尽，将纸人替身当成了费通，以为这一刀下去，费通的狗命就没了，怎知手起刀落，却似捅在一张纸上。

肖长安发觉上当，再想走可走不成了，屋门口多出一堵坚厚无比的石壁。肖长安在黑暗中往两边看，隐隐约约看到两边也是两道顶天立地的石壁，上前伸手一摸，竟坚如钢板，连条砖缝也没有。他见前门出不去，又转身奔向后窗，却见浊流滔滔，放眼望不到边际，还夹杂着阵阵臊气。肖长安是钻天的飞贼，不擅水性，跟那些江里来河里去的水贼比不了，这条后路又断了。有心蹿上房梁，掀去屋瓦逃脱，两个肩膀却似被什么东西压住，一身蹿房越脊高来高去的本领施展不出。他哪知道，此乃张瞎子布下的阵法。肖长安困在阵中上不了天也入不了地，急得在原地团团打转，心中又惊又怕，只恐被擒受辱，到那时候生不如死，于是拔刀自绝于破瓦寒窑之中，积案累累的飞天蜈蚣就这么一命呜呼了。

费通听张瞎子说明前因后果，脸上青一阵儿白一阵儿地变颜变色，不由得十分后怕。好在飞贼已然毙命，还得说他窝囊废是福大命大造化大，而且是大难不死必有后福，到头来升官发财换纱帽，又娶媳妇儿又过年。正在暗自庆幸，没想到张瞎子说到此处，忽然话锋一转："费大队长，这件案子可还没结！"

费通莫名其妙："叔儿啊，论起来您算半拉行里人，怎么说起外行话来了？老百姓都明白这个道理啊，飞天蜈蚣肖长安已死，他做下的案子也就销了，尸首都扔在乱葬岗子喂了野狗，这叫人死案销，怎么说还没结案？"

张瞎子冷笑了几声，告诉费通："人是死了，却不见三魂七魄，官厅的案子销了，地府中的案子至今未结。"

费通没当回事儿，在他看来都说张瞎子是走阴差，其实也和崔老道那般装神弄鬼的没什么两样。只不过崔老道是为了赚钱糊口，张瞎子不一样，想当初是江湖上的侠盗，自认人正心直，如今坏了一对招子，不能行侠仗义了，想必是借这套鬼神之说劝人向善。可既然他老人家说出来了，自己也不能戗着茬儿说话，顺口答道："您这是小题大做了，世上一天得死多少人？不见了一两个孤魂野鬼有什么大不了的？您给阴司老爷烧烧香、上上供，把我上回送您那糕干摆上，再多说几句好话，让他老人家睁一眼闭一眼，不就对付过去了？"

张瞎子面沉似水："阳间有私，阴世无弊，生死簿上白纸黑字勾定了，如何瞒得过去？你让我没个招儿对，可别怪我拿你填馅儿！"

这番话可把窝囊废吓坏了，况且自打他认识张瞎子以来，从没见过他如此正颜厉色。他一贯胆小怕事，听风就是雨，给个棒槌就当针，当即两条腿一软跪倒在地："哎哟我的祖宗啊！您老人家可真会冤人，怎么拿我填馅儿呢？我受得了吗？咱还是找那个该死的鬼吧！"

张瞎子告诉费通，常言道"知己知彼、百战百胜"。他虽已多年不走贼道，但是江湖上的耳目仍在，对于这个飞天蜈蚣什么根什么蔓、拜的何方高人、得的哪路传授，多少听说过一些。据说，飞天蜈蚣肖长安的这一身本领乃"仙传"！

4

当初那阵儿还是大清国的天下，白云山脚下有个村子，住了得有百余户人家，几百口子人，皆为耕种锄刨的农夫。别看一样都是日出而作、日落而息，凿井而饮、耕田而食，谁也不比谁出的力气小，但是俗话说得好，"十根手指分长短，荷花出水有高低"，日久天长，同村的百姓就分出了穷富，富有臭败之肉，穷无隔宿之粮。其中最有钱的一家趁着三十顷好地，牛、羊各五十头。那位说不对，说书的一说土财主，必定是"良田千顷、骡马成群、金银成躺、米面成仓"。跟您这么说，这样的不是没有，却是凤毛麟角。您想，按照大清朝的算法，一顷地五十亩，千顷良田，那是多大一片，北京城、天津卫也不见得有几户财主趁这么多地，何况是山沟里的一个村子，能有三十顷地，这就不简单，况且还是好地，靠着水近、地里土肥，种什么长什么，旱涝保收。牛、羊各五十头也不少了，以往那个年头，尤其是在乡下，赶上个饥荒战乱，牲口比人还值钱，所以说这户人家在当地来讲，绝对够得上拔尖儿了。说完了富的，咱们再说穷的。辛辛苦苦一年下来，汗珠子掉地上摔八瓣，面朝黄土背朝天，勉勉强强糊口度日，这是大多数。另有一户最穷的，也就是肖长安家。这家人可太惨了，仅有陋屋一间，家徒四壁，一贫如洗，连个桌椅板凳也置办不起。自己不趁地，给地主家当长工，有上顿没下顿，挨饿是家常便饭。屋漏偏逢连夜雨，没钱主儿单遇贼屠户。肖长安家本就不像过的，又赶上双亲早亡，打小无依无靠，半大小子力气不大，饭量可是不小，干农活儿也没人愿意用他，只得去给最富的那户地主放羊，五十头羊全归他一个人放，干这个活儿没钱挣，一天给一个干窝头，想要块咸菜？没有，过年的时候再说。到年根儿底下一拢账，如果收成不及去年，东家的脸色不好看，这块咸菜就不给了。这是说吃，咱再看穿。身上还是他爹当年穿过的破夹袄，布都糟了，一扯就破，原先是件棉袄，大窟窿小眼子的太多，补都不补过来，棉花已经飞没了，凑合着当夹袄穿，真可谓是衣不蔽体。脚底下只能穿草鞋，草倒有的是，一边放羊一边就编成了草鞋，架不住寒冬腊月也穿这个，脚上全是冻疮，晚上回家一脱鞋，连皮带肉扒下来一层，整天忍饥挨饿，受尽了人间疾苦。

肖长安每天早上一睁眼头一件事，先去财主家后院灶房，领一个干窝头揣在怀里，把五十只羊从圈里轰出来，赶到山下吃草。这个活儿看似轻松，不用卖什么力气，实则不然，五十只羊白花花一片，他得不错眼珠儿地盯着，过一会儿就得数一遍，丢了一个，跑了一只，东家可饶不了他。瞧见哪只羊往远处一溜达，就得跑过去追。这只刚追上，那只又跑远了，一天下来少说也跑个百八十里地，日久天长，两条腿倒是练出来了，那能不累吗？累还放在一边，正是半大小子吃死老子的岁数，这一天一个窝头，实在是不够，上午吃完了中午饿，忍到中午再吃，夜里躺下饿得眼前金灯银星乱晃。如若掰成三块分开吃，一小块干窝头少得可怜，吃下去不仅难以充饥，反倒把胃里的酸水勾了上来，那还不如不吃。一来二去，肖长安也找出门道了，

254

至少得挨到后半晌，再把这半个干窝头掰开细嚼慢咽，渣子也舍不得掉，捏起来放在嘴里，使劲儿咂吧滋味。别人吃山珍海味也不至于如此，肖长安不行，他饿啊，咽下去恨不得从胃里倒腾回来再嚼一遍。吃完能顶上两个时辰，天黑之前赶紧回去睡觉，睡着就不饿了。肖长安苦没少吃，累没少受，在东家面前还落不了好。天天回去轻则挨骂，重则挨打，说他偷懒，放羊不往远了走，眼瞅要入冬，这周围的草根子早啃秃了，羊吃不够草怎么长膘？一只羊身上掉二斤肉，这五十只就得掉一百斤肉，赔得起吗？肖长安无奈，只得赶上羊往山里走。

时值深秋，天气一天比一天凉。这一天早上天刚放亮，肖长安在地主家领了窝头赶上羊群进山，行至一处山坳，看见有个坟包子，周围杂草挺长，虽也是黄绿参半，却比山下的茂盛。肖长安放羊鞭子一甩，口中吆喝着让羊群散开吃草，自己去坟头上歇脚。对放羊的来说，坟头可是个好地方，坐在上边不仅舒服，屁股也是干的，且居高临下看得清楚，不至于走丢了羊。至于晦气不晦气，那是吃饱了没事儿干的人该想的，可与他这个穷小子不相干。肖长安在坟头上一坐，肚子里直打鼓，兜儿里的干粮舍不得吃。这可是一天的嚼裹儿，怎么着也得过了晌午再说，过一会儿拿出来看看，再过一会儿又拿出来看看，这叫望梅止渴、画饼充饥。此处是深山旷野，绝无人迹，偶尔吹来一阵风，打在身上也是冷飕飕的。肖长安裹紧了破夹袄，口衔草棍眼望羊群发呆之际，忽听得屁股底下的老坟中传来一阵窸窸窣窣的声响，吓得他肝儿都凉了，还以为坟里的死鬼要出来。到底是个半大小子，好奇心重，当时没跑，转身来到坟后边想探个究竟，就见坟后塌了一个窟窿，里边乌漆麻黑，洞口让荒草掩住了。

肖长安是真愣，蹲下身拨开荒草，探着头往坟窟窿里看，看了半天没看出个所以然，正寻思钻进坟窟窿一探究竟，却从坟中伸出一只干瘪发黄的枯手，一把将他拽住了。肖长安大惊失色，就觉得这只手上的指甲又尖又长，冰凉冰凉的，以为是死鬼拽他，那还得了？日子过得再苦也是好死不如赖活，急忙手脚并用竭力挣脱。那只枯手如同五把钢钩，抓住了肖长安的手腕子不放。肖长安虽然饿了半天，手无缚鸡之力，紧要关头也拼上命了，这要是被拽进坟里，连个窝头儿都吃不上了，双脚蹬地，使出吃奶的劲儿拼了命往后打坠儿。两下一拉一拽可坏了，敢情坟里这个主儿还没有肖长安力气大，倒让肖长安从坟窟窿中拽了出来。肖长安心想："这一下可完了，坟地里的孤魂野鬼让我勾出来了！这光天化日、朗朗乾坤的，真活见鬼了！"惊慌之余偷眼观瞧，却是个年逾古稀、形容枯槁的小老头儿，长得又黑又瘦，面无血色，太阳光底下有影有形。肖长安一看眼前这位不是鬼，那他就不怕了，伸手将那老者搀坐起来，后背靠在坟包子上。一问才知道，这是个盗墓的土贼，干活儿的时候被官兵撞见，一路被追到此处，躲到了坟窟窿中。可能受了惊吓，再加上跑的时候出了一身汗，又让山风一吹，就觉全身瘫软，再也爬不出去了。在坟窟窿里躺了两天两夜，已是奄奄一息，直到肖长安来放羊，听见外边有动静了，他才挣扎着钻出坟洞。

肖长安拿着随身带的破水瓢，跑到旁边山泉里舀了一瓢泉水，小心翼翼端回来递给老贼。老贼接过来"咕咚咕咚"一饮而尽，又求告肖长安给他口吃的。肖长安掏出怀中的窝头瞅了又瞅，看了又看，舍不得撒手："干粮我倒是有，却给不了你。因为我一天只有这一个干窝头，我们东家财迷，你瞧这窝头蒸的，比棋子儿大不了多少，给你吃了我就得挨饿，饿到明天放不了羊，东家连半个窝头也不给了，说不定我得死你前头。"

老贼见到肖长安手中的窝头，两个眼珠子都绿了，哈喇子直往下淌，抻长了脖子凑过来，对他百般恳求，恨不得一口吞进肚子。肖长安连忙把窝头塞回怀里，头摇得跟拨浪鼓似的，说什么也不能给，站起身来鞭子一挥，就要赶羊回家。老贼忙在地上跪爬了几步，一把抱住肖长安的腿肚子，上气不接下气地说道："小兄弟，我跟你换行不行？"说着话，从身后拽过一个小包袱，颤颤巍巍打开，双手捧出一个瓷枕。上头裂痕交错，说行话这叫"开片"，又叫冰裂纹，可见是个老物件，宋代的钧窑、汝窑、哥窑都有这种制法。肖长安当然不懂这些，只觉得秋后一天冷似一天，谁还用瓷枕？我这一个窝头不至于饿死，换个枕头顶什么用？老贼对他说："你肉眼凡胎不识此物，这可是件无价之宝！"肖长安把嘴一撇："无价之宝？那我问你一句，它顶得了饿吗？"老贼摇头道："这倒不行！"肖长安说："还是的，而今你也饿我也饿，要个枕头何用？"老贼说："小兄弟有所不知，这是我从北宋皇陵中盗出来的阴阳枕，又名逍遥枕，是皇上用过的东西。枕中另有一重天地，白天你吃苦受累，夜间枕在上边，珍馐美味、琼浆玉液应有尽有，想什么来什么。不单有好吃的，奇花异草、祥鸟瑞兽精妙绝伦！"

肖长安不信："既然如此，你在枕头中吃饱喝足不就行了，还用挨饿吗？又何必拿来换我的一个窝头？"

老贼叹了一口气："枕中乾坤虽好，却是梦中虚幻，一早上起来该渴还是渴、该饿还是饿。也不能待得太久，若沉迷忘返，留在外边的肉身朽坏，那就再也别想出来。不过你得了这个枕头，只要守住了心性，昼做凡人，夜当神仙，岂不快活自在？你好好想想，一个窝头换这么一件宝物，这可是天大的便宜。"

虽说这老贼的几句话让肖长安动了心思，但是前思后想，仍舍不得那个干窝头。他活了十来年，没见过比窝头更好的东西，任凭老贼苦苦哀求，也是置之不理，狠下心肠赶上羊往别处去了。

一夜无书，转天肖长安再来放羊，见那个老贼已经死在了坟窟窿中。他倒挺有心眼儿，钻进坟窟窿取出枕头，填埋了坟洞，继续在山中放羊。夜里回到住处，将信将疑地躺在瓷枕上边，真和那老贼说的一般无二，枕头之中另有乾坤，想什么来什么，要什么有什么。久而久之，村子里有人再看见肖长安，发现他可变得和以前不一样了，还时不时地眼泛凶光、嘴带邪笑，仿佛入了魔中了蛊。可说到底就是一个放羊的孩子，谁也没往心里去。

单说这一日，肖长安照常领了窝头上山放羊，到了山坡之上，找个高燥之处往地上一躺，只觉一阵困倦，迷迷糊糊就睡着了，不想临下山的时候一数，丢了一只羊。肖长安心里害怕，此事于他来说可是塌天之祸，硬着头皮去地主家交差。那地主怎肯放过，非说他把羊卖了，紧跟着劈头盖脸一顿臭揍，真个是鞭挞无算、体无完肤。要说肖长安挨打并不冤枉，自打得了阴阳枕，整天恍恍惚惚、魂不守舍，丢羊也是迟早的事。肖长安可不这么想，他让东家打了个半死，伤口疼痛钻心，想起这些年受的气吃的苦，心中发起狠来，一不做二不休，半夜抓起一把割草的镰刀，摸进东家内宅，割下这一家老小七八口的人头，背上阴阳枕远走高飞。那么说他个半大小子，从没吃过一顿饱饭，长得骨瘦如柴，心黑手狠另当别论，哪儿来的这么大能耐，杀得了这么多人？江湖传言，肖长安在阴阳枕中得了仙传，身上没长疖子没长包，净长本事了，从此往来各地，到处行凶作案。如今，走阴差的张瞎子借窝囊废之手除了肖长安。这个恶贼虽然死了，地府中却没勾到阴魂！

窝囊废万般无奈，只得硬着头皮问张瞎子："您老倒是说说，这个飞天蜈蚣的三魂七魄躲哪儿去了呢？您给我指条明路，说什么我也得把他抓来销案！"

张瞎子说："此贼自知难逃一死，迫不得已使了一招金蝉脱壳，吐出三魂七魄，躲进了阴阳枕！"说到此时，张瞎子自己也为难了，这么大一个天津城，城里城外住的何止千家万户？谁知道飞贼在作案之前，把阴阳枕藏在了什么地方？咱们这位天津城缉拿队的大队长窝囊废，上任以来一个贼也没拿住，却要去枕头中勾魂！

第十一章　三探无底洞（中） 🔥

1

　　书接上回，且说张瞎子借窝囊废之手结果了飞天蜈蚣肖长安，尸首交到巡警总局。阳间的案子销了，阴间的案子却还没结，只得把走阴差的批票交给费通，命他勾来飞天蜈蚣肖长安的三魂七魄，否则就拿他去"填馅儿"。那位问什么叫"填馅儿"？说白了就是拿窝囊废的小命凑数。其实张瞎子也是吓唬他，俗话说"阳间有私、阴世无弊"，生死簿上勾的是肖长安，要他窝囊废没用。可是费通胆小怕事，真往心里去了，由打城隍庙出得门来长打了一个唉声，恨不得找块白布往脸上一盖——死了得了。刚当上缉拿队的大队长，这官职可不小了，还没来得及抖一抖威风，捞一捞油水，却要去走阴差，这也太晦气了！

费通一肚子苦闷，又没个对策，想不出如何下手。如果抓个活人，只要不出天津卫，尽可以调动缉拿队，手到擒来不在话下，走阴差抓鬼他可没干过。常言道"隔行如隔山"，这两件差事之间相差十万八千里，勾不到飞天蜈蚣的三魂七魄，如何交得了差？转念一想：不对，捉拿飞天蜈蚣之事，可不能自己一个人兜了，馊主意全是崔老道出的，要死也得拉上这个垫背的，这叫"不求同年同月同日生，但求同年同月同日死"，就这么讲义气。窝囊废打定主意，顾不上回家，直奔南门口找崔老道。

正当晌午，南门口熙来攘往，人头攒动。大小买卖应有尽有，大买卖看幌子，小买卖就得靠吆喝了，一街两巷叫卖之声不绝于耳，什么叫卖葱的、卖蒜的、卖米的、卖面的、卖煤的、卖炭的、卖茶叶的、卖鸡蛋的，搁在一块儿卖茶叶蛋的，五行八作怎么吆喝的都有，这叫"报君知"。其中最热闹的当属那些个说书唱戏拉洋片、打拳踢腿卖大力丸、攀杠子耍大幡撂大跤的，为了引人注目，八仙过海，各显其能，耍弹变练样样齐全，算卦相面的也不少。远了咱不提，在南门口一带，提起这一行里头的"角儿"，非崔道爷莫属，一张嘴两排牙，舌头耍得上下翻飞，人堆儿里就显他能耐，想找他可太容易了。怎知费通在南门口转了一个遍，却不见崔老道的踪迹。

费通一想："跑得了老道跑不了道观，不要紧，我上家堵你去！"他是说走就走，拔腿来至崔老道居住的南小道子胡同大杂院，院子里住了五六户人家，白天出来进去院门老是开着。费通迈步进了院子，见一个小徒弟坐在崔老道那屋的门口，穿着件破道袍，头上发髻没绾好，冲一边歪歪着，正在那晒暖儿呢。费通认得这小子，南门口一个小要饭的，有时跟崔老道摆摊儿，帮着圆圆粘子、收收钱什么的。这孩子有个小名叫"别扭"，人如其名，从来就没"顺溜"过，长得尖嘴猴腮，斗鸡眉、鼓眼泡、两道眉毛一低一高，小眼珠子滴溜儿乱转。"别扭"见费通登门，起身行了个礼："哎哟喂，天津城缉拿队的大队长费二爷，我们南小道子胡同出了多大的案子，怎么把您惊动来了？"

费通一听，真叫什么师父什么徒弟，这小子人不大，嘴皮子倒好使，说话可太损了，随口说了句"上一边玩儿去"，用手一扒拉"别扭"，这就要推门进屋。

"别扭"赶忙欠身拦挡："费二爷，不是小的我跟您逗牙签子，知道您是找我师父来的，你们老哥儿俩的交情，比得了桃园三结义，虽说没一个头磕在地上，可谁也离不开谁，就差穿一条裤子了，真可以说是"穿房过屋，妻子不避"，什么时候来也不用外道，推门就进。怎奈我师父前些天外出云游，至今未归，只留下小的在家看门。"

费通奇道："崔老道不在家，他上哪儿去了？"

"别扭"说："小的我可说不上来，我师父乃半仙之体，朝游三山、暮踏五岳，不是去太上老君的兜率宫讨几颗金丹吃，就是去太乙真人的金光洞下几盘围棋，也说不定正在镇元大仙的五庄观吃人参果呢。"

费通听出这小子说话和崔老道如同一个模子里抠出来的，油腔滑调，信口雌黄，没半句实话，要是编个给人听的因由也就罢了，单单说了这么套糊弄鬼的话，鬼听了都不信。看来崔老道肯定躲在屋里哪儿都没去，闯进去倒让他们说我仗势欺人，当即抬高了嗓门儿说道："那可不巧，我今天来其实也没什么事，本想请崔道爷上同聚轩吃烤羊肉，既然他没在，我只好改天再来拜访。"

话刚说出来还没等落地，只听得屋中有人咳嗽一声高诵道号，紧接着"吱呀"一声门分左右，铁嘴霸王活子牙崔老道走了出来，脑瓜顶上高高绾起牛心发髻，却是鬓发蓬松，看得出这是刚打枕头上起来，身上还是那件油脂麻花的青布道袍，积年累月不带换的，将拂尘搭在臂弯，和颜悦色地冲着费通打了一躬。

费通脸上却故作诧异："崔道爷不是云游四海去了吗？怎么又打屋里出来了？"

要说窝囊废和崔老道这二位，真可谓棋逢对手、将遇良才，一个比一个鸡贼，一个比一个能算计，对上把子了。崔老道向来是嘴给身子惹祸，之前给费通出招儿，让他去西北角城隍庙找走阴差的张瞎子帮忙，结果困死了飞天蜈蚣肖长安，事后自思自量，觉得不该插手此事。道门中人不怕鬼怪，怕的是因果。肖长安的案子与自己本并无半点儿瓜葛，横出来插一杠子纯属狗拿耗子。如今肖长安丢了性命，说到底和他崔老道脱不了干系，怕遭报应走背字儿，因此躲在家中，连卦摊儿也不摆了，给费通来了一个避而不见。但是一听说同聚轩的烤羊肉，这可犯了他的忌讳了。在他面前千万别提吃的，一说有好吃的，他肚子里的馋虫就往外拱，哈喇子流出来收不进去，说什么也坐不住了。他若无其事地出得门来，面不改色心不跳，张嘴就是一套说辞："费大队长，贫道元神出窍，在三山五岳云游了多时，刚回来正赶上你登门。"

费通只当耳朵落家了，没心思听他胡吹，一拽崔老道的袍袖，说了句"走吧道爷"，两人肩并肩出了南小道子胡同，穿城而过来到城北的名号同聚轩。当时贵教的馆子起名多用"轩、顺、斋"，大多是从北京城开过来的分号，其中也分派系，京东以大汁大芡的炒菜闻名，京西以白汁小芡的烧菜、扒菜赢人。另有一涮一烤，涮就是涮羊肉，北京的东来顺、又一顺，全是以"涮"见长的馆子；烤单指"炙子烤肉"，用铁条穿成的炙子，下边用松木点火，肉香加上木香，让人一不留神儿能把舌头咽下去，就这么地道。

天津城的这家同聚轩集南宛北季之长，兼有凉菜和热炒，开业以来轰动九河下梢。天津老百姓"口高"，一家饭铺十个人里能有六个说好，这就不容易，何况同聚轩的饭菜十个人里得有十一个说好的，怎么呢？里边还有个孕妇。崔老道以往打从门口路过，没少抻脖子闻味儿，可是进去吃上一次烤肉，能顶他半年的嚼裹儿，兜里没钱吃不起，寻思什么时候敞开了吃上一顿，才不枉一世为人！所以费通一提"同聚轩"三个字，就把崔老道馋了出来。

二人携手揽腕进了烤肉馆，跑堂的伙计不分来者是谁，进来的就是财神爷。何况窝囊废今非昔比，官大派头长，一身崭新的警服，领口上一边镶着三颗闪闪发亮的小银疙瘩，那警衔可不低，站在屋子当中昂首挺胸、梗着脖子，眼珠子总往房梁上看，不知道的还以为他没睡好觉脖子落枕了。伙计一看这位的谱儿真不小，更加不敢怠慢，要往雅间里请。窝囊废一摆手说了句"不必"。为什么呢？一来是他想在人多的地方摆谱儿，二来也是最要紧的，进了雅间就得多给小费，那可不划算。伙计会心一笑，特意找了一个清静人少

264

的地方，毕恭毕敬引至桌前，打肩膀上把白手巾抽下来，使劲儿擦了擦桌椅板凳。白茬儿榆木的桌子，年深日久全包了浆了，让伙计这一擦，简直是光可鉴人，苍蝇落在上边，脚底下都得拌蒜。这才请二位爷落座，低声下气地让爷把菜单子赏下来。费通如今说话底气也足了，牛羊二肉、烧黄二酒全点了一遍，特地吩咐伙计，把酒烫热了。过去人讲究这个，老话说"喝凉酒使脏钱早晚是病"，会喝酒的无论什么季节也得喝热的，否则上了年纪手容易哆嗦。伙计得令下去准备，不一会儿把应用之物全上来了。这不像吃炒菜，还得等着熟了再出锅。盘子里码的是生肉，炙子下边笼上火，一人面前摆上一碗蘸料，"嗞嗞啦啦"这就烤开了。论起费通这股子馋劲儿，跟崔老道不相上下，两个人谁也顾不上说话，吃到酒足饭饱，沟满壕平。费通放下筷子，长叹一声，把始末缘由这么一说，最后找补了一句："找不到阴阳枕，勾不出肖长安的三魂七魄，这件事完不了！"一番话听得崔老道脸上变色，心说："这件事我可不能应，还得给他支出去。"费通早想好了如何对付这个牛鼻子老道，没等崔老道开口就拿话给堵上了，吓唬他说："走阴差的张瞎子可说了，谁出的主意拿谁填馅儿。道爷你要想不出个法子，咱们这一顿可就是长休饭、诀别酒了。"

崔老道揉着吃得滚圆的肚子，连打了三个饱嗝儿，心里面暗暗叫苦。还别说走阴差的张瞎子，单是这个费通他也惹不起。如今的窝囊废可不是蓄水池警察所一个小小的巡官，而是天津城缉拿队的大队长、官厅大老爷的掌上红人儿，说红是谦虚，实则都快紫了。专管缉凶拿贼，说逮谁就逮谁，甭管冤不冤，先在号房里扔上个把月，多好的身子骨也给折腾薄了，平头老百姓哪个敢招惹他？如今他是有求于人，假装客气，说的话软中带硬，你敢在此人面前说半个"不"字，往后还怎么在南门口混饭吃？崔老道混迹江湖多年，这点儿道理还是懂的，万般无奈，不得已在袖中起了一卦，当下里吃惊不小，打死他也不敢去找阴阳枕，事到如今，还得让窝囊废去当这个倒霉鬼。当下对费通说了实话："阴阳枕不在别处，就在城南的大荣当铺。"

费通以为崔老道是喝多了说胡话，为什么呢？天津城南是有个大荣当铺，与北城的小点当铺齐名，一个在南大街，一个在北大街，在当年曾并称为"南大荣，北小点"，彼此隔城相望。老年间开当铺的没几个好人，良善之人吃不了这碗饭。开当铺这门生意和放高利贷的差不多，典当行有句行话叫"当半价"，你拿来的东西再怎么值钱，无论是传世的书法字画还是宫里流出的珍宝玉器，只要进了当铺的门，至少给你砍去原价的一半。等你想赎当的时候，利息又高得吓人。咱打个比方，你这件东西当了一百块银元，利息按月计算，等到一年半之后手头儿有余钱了来赎当，你大约得交给当铺一百五十块银元。所以说开当铺相当于坐着分金、躺着分银、没钱没势、衙门口儿没人的也干不了这一行。天津城的当铺格局相似，外面有栅栏门，进后一面大屏风挡在眼前，说是屏风，其实跟一堵墙也差不多。后面的柜台得有一人来高，开着一个小窗口，看不清里面的人脸，这也是为让当当的人心里没底，不敢开口讨价还价。当铺的号房里要供奉财神、火神、号神。财神、火神不用多说了，所谓号神，其实就是"耗子神"，每个月逢初二、十六两天烧香上供，保佑它的后辈儿孙——大小耗子们别来库里啃东西。小点当铺就是老年间的韦陀庙，后来遭了一把天火，前堂后库烧为一片白地，片瓦未留。南城大荣当铺的掌柜，也是出了名地刁钻刻薄，一根麻线看得比井绳还粗，专做抵押高赎、趁火打劫、落井下石的生意。伙计们狗仗人势，见了人鼻子不是鼻子、脸不是脸的，说话都打脖子后边出来，绕着弯地气人。不遇见为难着窄的急事谁也不来当当，本来心里就起急，来了再怄上一肚子气，换了谁不别扭？可谁让自己等着用钱呢，还得打碎了牙往肚子里咽，老百姓背地里没有不骂的。也是坏事做得太多遭了天谴，前些年突然来了一伙土匪，夜间闯入门中，不问青红皂白，把大荣当铺的伙计、掌柜、写账先生一个不留全宰了，又将长生库中的金银细软洗劫一空，临走还放了一把火，连门脸带库房全烧平了。打那开始，天津城就没有这个当铺了，如今崔老道又提起来，费通能不觉得奇怪吗？

崔老道却说："实话告诉你，你看天津城四衢八街、车水马龙，却是只见其外、不见其内，夜里另有一座天津城，大荣当铺仍在原地。肖长安的阴阳枕就押在大荣当铺，换旁人是没办法，想去也去不了，可你费大队长乃人中的吕布、马中的赤兔，一来身穿官衣运旺气盛，二来手上有走阴差的批票，因此说非你不可。你回家之后在床头放上一盏灯笼，将两只鞋脱下来一反一正摆在地上，让费二奶奶看住了别动。几时见灯头火变白了，你就提灯出门，往当年大荣当铺的位置走，从阴阳枕中勾出飞天蜈蚣肖长安的三魂七魄，以费大队长的能力，定是手到擒来！"

费通奇道："崔道爷，我也经常提灯巡夜，又不是没往南城溜达过，怎么就没见过大荣当铺呢？我听您说的可够玄的，什么叫夜里还有另一个天津城？"

任凭费通怎么问，崔老道也不肯多说，手捻须髯道："天机不可明言，我真告诉你，你就不敢去了。"

2

崔老道简简单单几句话，这里边可有学问。那意思是道儿我给你指出来了，不敢去是你的事儿，别说我不帮忙，再把高帽子成摞地给他往头上扣，把能堵的道全堵上，攒好泥子严丝合缝。正所谓"人有脸，树有皮"，话赶话将到这儿了，费通去也得去、不去也得去，只得咬牙应允。结完了饭账，跟崔老道拱手而别，一个人垂头丧气地往家溜达。路过恩庆德包子铺，顺道买了十个刚出锅的肉包子，用荷叶纸裹上拎在手中。他心里有个合计，大半夜的出去抓差办案，半路上走饿了怎么办？不如自己预备几个包子，吃饱了肚子好干活儿，万一有个三长两短的，也不至于做了饿死鬼，想得倒挺周全。

回到家中草草吃罢晚饭，费通将两只鞋一反一正放好了，没脱衣裳也没盖被子，直挺挺往床上一躺，等着灯火变白。之前也没忘嘱咐费二奶奶，一定得看住了。按照崔老道所说，走阴差的两只鞋一反一正，相当于一脚在阴间一脚在阳世，倘若在半路上受阻被困，把两只鞋都正过来便可还阳。万一进来个野猫、过来只耗子把正着放的鞋给碰反了，那可了不得。到时候阳世不收、阴司不留，岂不变成了孤魂野鬼？费二奶奶平时豪横，遇上这种事儿又比谁都迷信，给自己沏了一壶酽茶提神，搬个小凳子坐在床头守着费通，眼都不敢眨。起初两口子还聊几句，聊来聊去没话可说了。眼瞅过了定更天，费二奶奶身上直起冷痱子，怎么看怎么跟守灵似的。费通躺在床板上，嘴里不说话，脑子里没闲着，一通瞎琢磨，越想越嘀咕，不由得心中发毛，冷不丁一转头，但见灯火惨白，也不知几时变的。他不敢耽搁，壮起胆子提上灯笼，推开屋门一脚门里一脚门外举目张望，院子还是那个院子，屋子还是那个屋子，与平时别无二致。他提心吊胆走出去，四下里声息皆无，死气沉沉的，让人浑身起鸡皮疙瘩，途中一个人影也没有，既不见万家灯火，也未闻鸡鸣犬吠。一路上行行走走，来到南城大荣当铺的所在。说来奇了怪了，原本烧毁的当铺完好如初，费通使劲儿揉了揉两只眼，只见前堂后库俨然如故，栅栏门的门楣子上高高悬挂三面镂空云牌，雕刻着云头、方胜、万字不断头的花样。两边挂着两个幌子，上写"大荣当铺"，仅有一处不同，影壁上那个斗大的"当"字，当年是红的，如今却是黑的！

　　地方是找到了，却不像开门纳客的样子，但见当铺大门紧闭，只在侧面开了一扇小窗户。费通正寻思怎么进去，忽然身背后刮来一阵阴风。他扭头一看可不得了，当铺门前来了一个年轻女子，身上一身绸布裤褂，双脚没穿鞋，怀里抱着个小包袱，脸上全无人色，披头散发，脖子上拴着个绳套，七窍往外淌血，瞧这意思是个上过吊的。费通吓得够呛，急忙躲到一旁不敢出声。

　　那个女的从费通面前过去，却似没看见他，直愣愣来到小窗户前，从包袱中捧出一双靛蓝色的绣鞋，上边用金线绣了两只癞蛤蟆，绣工精湛，不是平常人家买得起的。不过这样的绣鞋俗称"蛤蟆鞋"，是给死人穿的，传说癞蛤蟆可以替死人喝脏水，到了森罗殿前让阎王爷看着干净，活人可没有穿蛤蟆鞋的。那个女子将蛤蟆鞋扬手扔进小窗户，片刻之后里边递出冥钞和当票，女子接在手中望空一拜，转眼踪迹不见。费通愣没看明白她是怎么走的，只惊得瞠目结舌。

老年间开当铺有个"三不当"的规矩，一不当神袍戏衣，二不当旗锣伞扇，三不当低潮首饰。不当神袍戏衣，就是以防收来死人的寿衣、殓服，那可是实打实的死当，但凡当了没有来赎的。费通心说："敢情这大荣当铺比以前还厉害，什么东西都敢收，根本不让当当的进屋，掌柜的连个面儿也不见，更没有唱当的，给多少是多少，不容讨价还价。"

窝囊废心里边打忱，差事还得干，要不然何必走这一趟？当下稳住心神，踮起脚凑在窗口往里瞧，黑咕隆咚什么也看不见，知道此地不可久留，片刻不敢多耽搁，壮着胆子开口招呼道："我说掌柜的，有人没有？"扯着脖子叫了半天没有回应，他寻思刚才当蛤蟆鞋的女子一声不吭，把东西往里边一扔，接了冥钞就走，可能是这地方的规矩。可他身上没东西可当，总不能把手上的灯笼押了，那就回不去了，猛然想起怀中揣了十个恩庆德的肉包子，正所谓当官不打送礼人，当即把肉包子取出来，将荷叶包解开，捧在小窗口前晃了晃。敢情这当铺里也是一群馋鬼，当时只听"咣当"一声，大门从中打开。费通探头探脑往里边看，但见当铺之中灯影昏暗、阴气森森，直挺挺地站着几位，看穿着打扮有掌柜的、有写账的，还有几个伙计，手中各拿毛笔、算盘，一个个面色苍白，脖子底下的刀口兀自渗血。费二爷使劲咽了一口唾沫，蹭着步攮走进去哆哆嗦嗦地说:"各,各,各位爷台,您得着吧。"

这几位真是一点儿不客气,让吃就吃。伙计刚刚接过包子,掌柜的上去抓起一个塞进嘴里,吃得满嘴冒油,紧接着你一个我一个,眨眼间几个鬼吃完了包子,也不说话,伸手就把费通往外推。费通心中暗骂:他奶奶个嘴的,你们也太不厚道了,都说吃人家嘴短、拿人家手软,你们却吃完奶骂娘、念完经打和尚、撂下碗筷骂厨子,让你们把我赶出去,我这十个肉包子岂不白舍了?"他急忙将走阴差的批票掏出来,拿在手中使劲儿晃悠,一边连声说道:"几位爷,几位爷,吃人饭您得办人事儿不是?我是抓差办案的,烦劳几位带我到库里头找一个阴阳枕。"

当铺掌柜见是走阴差的,那倒不能招惹,不得不退在一旁,点手叫过来一个伙计头前引路,带费通去后边的质库。抵押典当之物,皆在库中存放,又叫"长生库、百纳仓",意指没有不收的东西,放在里头不会损坏。不过如今大荣当铺的质库不能叫长生库。得叫"鬼库"。伙计抽闩落锁打开库门,费通提起手中灯笼仔细往里观瞧,只见库房内一排一排木头架子,上面摆满了各式各样的东西,像什么寿衣、寿帽、蛤蟆鞋、哭丧棒、引魂幡、纸人、纸马、纸轿子,一眼望去花花绿绿、琳琅满目,可没一件活人用的东西。这些个东西虽不会咬人,可费通看得直起鸡皮疙瘩,如同深更半夜置身于灵棚之内,说不怕那是自己糊弄自己,只不过硬着头皮也得往前走。他高抬腿轻落足,加着十二分的小心,进库房转了一圈,到底是当差的眼尖,转来转去瞥见角落中摆了一个木匣,古色古香不似阴间之物。他心生疑惑,走上前去将盖子打开,忍不住倒吸了一口冷气,匣中端端正正放着一个古瓷枕，白底蓝花、遍布龟裂。可见崔老道说得没错，飞天蜈蚣肖长安作案之前，果然把阴阳枕押在了大荣当铺，亏这个臭贼想得出来，要不是崔道爷说破了天机，翻遍天津卫也找不到此处，看来我今天没白跑一趟！

3

费通有心直接把阴阳枕抱走，带回城隍庙交给张瞎子，却让伙计拦住了。因为当铺的规矩，没有当票赎不出去，干这个行当的只认当票不认人，不论你是张三、李四、王二麻子。窝囊废也不敢明抢，自己是什么斤两，他自己还不清楚吗？真要是一言不合撕扯起来，大荣当铺从上到下，个儿顶个儿脖子上豁着大血口子，谁惹得起？心里思来想去，蓦地计上心来，我抓的是肖长安的三魂七魄，可不是这个枕头，不如按张瞎子的吩咐，用城隍庙走阴差的批票，将飞天蜈蚣的三魂七魄勾出来，交给张瞎子销案不就完了？

想至此处，费通冲那伙计一晃手中走阴差的批票："听你的，这东西我不拿走，但是我得在这儿看看。"伙计直眉瞪眼地点了点头，这才退到一旁。费通手提灯笼凑近了阴阳枕仔细端详，说来也奇，灯笼一照，这阴阳枕上的图案越看越真、越看越深，但见层峦叠嶂、草木繁盛，不知不觉已置身于奇山秀水之间。费通举目四望，见瑞草满径、鹤鹿连踪、溪水清澈、奇花绚烂，简直是神仙待的地方，绝非俗世山水可比！一想到自己在四方坑蓄水池当巡警，整天顶风冒雨跑断了腿，没黑没白累折了腰，如今当了缉拿队的大队长，还得看上司的脸色，受达官显贵的气，飞天蜈蚣这个臭贼却躲在此处逍遥快活，不由得冒出一股子邪火，气冲冲撒腿就往前走。

不多时行至山顶，眼前是个石屋。费通有拿鬼的批票在手，胆子也大了几分，走进去一瞧，两只铁鹤左右分立，各衔灯碗儿，照得石室中亮如白昼，石桌、石凳、石床、丹炉摆设齐全。正中一座石台，上供一尊金甲神，头顶黄金帅字盔，天仓倒撒大红缨，上嵌宝珠，盔上錾双凤朝阳的纹饰，金翅罩额、凤翅搭肩；身披黄金龙鳞甲，胸前双系蝴蝶扣，穗头撩至背后，结成万字式；腰系"蟒翻身、龙探爪、镶金珠、嵌八宝"的玉带一条，足蹬金钉虎头战靴，翻卷金荷叶、倒挂飞鱼尾；后插四面护背旗，一龙、二凤、三虎、四豹，红底狼牙边；手擎治国安邦宝雕弓，走兽壶里斜插透甲狼牙箭。脸上看，面如三秋明月，目若朗星，玉柱鼻端四方，海阔口见棱角，额头之上长一纵目，半开半合。费通端详了半天，天津城的庵观寺庙极多，供奉的大小神仙数不胜数，他以往看过不少，却没见过这位，不知此乃何方神圣。窝囊废看来看去，目光可就落到了壁画上。但见云阶月地、璇霄丹台，瑶草奇花观之不尽，枝头的果子披红抹绿、鲜嫩欲滴，只觉口干舌燥，望着壁画直吞口水。说也奇了，转眼间石桌上多了三个石盘，分盛桃子、梨子、枣子，一个比一个水灵，仿佛刚从树上摘下来。费通来之前听张瞎子说过，这阴阳枕又名逍遥枕，这里头要什么有什么、想什么来什么。那还有什么客气的，撸胳膊挽袖子抓起来就吃，咬在嘴里又香又甜又清凉，都不用咽，顺着嗓子眼儿自己就往下走，活了三十来年，就没吃过这么好的东西，梨就着枣，枣就着桃。正自狼吞虎咽，忽听石屋外有人口作玄歌："我来之时无日月，我来之后有山川；玄黄之外访高友，指点鸿钧修道德！"

费通听这声音低沉悦耳，飘飘摇摇直穿耳膜。书中暗表，凭这几句话，就有欺师灭祖的意思，道门中哪个敢说这些话？窝囊废却没听出其中的意思，还当是主家回来了，忙把手里的果子放下，伸手抹了抹嘴头子，转过身来观瞧。见一个老道走入石室，方鼻大耳，须髯浓密，顶上金冠排鱼尾、丝绦彩扣按连环，身着红袍如喷火，脚踏麻鞋寒雾生，朱砂脸上罩了一层黑气，以前从没见过。

没等费通开口，朱砂脸老道来至费通近前，打了一个问询："阁下可是为了捉拿飞贼而来？"

费通见这个朱砂脸老道，不仅长得一派仙风道骨不说，还有未卜先知之能，忙抱拳行礼："还望道长指点，好让费某尽早将飞贼拿回去销案，别脏了您的洞府。"

朱砂脸老道说："惭愧，提起那个飞贼，还是老道我埋下的祸根，早知此人为非作歹，当初我就不该传他一身本领。"

费通暗暗吃惊，听说飞天蜈蚣在阴阳枕中得了仙传，原来此言不虚，万一这老道护犊子，只怕不好对付。

朱砂脸老道告诉费通且放宽心，他不仅不会偏袒飞天蜈蚣肖长安，还要助官差一臂之力，说罢带路走出石室，点指远处一座险峰，峰顶有个无底洞，飞贼就躲在其中。

窝囊废往那边一看可犯了难，险峰插天，高有万仞，相距又远，有道是"望山跑死马"，他这两条小短腿连驴也赶不上，走过去还不把腿跑断了？朱砂脸老道说："适才你吃了交梨、蟠桃、火枣，从此在阴阳枕中不渴不饿、不乏不累，翻山越岭如履平地。"

费通往前跑了几步，真如老道所言，捷如猿，猛如虎，身上的劲儿使不完，眨眼已至峰顶。山峰裂开处，赫然是个洞口。正待进去捉拿飞天蜈蚣，却见洞中愁云惨雾弥漫，深不见底，看不出个中端倪，一阵阴风吹出来，顿觉肌肤起栗，手上的纸灯笼被吹得摇摇晃晃。灯笼里那点儿光亮忽明忽暗，变成黄豆一般大小，眼前什么也瞧不见，但听洞内鬼哭神嚎、凄凄凛凛，一声惨似一声。费通吓得周身上下冷汗直流，刚才那股子劲头顿时一泻千里，两条腿迈不开步子，再借他七十二个胆子也不敢进去，只得抽身退步。又觉眼前一花，自己还在原地，阴阳枕仍端端正正置于匣中。费通刚刚缓了缓劲儿，暗自惊叹世间果真有此奇宝，猛然又觉得脖颈子后面一阵发凉，一回头，就见那个当铺伙计笔管条直地站在身后，脸色惨白如纸，脖子底下一道血淋淋的刀口。窝囊废刚想客气两句，伙计却已等得不耐烦了，一把将他推出门去。费通心慌意乱地往回走，没留神儿脚下一个趔趄，再睁开眼发觉自己躺在家中，估摸着也就刚过子时。

费通这一宿担惊受怕，实不知如何是好，觉也没怎么睡，翻来覆去挨到东方吐白，五脏庙里打起了锣鼓点儿，起身一摸怀中的肉包子还在，看来夜里的事再凶险也不过是做了一场大梦。他本是心宽体胖之人，当时的财迷劲儿又犯了，跟捡了多大便宜似的，想想干脆先填饱肚子，再去找崔老道商量对策，挺热的天也不用回锅，拿起一个张口就咬，怎知一口下去形同嚼蜡，什么味道也没有，只得扔了不要。

等到天光放亮，费通起身出门去找崔老道，先是一通吹嘘："我当多难呢，这不就跟做梦一样！"又说在阴阳枕中找到了一个地洞，里边阴风阵阵，黑得伸手不见五指，我带的灯笼什么也照不见，两眼一抹黑，如何找得到飞天蜈蚣？纵然有降龙伏虎之能，却也无从下手。遇上朱砂脸老道一事却只字未提，如果说梦中之事还得经人指点，总觉得脸上无光。

崔老道不能说破了底，还得捧着费通。他未曾见过阴阳枕，更不知道其中的情况，可他一肚子馊主意，听费通说完，眼珠子一转计上心来，手捻须髯说道："阴阳枕中是个无底洞，你手上的灯笼再怎么说也是凡间之物，照不亮不足为奇。世上有三盏灯千古不灭，头一盏是佛前灯，二一盏是照妖灯，三一盏是幽冥灯，进无底洞捉拿飞天蜈蚣肖长安，非得借此灯不可。"

费通一听"幽冥灯"三个字，当时好悬没尿了裤子，听名字就知道这灯不是给活人用的，可当着崔老道不能栽这个面儿，他就说："既然如此，那就劳烦崔道爷你了，走上一趟把灯借来，我好去勾出飞天蜈蚣的三魂七魄，抹了咱这桩勾心债。"

崔老道连连摇头："贫道可不敢去森罗殿前借灯，手上没有走阴差的批票，那不是擎等着去送死吗？"说罢让费通附耳过来，告诉他如此这般、这般如此，成败在此一举。

费通听得胆战心惊，倒霉就倒霉在崔老道出的主意上了，一次比一次邪乎，一次比一次凶险。我这命怎么这么苦，早知如此，何必当什么巡官，以前日子再不济，也能混个仨饱俩倒，晚上回家有

276

酒喝，不至于把脑袋拴在裤腰带上，谁想要都能拎走。无奈事已至此，不听崔老道的又没别的法子可想，只得去盗取幽冥火，再探无底洞！

第十二章　三探无底洞（下）

1

　　前言少叙，接说"三探无底洞"，眼瞅说到书底了，不单是这个回目的底，也是这部《崔老道传奇》的底。常言道"好饭不怕晚"，换什么东西也如此，好的都得留在最后，比如说吃饭，主菜向来最后上桌，先上的冷拼那叫压桌碟；再比如两军阵前打仗，列开阵势之后，偏将、副将、先锋官上去一通厮杀，谁把谁斩于马下无关紧要，因为大将压后阵，主将最后出来一战定胜负；还比如折子戏，一人唱一段的那种，真正的名角儿、大腕儿得攒底，他不出来台底下一位也走不了，这叫大轴；园子里的什样杂耍更是如此，前面的叫垫场，说相声的万人迷再火也只能排在"倒二"，攒底的必须是大鼓，

278

真懂行的观众都是后半场才进来坐定。所以说咱们书说至此，这才有大热闹可瞧。

前文书正说到"窝囊废"费通费二爷，当上了天津卫五河八乡巡警总局缉拿队的大队长，官当得不小，手握实权，不敢说一人之下、万人之上，至少黑白两道、官私两面都得高看他一眼。不过他这个缉拿队大队长，不是凭真本事当上的，全靠溜须拍马、冒滥居功、贿赂上司，再加上该他走运，前赶后错捞了这么一个肥差，这就叫"不知哪片云彩有雨"。当然了，这话咱得分怎么说，那个时候正逢乱世，但凡能混上一官半职的，大多是靠歪门邪道，有真本事的人反而横遭排挤。咱不提别人，单说天津城缉拿队的费通费大队长，一个人不可能总走运，人这一辈子三衰六旺，有走运的时候就有倒霉的时候。孙猴儿那么大能耐，须菩提祖师座下弟子，会七十二般变化，一个跟头十万八千里，手里的兵刃是龙王爷他们家的顶梁柱，可是赶上走背字儿，还让五行山压了五百年。何况费通连猪八戒也比不了，刚走了几天的时运，倒霉事说来这就来了。

头些日子，窝囊废得走阴差的张瞎子相助，将飞天蜈蚣肖长安活活困死在乱葬岗子，尸首交到巡警总局，销了这个飞贼杀人越货的案子，又领赏钱又当官。怎知张瞎子吓唬他，说阳间的案子销了，阴间的案子可还没完，肖长安吐出三魂七魄遁入阴阳枕，城隍老爷面前没法交代，给了费通一张勾魂的批票，让他勾来飞天蜈蚣销案，否则拿他凑数。费通迫于无奈去找崔老道商议对策，在阴阳枕中找出了飞贼藏身的无底洞，可是里边黑灯瞎火什么也看不见，根本无从下手，到哪儿找肖长安去？一肚子坏水的崔老道，又给费通出了个馊主意，让他去借幽冥灯上的鬼火，二探无底洞。

也就崔老道想得出这个损招儿，列位您想想，这可不比抽烟没带火，找别人借来用，幽冥火能说借就借给你吗？你还得起吗？费通心想："官差当到我这个份儿上，也是前无古人、后无来者了。往后谁也甭说我是窝囊废，哪个不是窝囊废，你去借一趟给我瞧瞧？"奈何被挤对到这一步，横竖落不了好，不去借这鬼火，张瞎子也饶不了他，思来想去，不得不铤而走险，死中求活。再加上崔老道紧在一旁煽风点火："费大队长，你尽管把心放肚子里，贫道自有法术，你按我所言，如此这般、这般如此，定可进退自如！"

费通记下这番言语，从崔老道家出来，离开南小道子胡同，路上买了不少东西，拎着大包小裹回了家。买的什么呢？全是他平日最爱吃的东西，鸭脖子、鸡爪子、牛眼珠子、羊蹄子，再加上水爆肚、羊杂碎，四张葱油大饼，外带半斤老白干儿。那么说堂堂的一个缉拿队大队长就爱吃这些零碎儿？您别忘了他才吃了几天正经干粮？费二奶奶家法又严，吃油炸花生米都论个儿数，这顿多吃了一个，下顿就得扣俩。如今来说，费二爷官运亨通，扶摇直上，隔三岔五就有人给他行贿，腰里的钱也富裕了，可是总归跟人家大门大户出来的比不了。在他看来，这就是最好的东西，有滋有味儿，吃着还解闷儿，到死都吃不腻。

到家把这些零七杂八的摆在桌子上，坐下来端起茶壶，"咕咚咕咚"先灌了个水饱儿，用袖子抹了抹嘴，吐出嘴里的茶叶梗，坐在那儿是唉声连连，长吁短叹。费二奶奶一瞅费通买这些吃的，不知道这位大队长想干什么，再瞧瞧他脸上的神色，跟霜打了秧似的，准是又摊上事了，开口问道："这一次又让你刨谁家的祖坟？"

费通一撇嘴："合着我不会干别的，光会刨坟？"

费二奶奶冷嘲热讽："不刨坟，你愁眉苦脸的干什么？还买这么些东西回来？再不吃怕吃不上了？"

费通心想："这个话是不中听，可也没说错，吃完了这一次，还指不定有没有下次呢？趁着还能吃，我可得吃够了，撑死的总比饿死的强。"他让费二奶奶别说闲白儿了，擦桌子拿碗筷，两口子一起喝点儿。这些东西全都在荷叶包里裹着，也不用装盘，解开摊在桌上就能吃，待会儿还省得刷家伙了。等摆齐了酒菜，费通喝下三杯闷酒，对费二奶奶说："给我找身你的衣裳，颜色儿越艳越好，嗯……胭脂水粉也拿出来。"

费二奶奶手中的酒杯往桌子上一蹾，两眼一瞪："我说窝囊废，你又出什么幺蛾子？这刚当了几天人啊，就看老娘不顺眼了，还要再娶个窑姐儿回来，想造反是吗？"

费通连连摆手："我的二奶奶，您就饶了我吧，这都火烧眉毛了，我哪还有那个心思？"

费二奶奶一想也对，谅费通吃了熊心豹子胆也不敢拿她的东西送人，但是一个大老爷们儿拿妇道人家的这些东西干什么呢？问了费通半天也不说，只称惹上麻烦了，崔道爷给出的主意，让他扮成女人睡觉，方可平安无事。费二奶奶一向迷信，得知是崔老道的吩咐，平日里又常听费通念叨崔道爷长崔道爷短，这主意听似不着四六，说不定里边道法深了去了，也就不多问了。去里屋的躺箱中翻出一套压箱底儿的衣裳，上身是水绿色的桑绸小褂，下身一条大红的罗裙，谈不上多好，可是够鲜亮的，都是自己在娘家当闺女时穿的。别看费二奶奶跟母夜叉也差不了多少，走在胡同里地动山摇，说起话来嗓门震破天，可毕竟也是女子，哪个不想粉妆玉琢？东施不还效颦吗？费二奶奶之所以变成如今这样，还不是因为嫁给窝囊废以来，着不完的急，生不完的气，万事不顺心，才动不动就火冒三丈。拿完了衣裳，费二奶奶又把胭脂水粉拿出来，帮着费通往脸上抹了一遍，从头到脚全捯饬完一照镜子，简直不能看。窝囊废本就是五短身材，竖起来不高，横下里挺宽，圆脑袋，圆肚子，赘肉囊膪真是不少，穿上这么身花红柳绿的衣裳得什么样？真应了那句话叫"狗熊戴花——没个人样"。脸上更热闹，扑上半寸厚的香粉，鼻子都快平了，两腮抹了胭脂，嘴上涂着唇脂，脑袋裹上一条绣花的头巾，比庙中的小鬼还吓人，真见了孤魂野鬼，还说不定谁怕谁呢？费通也知道自己这扮相好不了，不忍心多照，吃饱喝足了，将两只鞋一反一正摆在床前，又让费二奶奶"护法"，借酒劲儿躺下就睡。

2

过了没多久，费通迷迷糊糊地睁开眼，见纸灯笼的光亮又变成了白的。他也是一回生二回熟，提上灯笼出门往城隍庙走，去那儿做什么呢？这是崔老道交代的，夜里经过城隍庙一直往前走，就能见到幽冥灯了。

费通到了门口没敢往里走，小心翼翼绕过城隍庙，举着灯笼四周围照了半天，眼前却不见道路，正在踌躇之际，忽然刮来一道旋风，萧萧飒飒，无影无形，将费通卷入其中。他脚底下不听使唤，让风卷着身不由己，歪歪斜斜地往前走，耳边隐约听得有人喊冤叫屈，哭声四起，凄凄惨惨、悲悲切切，周围黑雾弥漫。费通吓得心惊肉跳、魂飞天外，看来自己是让鬼差勾去了，此时节再说后悔可来不及了，任凭他叫破了喉咙也不顶用。

转眼行至一座规模惊人的大寺庙前，抬头望去，阴惨惨、雾沉沉的，影影绰绰隐约可见飞檐斗拱的轮廓，仿佛帝王宫城。费通裹在阴风之中到得重台之下，见两旁有巨幅壁画高达数丈，顶端蛛网纵横、尘土覆盖。隐约可以看出来，壁画中描绘了一口硕大的油锅，下边架着熊熊烈火，将锅中热油烧得滚沸。油锅前的小鬼赤发紫须，头上长角，黑黢黢一张怪脸，手持三股钢叉，将一排绳捆索绑跪的人挨个儿往油锅里挑。费通看得毛发俱竖，似乎可以听到"嗞嗞啦啦"下油锅的声响，仿若有一阵焦煳之气弥漫而来。旁边的壁画更吓人，画中有一个石磨，阴兵将人推入石磨，石磨上面血肉与油脂混在一处，几只恶狗张开大嘴伸出猩红的舌头，在争舔磨中流出的血肉。接下来的壁画上绘以刀山，利刃朝上，寒光闪烁，几个鬼卒手挥鞭子，把许多人往刀山上赶，爬山的人个个如同血葫芦。硬着头皮再往前走，画中一群群夜叉小鬼，用手中铁戟往人的身上乱戳乱刺，扎上之后就举到半空，平着扔将出去。空中另有成群结队的黑鹰，扑过来啄啖人的眼目，人落地之后，又被巨蛇怪蟒绞住了脖子。费通心里发毛不敢再看，扭过头来望向重台之上。只见殿宇雄峻、斗拱交错、檐牙高啄，上方高悬一块黑漆金字的匾额，斗大的三个字写的是"东岳庙"。费通心里纳闷儿，怎么到了供奉东岳大帝的东岳庙了？但见一缕缕阴风黑气进进出出，殿门前摆放一盏金灯，表面夔纹密布，顶端一簇蓝幽幽的鬼火摇摇摆摆，正是幽冥灯。

书中代言，这盏金灯乃天地造化之物，灯中鬼火从来也没灭过，任何魑魅魍魉都得先过这一关。

费通被阴风卷至灯前，见灯下压着一团旋风，当中有五色神光，不知此乃何物，也不敢多看。别的阴风在灯前打个转便进去了，轮到费通却迟迟不动。这就是崔老道出的高招儿，安排费通穿上妇道人家的衣裳，上身水绿小褂，下身大红罗裙，远看跟个水萝卜成精似的，脸上涂脂抹粉，红一块儿白一块儿，厚得瞧不出本来面目，在灯前照了半天，怎么也照不出他是什么来路，正好给他留出了下手的余地。

费通迈一步退半步，脚底下颤颤巍巍，把心提到了脑瓜顶，暗自把崔老道他们家祖宗十八代一卷到底。不是这个牛鼻子出的馊主意，自己何至于上这儿来玩命？万一失手被捉入殿中，刚才壁画中鬼卒、夜叉的手段，就得用在自己身上，到时候搬下十万天兵天将也救不出去了，那谁受得了啊？他偷眼往大殿中瞟了一下，瞅见殿内神台之上供了一尊高大的金身塑像，戴冕旒冠，身穿蟒袍，不怒自威，想必就是东岳帝君。左右还分列十尊塑像，一个个也是戴冕旒冠，身上是大红罩袍，黢黑的怪脸长得里出外进，山是山水是水沟壑不平，铜铃大眼狮子鼻、连鬓络腮的钢髯，哪一根儿拔下来都能当纳鞋底的锥子，再没这么凶恶的了，不是十殿阎君又是何人？费二爷心寒胆裂，倒是没忘了自己是干什么来的，伸出手中灯笼哆哆嗦嗦去取灯火，不想一失手打翻了殿前的金灯，这个祸可惹大了！

崔老道指点费通借灯，事无巨细全交代明白了，只需要把他自己带的纸灯笼凑上去，借下一点儿灯火即可。怎知费通往殿中看了一眼，这一眼不要紧，把他吓得手足失措，慌乱中一下打翻了金灯，但见一道光亮闪过，压在金灯下的旋风已不知去向。他的灯火倒是借上了，白纸灯笼冒出幽幽蓝光。他忙把金灯扶归原位，趁殿前一阵混乱，迈开了两条小短腿，跑得肚子上的肥肉直往下巴上撞。呼哧带喘上气不接下气地跑过了城隍庙，好悬没一头栽进臭水坑。回头看看也不见有谁来捉他，以为这就没事了，低头一看手中灯笼里面蓝光闪闪，心中暗暗得意，往后谁也别在费大队长面前说"鬼门关前走过一遭"的话，也就是费二爷我，换了旁人能有这等胆量？

　　他可不知道，不是鬼差不来追它，只因金灯下的东西了不得，有这盏灯镇着它，才兴不得妖、做不得怪。这一去可就天下大乱了，出了这么大的事，谁还顾得上窝囊废？

　　书说至此，咱得交代几句了，书文戏理讲究丝丝入扣，但凡说出来的话，没有用不上的。那么说金灯下边压的是什么？跟这套书又有什么关系呢？前边讲过，这一整套书说全了叫"四神斗三妖"。"四神"是指天津卫四大奇人，说书讲古崔老道、屡破奇案郭得友、无宝不识窦占龙、追凶拿贼刘横顺。压在灯下的则是"三妖"之一，也是最厉害的一个，结果让这位成事不足、败事有余的窝囊废放了出去。后话不在本段书内，先留下这个扣子，留到后文书再给您掰开揉碎了讲。

　　咱再说费通费二爷，手提灯笼跑过城隍庙，停下脚喘了几口气，心里还没忘了崔老道的叮嘱，又马不停蹄赶奔大荣当铺。城隍庙在西北角，大荣当铺在南城。天津城是一座"算盘城"，轮廓如同算盘，东西宽，南北窄，因此民谚有云："天津城，像块砖，两边窄，两头宽。"可就算是南北窄，从西北角到城南那也不近。费二爷挺胖的身子，平时走路都喘，而今一路小跑下来，直累得满头大汗，当差十来年也没卖过这么大的力气，来到当铺门口，扶着影壁墙把气儿喘匀了，这才进去捉拿飞天蜈蚣。

这一次闯过了东岳庙，他也长脾气了，举着灯笼脚步匆匆，直接就往当铺里走，拿出了巡官的做派，挺胸仰脖儿，眼睛往房顶子上看，口中大声嚷嚷："有胳膊有腿儿会说话的给我蹦跶出来一个，你们家费二爷到了！"怎么这么横？因为他手里的灯笼和上一次不同，幽冥灯上借来的阴火，任什么魑魅魍魉，见了没有不怕的，连掌柜的带伙计有多远躲了多远，当铺里里外外四敞大开。费通等了一阵儿不见动静，迈步进去大摇大摆来到库房，一脚把门踹开，轻车熟路找到放置阴阳枕的木匣，左手提灯右手打开盖子，转眼到了无底洞前。他用手中灯笼往洞口一照，霎时间黑雾散开，眼前再无半点儿遮挡。费通探头往洞中张望，见深处华光异彩，不知是个什么去处，正寻思如何下去，只听身后有人叫道："且慢！"费通扭头一看，那个朱砂脸的老道也来了。

朱砂脸老道对费通说："不可轻举妄动，这是个无底洞，一上一下势比登天。"

费通急得抓耳挠腮，这可是百密一疏，下不了无底洞如何办差？

朱砂脸老道不慌不忙，缓步走到洞口旁的一株古柏前，折下几根树枝，把在手里跟变戏法似的，眨眼编成一双鞋交给费通，让他穿上千年崖柏编的"登云履"，再下无底洞捉拿飞天蜈蚣。

费通急忙穿上登云履，低头看了看洞口，心里头直打哆嗦，仗着脚下有"登云履"，手上有"幽冥灯"，自己给自己壮了壮胆子，牙一咬眼一闭，纵身下了无底洞。只觉云生足底，有如腾云驾雾一般，飘飘荡荡往下走，恍惚中踏上了实地，再往四周一看，已然置身于一座金殿之中。四周丹墙壁立、雕梁画栋、金碧辉煌，飞檐上两条金龙活灵活现，似欲腾空飞去。再往深处观看，犀角炉内麝檀香、琥珀杯中倾珍珠，玉台上设摆一圈长桌，罗列珍馐美味、琼浆玉露，什么叫龙肝凤胆、狮睛麟脯，怎么是熊掌猩唇、猴脑驼蹄，费通甭说吃过，见都没见过，名字都叫不全。非但如此，席间还有十余个花容月貌的美女穿梭其中，皆穿薄纱裙，酥胸半露，玉臂轻摇，有的翩翩起舞，有的吹奏鸾箫凤笛。大殿正当中，四面汉白玉的栏杆围定一方水池，池中波光粼粼，清可见底，成群的锦鲤往来游弋，水面上金点荷花开得正艳，池边一座白玉碑，上书"太液池"三字。费通瞧得眼都直了，张着大嘴盯住一个美女看了半天，眼珠子好悬没掉出来。这个美女生得明眸皓齿、倾国倾城，娇美处若粉红桃瓣，举止处有幽兰之姿，翩翩起舞，玉袖生风，若仙若灵，好似笔走游龙绘丹青。再想想家里的费二奶奶，真乃天渊之别，眼泪好悬没掉下来。窝囊废一番心猿意马，想入非非，直愣愣地往里走，忽见玉台上正当中坐定一人，白惨惨一张脸没有半点儿血色，剑眉虎目、高鼻梁、薄嘴片，身穿青衣，头戴小帽，脚底下也穿了一双千年崖柏编成的登云履，不是飞天蜈蚣肖长安还能是谁？费通愣了一愣，这才想起自己是干什么来的。

肖长安一见费通也打了一个愣，他可没认出费通，为什么呢？咱们前面交代得清楚，此时费通一身花红柳绿的妇人衣裳，脸上抹着半寸来厚的脂粉，打着腮红涂着红嘴唇，三分不像人七分倒像鬼，看一眼减寿三年。肖长安这么多年在阴阳枕中见的都是美女，猛然出来这么一位，能不愣吗？他身形未动，伸出手点指费通，口中厉声呵斥："哪里来的丑鬼！"十余个美女立即围拢上去，个个银牙紧咬，杏眼圆睁，扯住费通拼命厮打，头上的头巾也给揪下来了，身上的罗裙给撕成了一条一条的。那些美女的指甲又尖又长，跟小刀相仿，挠一下就是几道血印子。费通伸胳膊踢腿抵挡不住，匆忙中将手中的纸灯笼往上一举，只见灯笼中的阴火光亮陡增，照得人脸都蓝了。十余个美女花容失色，再一看哪里是什么美女，分明就是一群夜叉鬼，头悬烈焰，眼赛铜铃，巨齿獠牙，颧骨高得能扎死人，比自己这扮相还吓人。窝囊废连四方坑里的一个女鬼都对付不了，何况这是搓堆儿来的？有她们在此阻挠，捉拿飞天蜈蚣肖长安谈何容易！撅着屁股抱着脑袋，撒丫子仓皇而逃。怎奈大殿中无门无户，四下里乱撞无从脱身，狗急跳墙纵身往上一蹿，足蹬云雾，倏忽间到得洞口，心惊胆战之余还了阳。

3

书要简言，转过天来一早晨曦初露。费通将灯笼放在床底下，匆匆忙忙洗了把脸，换上自己的衣裳，又跑去南小道子胡同找崔老道。崔老道刚睁眼还没醒盹儿，就听外面有人砸门，开门见是费通，上去就道喜，为什么呢？既然费通活蹦乱跳地找上门来，想必已将案子销了，这可得好好扎上一顿，心里琢磨着到底是再吃一次烤肉，还是去东北角"全聚楼"吃几大碗三鲜勾卤捞面，想到此处馋虫上涌，如同百爪挠心。怎知费通一屁股坐在椅子上，唉声叹气地说："崔道爷，您出的主意是不赖，昨夜晚间我到东岳庙盗灯借火、二探无底洞，可以说手到擒来，游刃有余。飞天蜈蚣肖长安见了我，如同耗子见了猫，抖衣而栗，不敢造次。这也难怪，活的我都不怕他，还怕个死的不成？无奈他身边的女鬼太多，我身为天津城缉拿队的大队长，在九河下梢七十二沽也是响当当的人物字号，怎肯与女流之辈动手？传出去，我还有什么脸面抓差办案？"

崔老道常年摆摊儿算卦，全凭察言观色的本事，什么事能瞒得过他？听费通这么一说，就明白他是自己往自己脸上贴金，昨天夜里指不定狼狈成什么样了，不知遇上的是什么妖邪，他手上的灯笼居然没用。于是他口诵一声道号："无量天尊，有道是没有白面蒸不了包子，没有鸡蛋做不成槽子糕，没有半瓶子醋吃不了河螃蟹……"几句话急得费通直跺脚："我的崔道爷，这怎么全是吃的？您快说正事儿。"崔老道端起茶碗喝了一口润润嗓子，不紧不慢地说："费大队长少安毋躁，容我把这句话说完……那关圣帝君纵然神勇，没有胯下的追风赤兔、掌中的青龙偃月，如何过得五关斩得六将？依贫道拙见，费大队长你的能耐再大，也需一件法宝傍身。"

费通恨不得扑上去咬崔老道两口，有这话你倒是早说啊！

崔老道说："我道门之中无珍不全、无宝不备，降妖捉怪全凭法宝。怎奈这件东西却不在贫道手上，还得……还得有劳费大队长自己去拿。"

如今费通也是豁出去了，只觉一股邪气直撞脑门子，要是没房顶子挡着他能上了天。这叫虱子多了不咬、债多了不愁，但凡把道儿划出来，没有你家费二爷不敢去的！崔老道卖够了关子，告诉窝囊废，找这件法宝不难，天津城有一面铜镜，可别小瞧这面镜子，它有个名字叫"照胆镜"，无论何方妖邪，照之则魂亡胆丧。费通忙问崔老道照胆镜现在何处。崔老道仍是故弄玄虚，支支吾吾不肯说，伸出手拉着费通的袖子出得门来，到了南门口的一家早点铺。费通这个气啊，心说："你除了吃还有别的事吗？"但也不敢发火，自己这条命能不能保得住还得看崔老道的。他见伙计在棚子里边忙活，外边刚摆上破桌子烂板凳，还没上座。二人找了张桌子坐下，崔老道跷起二郎腿摇头晃脑，冲着费通一努嘴。费通无可奈何，起身去买吃的，豆腐脑、锅巴菜、炸馃子、热蒸饼买齐了端上桌来，两个人狼吞虎咽吃了一顿。崔老道撑得腰都猫不下了，心里暗自庆幸："这一天的饭钱又省了。"他抬袖子抹了抹嘴，伸手一指旁边炸馃子的小摊儿："你得把那块案板子买下来，法宝就在其中。"

炸馃子的都得有块案板子，支在油锅旁边，没有多宽，横着却挺长，和完了面放在上边，用屉布盖好了。几时有主顾来买，便掀开屉布揪一块面下来，用擀面棍擀成长条，再用刀切成小块，拿起两块捏在一起，抻开了下锅，翻几个滚儿，一根儿棒槌馃子就炸得了。吃几根儿炸几根儿，总能让主顾吃热的。早点摊儿上炸出来的馃子也是花样百出，像什么棒槌馃子、糖皮儿馃子、大馃子饼、"老虎爪"，等等。会吃的总得交代一句"炸老些"，意思就是炸成枣红色才能出锅，吃起来又酥又脆。

费通莫名其妙，莫非你崔老道要改行卖早点？书中代言，崔老道从清朝末年就在南门口摆卦摊儿，这个地方的兴亡起落他全看在眼中。别人以为炸馃子的案板无非是一块油脂麻花的破木头板子，扔在路上都嫌碍事，哪有什么出奇的。崔老道可认得这是想当年直隶总督衙门大堂上的匾额，到后来改朝换代兵荒马乱，总督衙门都给拆了，匾额扔在路边风吹雨淋。结果炸馃子的抬了去，把上边的油漆打磨干净，底下钉上四条腿儿，当成了案板子。殊不知，九河下梢七大镇物之一的"照胆镜"，当初就嵌在此匾背后。崔老道晓得照胆镜是件宝物，可他自知命浅福薄，不敢打照胆镜的主意，这么多年也没对任何人说过，如今正好派上用场。

崔老道一番话说得费通心动，可要说到"买"，绝没那个章程，他看了看左右，眼珠一转已想出一个办法。只见他站起身来，倒背双手、大摇大摆来到炸馃子的摊位前，把嘴一撇："我说炸馃子的，你的这块案板子用了几年了？这上头油脂麻花的，多恶心人哪。我可告诉你，我刚才吃馃子的时候，愣吃出一块木头渣子，险些把牙花子扎了，你赔得起吗？还不赶紧换一块！"

炸馃子的能不认得窝囊废吗？天津城缉拿队的大队长啊！刚刚击毙了江洋大盗飞天蜈蚣，那还了得吗？连忙点头哈腰赔不是，保证明天就换一块案板子。

费二爷摆足了派头，气哼哼地问道："敢拿我的话当放屁是吗？让你换块案板子还等明天是吗？明天一早我还得专门过来检查你换没换是吗？合着你给我安排上了是吗？"

费通当差这么多年，抓贼办案的本事没见长，欺负老实人的能耐可是一天强似一天，在家里又得了费二奶奶的真传，"嘡嘡嘡"

几句话问下来，嘴里边跟连珠的小钢炮相仿。炸馃子的吓得又是作揖又是鞠躬，赔着笑脸连声央告："瞧您说的，我一个炸馃子的，哪敢安排您啊，可我这一时半会儿的，上哪儿再找一块案板子？您老高抬贵手，容我一天不成吗？好歹得让我把这块面炸完了啊！"

费通把眼一瞪，满脸的公事公办："不成，我就在这儿看着，不马上给我另换一块，我还不走了。"

炸馃子的好说歹说不顶用，丈二和尚摸不着头脑，不知窝囊废吃了什么脏东西，天津城缉拿队的大队长不去抓差办案、捕盗拿贼，怎么跟我这块案板子较上劲儿了？但把话说回来，胳膊拧不过大腿，让换就换吧，跑去找旁边早点铺借了张桌子，铺上屉布暂时充作案板，把原来的那块替换下来放在一边。费通也不吭声，撸胳膊挽袖子上去就搬，炸馃子的直拦着："二爷二爷，这案板子我不用了，回去劈了还能烧火，可不敢劳您动手！"

费通说："甭来这套，谁知道你明天还用不用，今天我就给你拿走扔了，省得你偷奸耍滑。"这炸馃子的不知费大队长到底唱的是哪一出，这案板经年累月上边老厚的一层油泥，讹了去也卖不出钱来，费通要它干什么？转念一想，认便宜吧，得亏是案板不是钱匣子，舍就舍了吧，于是不敢再多说了。费通不再理会炸馃子的，叫崔老道过来帮忙。二人搬上案板子，来至南门口水月庵后一处荒僻无人的所在，抠出嵌在背面的铜镜。镜子只不过海碗大小，托在手里颇为沉重，镜面锃光瓦亮。倒过来再看，另一面云纹兽钮，暗藏阴阳八卦十二辰位，中间铸以"照胆"二字古篆。崔老道认识，费通可不认识，只见铜镜古拙，想必是件稀罕之物，赶等拿住了肖长安，转手卖给"喝杂银"的，又是一笔进项。崔老道叮嘱费通把镜子收好，今夜来他个三探无底洞，捉拿肖长安！

说话休繁，当天晚上，窝囊废换上一双合脚的千层底便鞋，腿肚子绑好了绑腿，腰里扎上皮带，浑身上下收拾得紧趁利落，伸胳膊抬腿，没有半点儿崩挂之处。这一次说什么也得把差事了结了，白天当人、夜里当鬼的日子实在是过够了。他揣上走阴差拿鬼的批票，身背九河下梢的镇物"照胆镜"，手提幽冥火纸灯笼，又来到阴阳枕中的无底洞前，见朱砂脸的老道已经在洞口等他了，身旁放着石室中的那尊金甲神将。朱砂脸老道让费通把照胆镜安在金甲神将胸前，咱前文书说过，这尊神像从头到脚顶盔掼甲，唯独少了一块护心镜，照胆镜放上去严丝合缝。朱砂脸老道吩咐费通："你背上金甲神将去无底洞中捉拿飞天蜈蚣，不到紧要关头，切不可扔下神将。"

窝囊废伸手一抬，虽是丈二金身的泥胎，却并不觉得沉重，当下背在身后，脚踩登云履，手提幽冥灯，足踏云雾下了无底洞，前边有车后边有辙，又来到金殿之中。那些个女鬼见又来了一个不怕死的，立时龇牙咧嘴扑将过来。费通厉声呵斥，将灯笼举在半空中，正对金甲神将胸前的照胆镜，幽冥鬼火被铜镜一照，立时寒光四射，流星火石一般。一众女鬼惊得厉声尖叫，四散而逃，化为十几缕飞烟，在宫殿之内绕了几圈，相继落在墙壁之上，再定睛观瞧，原来是壁画中的宫女。

坐在玉台正中的飞天蜈蚣肖长安见势头不对，脸色大变，身形一纵蹿将起来，三步两步抢至大殿当中，一头扎进了太液池。费通心说"不好"，抢步追上前去，抻脖瞪眼看了半天，池水清澈见底，水波不兴，哪有飞天蜈蚣的踪迹？他暗自揣测，莫非池子下边暗藏玄机？而今来了三趟了，能让这个飞贼跑了吗？窝囊废心道一声："今儿个我也是砸锅卖铁——豁出去了！上天追到你凌霄殿，下海追到你水晶宫，说什么也不能再白跑一趟了！"当下背上金甲神将，小短腿紧捯几步，纵身跃入水池。

原以为跃入水池，就得从里到外来个透心凉，怎知身上连个水点儿也没有，身子却不住下沉，如同落入了万丈深渊。费通借脚下的登云履稳住身形，低头向下看去，飞天蜈蚣足踏黑云，正往深处飞奔。窝囊废心里头一清二楚，不在近前拿不住飞贼，当即紧追不舍。追了半天仍不见到底，身旁左右混沌一片。费通越追越嘀咕，无底洞怎么这么深？胡思乱想之际，瞧见洞中涌出一道光雾，同时传来"吱吱喳喳"的怪响，转瞬到了眼前，竟然是无数飞鸟大小的萤火虫，密密麻麻地连天接地，扑扑棱棱往人脸上乱撞。按说这东西不吓人，田间地头倒也常见，可谁瞧见过这么大还会叫的？费通看得头皮发麻，正不知如何理会，又冲出一群大蝙蝠，分为黄、褐、白、赤、黑五色，皆是肚腹向天，在洞中倒悬飞行，在"光雾"中往来穿梭，争吃那些萤火虫。窝囊废一只手托着背上的金甲神将，一只手拎着幽冥灯，如何追得上飞贼？费通眼见飞天蜈蚣在光雾当中左躲右闪，逃得越来越远，一时心中起急，举起金甲神将，双膀一用力，对着飞天蜈蚣砸了下去。但见云雾之中电光石火般伸出一只巨手，臂上金甲灿然，一把攥住了飞天蜈蚣！

4

费通见金甲神将拿住了肖长安，立即冲上前去，掏出走阴差的批票，开口大喊一声："肖长安！"飞天蜈蚣肖长安出道多年，在大江南北作案无数，常与官差打交道，可谓见多识广，却不知阴差办案的路数，突然听得费通叫他，虽然没敢应声，但是抬头看了一眼，这一下就让阴司大票勾上了三魂七魄。一阵阴风卷过，飞天蜈蚣肖长安化为一缕飞灰，眨眼踪迹全无，隐在云雾中的大手也旋即不见。费通瞧了瞧手上的阴司大票，上边已然多出一行小字，正是贼人肖长安的生辰名姓，不由得长舒一口气，可把这件案子销了！正自得意，忽觉身子一沉，脚下落空，合身往下一扑，已然到了洞口之外，朱砂脸老道还在原地等他。

窝囊废兀自嘀咕，又看了看手中的批票，飞天蜈蚣肖长安的生辰名姓还在其上，这才松了一口气，对朱砂脸老道打了一躬，揣上批票就要走。

朱砂脸老道却说："阁下留步，贫道有一事相求。"

老道自称姓李，名道通，江湖上人称李老道，也是个画符念咒、降妖捉怪的火居道人。三魂七魄误入阴阳枕，困在此中多年，留在尘世的肉身已朽，他想出也出不去了，求费通用走阴差的批票，将他从阴阳枕中勾出去，若能重入六道轮回，下辈子当作结草衔环之报。

费通见朱砂脸老道相貌不凡，说话也挺客气，全不似油嘴滑舌的崔老道，从来也没有个正经的时候。他心下寻思，一个羊也是赶，两个羊也是放，捎带脚就办了。张瞎子让我拿一个，我给他拿去两个，这叫好事成双，何况这又是积德行善的阴功一件，往后在阴阳两路、黑白两道上，谁不得高看我一眼？于是点头答应，举起批票，照之前的法子高叫一声"李道通"，话未落地，骤然一阵阴风吹过费通的面门，李老道可就不见了，低头再看时，走阴差的批票上多了李道通的生辰名姓。

窝囊废三探无底洞，一张走阴差的批票拿住两个亡魂，这回稳当住了，抬脚迈着四方步往回走，心里那叫一个美，随口哼唱了一段折子戏《闹地府》："森罗殿岂容你任意搅闹，尔篡改生死簿罪责难逃，众鬼卒快与我将他锁了……"那个舒坦劲儿，堪比三伏天喝着了凉井水、三九天钻进了热被窝、吃黄豆放了一串连珠屁、吃萝卜打了一通酽气嗝儿。

转过天来，窝囊废睡到日上三竿，彻底还了阳，拿热手巾擦把脸，换上一身笔挺的官衣，抖擞精神地离了家门。他先去城隍庙找张瞎子交批票，这一次大功告成，估摸着再也用不上张瞎子，连卖糕干的都懒得找了。空着两手到了城隍庙，见得张瞎子，免不了添油加醋胡吹一通，不仅拿住了飞天蜈蚣肖长安，顺手还带出一个苦命的李老道，功德大了去了。可是取出批票一瞧，窝囊废就傻眼了，上边写得明明白白的，只有肖长安的生辰名姓，李老道上哪儿去了？

张瞎子只当他是信口开河，就没再多问。费通也没多想，管他什么张老道、李老道，只要批票上有肖长安的名姓，把那个认死理的瞎老头儿对付过去就行了。由打城隍庙出来，窝囊废真可谓如释重负，这些天人不像人、鬼不像鬼，干的这叫什么差事？瞅了瞅天色快该吃晌午饭了，不如去找崔老道喝上两杯，主要是他在张瞎子面前没吹过瘾，还得跟崔老道卖派卖派。于是一点手叫来一个拉"胶皮"（也就是洋车，南方叫黄包车）的。窝囊废为了摆谱儿不愿意走路，反正车夫也不敢找他要钱，抬屁股往车上一坐，压得车夫直嗫牙花子，硬着头皮也得跑。车铃铛"丁零零"一响，洋车忽悠悠、颤巍巍，载着费大队长从西大街到南大街，再来到南门口，车夫累得大汗淋漓、两腿发软。费通一看崔老道正在卦摊儿后头正襟危坐，赶紧也给这位道爷叫了一辆"胶皮"。二人去了锅店街北口，有个字号叫"又一斋"的南路馆子。费通心里痛快，先和崔老道坐定了，一嗓子把跑堂的叫过来："堂倌，要一个金华火锅，半斤腊肉，通州火腿要熟的，两壶玫瑰露，四斤荷叶饼，葱、酱各要两碟，你再给搭配几个热炒。"崔老道一看窝囊废点菜这利索劲儿，心说："他这官可不白当，这才几天，看得出来没少胡吃海塞。"

跑堂的跑跑颠儿颠儿报知后厨，给这二位沏上一壶碧螺春，让他们清清口。片刻，吃的喝的摆上桌来。二人端起酒杯互道一个"请"字，饮尽了杯中酒。崔老道多圆滑，一瞧费通的脸色就知道交了差事，也明白费通请客喝酒的意思，到了这个节骨眼儿上，岂能不给他费大队长搬梯子？他当即说道："费大队长太厉害了，阳世捉贼，阴间拿鬼。他当年开封府倒坐南衙的包龙图日断阳夜断阴，那也不过如此，抓贼追凶更离不了展昭展雄飞。您费大队长一个人就全办了，这番功绩，足以在'凌烟阁上标名，丹凤楼前画影'。您能不能给我讲讲，三探无底洞是如何拿住飞天蜈蚣的，也让贫道长长见识、开开眼界。"

费通一听这话就对路，钱没有白花的，崔老道是比张瞎子会说话。当时把筷子一撂，上嘴皮子一碰下嘴皮子，话匣子可就打开了，吹了个天昏地暗、日月无光，拿绣花针当擀面杖说，大小节骨眼儿、犄角旮旯儿，没有说不到的，还光拣露脸的说，狼狈之处一字不提。崔老道给他个耳朵，紧着下筷子往嘴里划拉。窝囊废在对面口沫横飞滔滔不绝，说来说去，说到从阴阳枕中带出一个老道，姓李名道通……

说者无意、听者有心，"李道通"这三个字一出口，崔老道大吃一惊，刚喝的一口酒喷了费通一脸。原来这个李老道不是旁人，正是崔老道的同门师兄。他师父白鹤真人平生只收过两个徒弟，头一个是李道通，二一个是崔道成。李道通天赋异禀，无论什么玄门道法一点就通，但是不走正路，被白鹤真人逐出师门。他又听说跟随师父的小徒弟崔道成，经师父指点上龙虎山五雷殿偷看了两行半天书，得了五行道术，可以呼风唤雨、移山填海，好悬没把他气死，遂有兴妖灭道之念。因为炼成了妖术邪法，会遭天罗地网格灭，李道通躲入阴阳枕躲避天劫，等到劫数过去，他的三魂七魄却出不来了。后来阴阳枕落在肖长安之手，李道通在枕中传了肖长安一身异术，从此杀人越货四处作案，得了"飞天蜈蚣"的名号。李道通告诉肖长安，你在外边作案时万一失了手，可将三魂七魄吐出，遁入阴阳枕，免受阴世之苦。实则是以肖长安做饵，引来阴差勾魂，再借走阴差的批票，将他自己勾出阴阳枕。

当年白鹤真人道破天机，死前交给崔老道一个锦囊，命他下山途中拆看。崔老道在龙虎山上偷看两行半天书，放走金蟾，错失一世富贵。他失魂落魄地下了山，回到家才想起师父给了他一个锦囊。

298

打开来反反复复看了八百六十遍，原来恩师白鹤真人早已洞悉一切前后因果，他崔道成根本没有那一世富贵，他这辈子是应劫而来。师父之所以让他上龙虎山，皆因他师兄李道通反出师门，入了"外道天魔"，上天垂象，合该道门中有此一场大劫，到时候天下大暗，死人无数，非止一城一地之祸。故经崔道成之手放金蟾下龙虎山借窍应地，以《神鹰图》换取蟒宝应火，在广济龙王庙捉妖应水，让他偷看两行半天书应风，凑齐"地火水风"应此劫数。

崔老道不敢违背师命，一件事一件事去做，却怎么也想不明白，早在清朝末年，李道通就让天雷劈死了，那还怎么兴妖灭道？直到此时此刻方知，窝囊废这个倒霉鬼，三探无底洞捉拿飞天蜈蚣，岂料全是李道通的诡计。崔老道可真害怕了，关系到生死存亡，卦也捏不准了，顾不上跟费通多说，跑回家中收拾一番，赶去追查李道通的下落。怎知他前脚刚出门，李老道就冒了李子龙的名号，改头换面来到天津城，这才引出后文书"枪打美人台，收尸白骨塔"。欲知后事如何，且留《火神：九河龙蛇》分说。

咱们这部《崔老道传奇》，说到此处就该告一段落了。当然了，这只是"四神斗三妖"的一部分，本书借崔老道之口，讲述天津卫四大奇人的传说。书中的人物也不止这四位，更有七绝八怪、九虎十龙，以及九河下梢的三教九流、行帮各派。想当年，崔老道在天津城南门口说野书，以此挣钱糊口养活一家老小。"四神斗三妖"是他压箱底的顶门杠子，很多内容是他吃铁丝拉笊篱——自己在肚子里胡编的，说个稀奇、道个古怪罢了，大可不必当真。毕竟是"神鬼妖魔多变幻，公道从来在人心"！

天下霸唱全部作品目录